本书为黑龙江省哲学社会科学项目"文学'解冻'后苏联乡村小说叙事转型研究"（项目编号：17WWB066）的结项成果

本书出版受哈尔滨师范大学外国语言文学一级学科资助

同时为以下项目研究成果：

黑龙江省哲学社会科学学科体系创新工程学科项目"外国语言文学一级学科建设资助"

国家首批新文科研究与改革实践项目"新文科视域下斯拉夫微专业人才培养创新与实践"（编号：2021100031）

中央财政支持地方高校发展专项资金项目"'一带一路'视域下斯拉夫国家语言文化及发展战略研究团队"

文学"解冻"后苏联乡村小说叙事转型研究

王丽欣 著

中国社会科学出版社

图书在版编目（CIP）数据

文学"解冻"后苏联乡村小说叙事转型研究 / 王丽欣著 . —北京：中国社会科学出版社，2022.5

ISBN 978-7-5227-0321-3

Ⅰ.①文… Ⅱ.①王… Ⅲ.①乡土小说—小说研究—苏联 Ⅳ.①I512.074

中国版本图书馆 CIP 数据核字（2022）第 096505 号

出 版 人	赵剑英
责任编辑	史慕鸿
责任校对	周 昊
责任印制	戴 宽

出　　版	中国社会科学出版社
社　　址	北京鼓楼西大街甲 158 号
邮　　编	100720
网　　址	http://www.csspw.cn
发 行 部	010－84083685
门 市 部	010－84029450
经　　销	新华书店及其他书店
印　　刷	北京明恒达印务有限公司
装　　订	廊坊市广阳区广增装订厂
版　　次	2022 年 5 月第 1 版
印　　次	2022 年 5 月第 1 次印刷
开　　本	710×1000　1/16
印　　张	13.25
插　　页	2
字　　数	212 千字
定　　价	69.00 元

凡购买中国社会科学出版社图书，如有质量问题请与本社营销中心联系调换
电话：010－84083683

版权所有　侵权必究

序

丽欣的书要出版了，我向她表示祝贺！

丽欣的书稿是在她的博士学位论文的基础上完成的。她在进入南开大学攻读博士学位的时候，已经是一位有经验的俄语教师和俄国文学的研究者，研究的范围主要在苏联时期的文学。因为博士学位论文要有一个较为集中的研究对象，当她提出要研究20世纪俄罗斯文学的乡村叙事时，我觉得是一个好选题。在俄罗斯文学的研究领域，对于乡村叙事的关注程度一直不高，甚至当我们翻检相关资料的时候都难以找到一部与此相关的专著。2017年我在莫斯科待了半年的时间，所能搜罗到的也都是一些散碎的论述。但这并不能说明这个问题不重要，按我的理解，此前研究界的眼光都聚焦于那些所谓经典现象，而这些经典现象基本上都可算作"城市叙事"，即使有些涉及农村题材，关注的也不是农村问题，而实际上，俄罗斯文学始终存在着一个潜流，即对农村问题的书写，或者说，在整个俄罗斯文学中，乡村叙事是其整体结构中不可或缺的一个子系统，不好好研究这个子系统，就很难说有一个对俄罗斯文学的整体把握。

俄罗斯文学中的乡村叙事传统在19世纪即已形成，但由于这一时期的伟大作家均以城市叙事为主，因而在一定程度上遮蔽了乡村叙事的维度。19世纪，尤其是19世纪后半期的俄国，其社会面临的主要问题并不在城市，而在农村，我们看那个时期俄国社会主要矛盾的焦点都在农村。面对整个欧洲发生的巨变，俄国因其特殊的历史形态，即工业化和城市化程度低，而导致社会变化首先集中于农村，典型的当然是1861年的农奴制改革以及此后的一系列变革运动，包括后来的俄国革命，同样有着传统型农村解体、失地农奴及自由农向城市流动的原因。这个动荡的社会变革过程在俄罗斯的文学中，尤其是大量平民知识分子出身的作家作品中得到了深刻的反映。

20世纪的苏联时代，尽管我们看到的是其作为一个工业，尤其是重工业、军事航天工业大国的崛起，但实际上，这个庞大的国家自始至终都面临着严峻的农业问题。从最初的粮食危机到城市化进程加剧所导致的乡村从经济到精神的一系列困境，都为这一时期的俄罗斯文学提供了重要的素材，而由此形成的乡村题材的文学创作，构成了20世纪俄罗斯文学的有机成分。当然，农村问题的焦点相较于19世纪已经发生了许多变化，有些变化甚至是本质性的。加上从世界文学的整体发展角度来看，20世纪的现代主义思潮导致了文学叙事形态的革命性改变，俄罗斯文学尽管在这一进程中保持着相对的独立性，但我们从形式主义产生的那一刻起已经可以看到，俄罗斯文学以自己特有的方式，不单是对现代主义做出回应，而且是以积极的姿态推动着这一思潮的演变。所以，即使在苏联文学时期，其主流叙事仍然是现实主义的，但仔细分析起来，也与19世纪的经典叙事有了重大的差异。因此，在上述这些条件的影响之下，20世纪俄罗斯文学中的乡村叙事就成为一种具有独特价值的现象，是值得下功夫去研究的。所以说，丽欣把这个问题集中到乡村小说来作为博士学位论文的选题，是有眼光的。

丽欣这部书稿对20世纪乡村叙事的研究特点体现在如下几个方面。

首先是强调它与俄罗斯民族传统文化及乡村文学的联系。我们必须明确，任何一种文学现象都不可能彻底割断其传统纽带，哪怕是那些号称解构重建的现象，其内在的基因是无法清除的。那么，俄罗斯文学的这个基因是什么？就是丽欣书稿中所分析的基督教人道主义。俄罗斯文学从一开始就受到俄罗斯思想中"人类中心主义"（антропоцентризм）的影响，它所关注的始终是人的灵魂的存在状态。西欧文学关注的主要是人的物质性存在状态，所以它的主导思想是世俗人道主义，而中国的古典文学则始终缺少以人为中心的理念。从这个意义上说，对乡村文学的研究还不能仅仅从题材的角度做文章，而是要在乡村这个特定的语境之中来重新审视生存在这个语境之中的人的精神境况。这也是丽欣这部书稿的研究起点。

其次就是考察这个所谓特定语境从19世纪到20世纪，以及从20世纪上半期到下半期发生了什么样的变化，因为这种变化会决定着人的存在状态的变化。19世纪俄国乡村语境的标志是土地分配问题，是农奴及农民的身份问题，是地主阶层相对于国家和民族的责任问题；而20世纪上半期，尤其是苏联前期乡村语境的标志是饥饿问题和集体农庄转制问题，当然，由前一个问题所引发的社会矛盾在当时的政治条件下无法反应在文学创作之中，而后一个问题在文学作品中也集中于转制过程中的阶级斗争。因此，丽欣书稿在这方面重点考察的是20世纪下半期的语境变化，即，乡村在面临传统社会解体的新语境下，其文学表达的焦点变化。进入苏联时期以来，其乡村文学就有意无意地遮蔽了对"人"，尤其是个体的人的生存困境的关切，而到了"解冻"时期，乡村文学则步入了一种新时期的回归轨道，因为它突然发现，乡村所面临的本质问题既不是土地，也不是面包，而是逐渐被摧毁的道德基石。所以说，书稿在这个问题的论述上奠定了"叙事转型"的价值论基础。

书稿对乡村小说叙事转型的辨析并未在叙事学框架上做面面俱到的铺叙，而是选择了始终关注"人"的问题的叙事特性，一是乡村文学所塑造的与人物相关的意象的变化，再是叙事者的视角和叙事策略的变化。在人的意象上，书稿选择了"小人物"、"老妇人"和"房屋"等内容，而这些选择都暗含着对俄罗斯传统叙事的关联，并且将形象置于已经发生变化的语境之中加以重新审视，从而既说明了新时代乡村文学叙事形态独特性重构的事实，也说明其对"人"的立场始终不渝的坚守。

20世纪俄罗斯的乡村小说整体上延续着俄罗斯文学传统的现实主义叙事风格，却不可能是对传统风格的重复，而是强化了20世纪世界文学对叙事主体的关切。因此，专著对类似"现代"叙事手法做了细致的分析，其中包括内聚焦、有限视角，以及"假定性叙事"和"空间叙事"等。大家知道，所谓现代主义，是对现实主义文学客观化叙事的一种反叛，它利用反传统的叙事形式所要表明的是对人作为主体存在的关注，所以说，俄罗斯的现代乡村叙事中的这些手段从根本上说还是对俄罗斯民族文化的回归，书稿中在谈空间叙事的时候提出"宗教空间"的概念，这是一个抓住了问题实质的看法，尽管可能还需要对此做更详尽的阐释。

丽欣的博士学位读得辛苦，因为这期间她还担负着自己学校繁重的教学任务，负责一些行政工作，带本专业的研究生，要完成入学前申请到的教育部社科项目，还要带正在中学苦读的孩子……丽欣的境况是这一代高校年轻学者的生活典型，当他们站在高校教师的这个平台上时，似乎整个社会都把期望寄托在了他们身上。既要他们成为社会财富的创造者，又要他们成为培育新一代大学生的道德楷模；既要他们不断地创造科研成果，又要他们支撑起本来应该由社会承担的各种责任……因此，我从内心都不想我的学生们在高校工作如此繁重，尽管现在他们几乎别无选择。但既然进了这道"窄门"，那就只有勉力前行吧！

是为序。

王志耕

2021.8 于南开大学

目　录

绪　论 …………………………………………………………（1）

第一章　乡村小说的俄罗斯历史文化根源 ………………（14）
  第一节　俄罗斯文学的人道主义传统特质 ………………（14）
    一　基督教人道主义的特征 ………………………………（15）
    二　基督教人道主义文学形态 ……………………………（17）
  第二节　19世纪俄罗斯文学的根基主义 …………………（19）
    一　从斯拉夫主义到根基主义：乡村小说叙事的
        思想基础 ……………………………………………（19）
    二　有机论的"根基主义"艺术批评 ……………………（35）
  第三节　19世纪俄罗斯文学的乡村书写传统 ……………（37）
    一　乡村题材的理想化叙事 ………………………………（37）
    二　农民主题现实叙事 ……………………………………（38）
    三　宗法制农村的传统道德 ………………………………（40）
  第四节　斯大林时期的苏联文学叙事特征 ………………（41）
    一　圣徒传型叙事 …………………………………………（44）
    二　公式化道德叙事 ………………………………………（46）
    三　经典作品的曲线叙事 …………………………………（48）
  第五节　乡村小说的继承与创新 …………………………（49）
    一　对俄国经典文学传统的继承 …………………………（50）
    二　传统叙事的创新书写 …………………………………（52）

第二章　乡村小说的创作语境与作家思想变迁 ……………………（57）
第一节　文学解冻语境下农村题材的发轫 …………………（57）
　　一　农业经济集体化进程……………………………………（57）
　　二　农村题材的写实创作……………………………………（60）
第二节　文学"解冻"与传统道德回溯 ……………………（61）
　　一　文学"解冻"下的乡村题材兴起………………………（62）
　　二　乡村小说作家与道德主题………………………………（63）
第三节　停滞时期的文学多元化与乡村小说的哲理升华 …（65）
　　一　文学创作出版多元化……………………………………（65）
　　二　乡村小说叙事的哲理探索………………………………（69）
第四节　后苏联时代文学的去中心化与新根基主义 ………（71）
　　一　苏联解体前后文学中心主义的衰退……………………（71）
　　二　乡村小说作家的新根基主义……………………………（72）

第三章　乡村小说中形象的叙事变迁 …………………………（77）
第一节　传统坚守到存在困惑：小人物形象的叙事变迁 …（78）
　　一　19世纪经典文学的小人物形象叙事……………………（78）
　　二　20世纪乡村小说中的小人物形象………………………（83）
　　三　20世纪70—80年代存在困惑的小人物形象 ……………（89）
第二节　文化自信到虚无否定：老妇人形象的叙事变迁 …（93）
　　一　老妇人形象叙事的女性崇拜文化根源…………………（94）
　　二　老妇人形象叙事的历史文化传统………………………（96）
　　三　老妇人形象叙事的传统文化瓦解………………………（101）
　　四　老妇人形象叙事的精神虚无……………………………（110）
第三节　传统文化从破坏到重构：房屋意象的叙事变迁 …（114）
　　一　背弃文化传统的房屋意象叙事…………………………（115）
　　二　传统文化重构的房屋意象叙事…………………………（122）

第四章　乡村小说中的零聚焦叙事向内聚焦叙事演变 ………（128）
第一节　内聚焦叙事的产生 …………………………………（128）
　　一　俄国文学史上零聚焦叙事传统与内聚焦叙事的转换……（128）

二　苏联时期文学零聚焦与内聚焦叙事的转换 …………(129)
　第二节　第一人称叙事：从展现事件到内心独白 …………(131)
　　一　第一人称叙事特色 ……………………………………(131)
　　二　第一人称叙事的内心独白 ……………………………(134)
　第三节　第三人称有限视角叙事 ………………………………(136)
　　一　第三人称内聚焦叙事的哲理探索 ……………………(136)
　　二　拉斯普京小说的第三人称内聚焦叙事 ………………(137)
　　三　舒克申小说中第三人称叙事 …………………………(140)

第五章　乡村小说中的写真实向假定性叙事的拓展 …………(142)
　第一节　乡村小说中假定性叙事的产生 ………………………(143)
　　一　写实性叙事与道德探索 ………………………………(143)
　　二　现实主义创作中的假定性叙事与哲理化趋势 ………(145)
　第二节　乡村小说中的象征性叙事 ……………………………(147)
　　一　拉斯普京创作中的内涵式象征 ………………………(148)
　　二　阿斯塔菲耶夫创作的整合式象征 ……………………(149)
　第三节　乡村小说的变形化叙事 ………………………………(154)
　　一　乡村小说的人格化叙事 ………………………………(155)
　　二　乡村小说的怪诞叙事 …………………………………(158)

第六章　乡村小说中的时间性叙事向空间性叙事转化 ………(163)
　第一节　回忆与现实并置的空间叙事 …………………………(165)
　　一　记忆与现实映照的心理空间 …………………………(166)
　　二　梦境与现实并置的心理空间 …………………………(169)
　第二节　碎片化情节的抒情哲理空间 …………………………(172)
　　一　阿斯塔菲耶夫小说的时序倒错叙事 …………………(172)
　　二　阿斯塔菲耶夫小说的碎片化叙事 ……………………(174)
　第三节　淡化时间构建的宗教空间 ……………………………(176)
　　一　现实时间淡化凸显的宗教空间 ………………………(177)
　　二　心理描写建构的宗教空间 ……………………………(178)

结　语 …………………………………………………………（182）

参考文献 …………………………………………………………（185）

后　记 …………………………………………………………（202）

绪 论

20世纪俄罗斯乡村小说在俄罗斯文学史及世界文学史上产生重大影响，名家著作问鼎经典，地位举足轻重。无论在苏联时期抑或苏联解体后持续不断获得大奖引起国内外广泛关注，学界对其创作批评亦角度各异，因而乡村小说与军事文学一道在俄罗斯文坛掀起强劲浪潮。20世纪50年代中期以后苏联众多著名作家开始转入农村题材的写作，以俄罗斯农村生活为背景思考冲突日益尖锐的道德伦理问题，体现对蕴藏于乡村生活中的俄罗斯传统道德逐渐遗失的忧虑，为城市化与现代化进程中被人们丢弃的广袤土地唱响一曲曲挽歌。乡村小说流派创作延续长达三十年之久，其叙事也由于时代历史与书写方式的变迁而发生演化，因而本书深入梳理分析各时期作品，考察乡村小说流派从50年代肇始到80年代苏联解体后三十多年间的叙事转化，借以廓清并明晰乡村小说的俄罗斯文化本质与哲学内涵。

乡村小说（деревенская проза）是苏联文学评论中提出的术语，当前对此术语的汉语译法有农村散文、农村小说、乡土小说、乡土文学等，无论其汉语的表述如何，应该明确术语中的"散文"并非我国文学体裁的"散文"，而是俄语文学的包容甚广的独特范畴。俄语 проза 一词译为散文，是指"非韵文之外的所有文学体裁"[①]，проза 作为一种文体，属于俄罗斯文学三大体裁之一，即诗歌、戏剧和小说，проза 译为小说。本书以下论述统一采用"乡村小说"的译法。从20世纪70年代开始苏联文坛对乡村小说的争论已经得到关注，近20年来对该术语的理解不

---

① Шикловский, В. Б., *О теории прозы*, Москва: Советский писатель, 1983, С. 6.

一，俄罗斯文学史研究者与评论家均试图对其提出自己的定义，如别拉娅、米留金、列捷尔曼、利波维茨基、博利沙科娃等的著作从不同角度阐释这一概念。流传范围广泛且被国内外学者广泛接受的是1977年俄罗斯学者米诺金在《当代苏联农庄小说》中提出的概念：农村小说是20世纪50—80年代俄罗斯文学中的流派，该流派关注描述当代农村生活中的传统价值。[①] 苏联文坛于20世纪50—70年代形成了乡村小说流派，作家多数以乡村题材为内容，写作包括长篇小说、随笔、特写、短篇小说等各种非韵文作品，其代表作家包括奥维奇金、索洛乌欣、别洛夫、舒克申、阿勃拉莫夫、拉斯普京、阿斯塔菲耶夫等。作家们将农村生活的道德传统作为重点探求的对象，创作中遵循俄罗斯经典作家现实主义手法，因对农村题材的共同关注以及创作方式、哲学观念、伦理诉求、文学审美等方面共性追求而形成文学流派。虽然在80年代中后期到90年代乡村小说曾有一段时间的沉寂，但在苏联解体前后，俄罗斯农村现实的巨大变化激励着作家们再度开始文学创作，老作家如别洛夫、拉斯普京、叶基莫夫、阿斯塔菲耶夫等继续笔耕不辍，并且在言说方式上又有了新的突破。同时随着后现实主义的兴起，一些年轻一代作家以自己的带有明显传统倾向的创作被归入新根基主义作家之列，较为有代表性的作家有瓦尔拉莫夫、阿列克塞·扎哈罗夫，这些新兴作家在写作手法上颇有新意，本书囊括了以上作家的创作。乡村小说流派跨越苏联时期与后苏联时期，因此本书称术语为俄罗斯乡村小说。乡村小说作家人数众多，本书作者为求典型与代表性选择了文坛中影响力突出的大奖获得作家及其作品作为重点研究对象，主要包括瓦西里·别洛夫（В. Белов）、瓦连京·拉斯普京（В. Распутин）、费多尔·阿勃拉莫夫（Ф. Абрамов）、瓦西里·舒克申（В. Шукшин）、维克托·阿斯塔菲耶夫（В. Астафьев），而对某些对乡村小说创作具有开拓性与创新性的新兴俄罗斯作家的创作研究也加入其中，如亚历山大·索尔仁尼琴（А. Солженицын）和阿列克赛·瓦尔拉莫夫（А. Варламов）等。

俄罗斯乡村小说创作历经三十年发展，是俄罗斯文学颇具影响力的

[①] Минокин, М. В., *Современная советская проза о колхозной деревне*, Москва: Просвещение, 1977.

重要文学流派，评论界围绕乡村小说的争论也经久不息、众说纷纭，如20世纪60年代在久负盛名的《文学报》和《文学问题》上便展开过旷日持久的辩论，其核心问题是人们在物质富足情况下精神生活的何处安放。70年代后对乡村小说的问题与任务展开讨论，由此逐渐形成保守派核心，引发了文坛在苏联解体的90年代保守派与自由派间的旷日持久的激烈论战，知名作家如拉斯普京甚至一度中止小说创作，转而在报纸上撰写政论文章。俄罗斯国内与欧美文学界对乡村小说现象的对话与评论亦不断拓宽作家作品的研究进程，尤其进入21世纪以来，俄罗斯学界从新角度运用新理论的研究进一步扩展了研究思路与视野。然而，我国学界因多种原因尚未对乡村小说的整体研究引起足够重视，我国对俄罗斯乡村小说的研究呈现出个案探究较多而对该流派从宏观上系统性与深入性分析不强的缺失，译介名家名作较多而忽视该流派其他作家译介问题也较为突出，因而造成当前我国学者欠缺对该派作品内涵的整体特征把握，以及难以领会作品中蕴藏的俄罗斯民族精神内涵。对乡村小说研究的忽视究其缘由大概表现在两个方面：苏联时期较多的政治意识形态因素的干扰和后苏联时代大众消费文化冲击造成我国读者接受倾向的偏差。50年代以后的苏联，虽然文学的解冻已经来临，但苏联官方的文艺政策仍不时加紧控制，文学评论在主流意识形态的轨道中多就斯大林的个人崇拜问题大加挞伐，文学重点批判30—50年代作品中"忽视人"的因素，而对文学作品本身的评价仍在一定程度上沿用过去的批评体系，即重视社会学和意识形态思想批评，忽视对作家作品的文化哲学、历史、心理等方面的深入分析，一定程度上遮蔽了作品原本的诗学内涵，忽视对作家独特创作手法的发展变化的分析，较少关注作品背后民族文化心理内涵，甚至有评论认为乡村小说是社会主义现实主义文学的继续，这些均导致我国研究者及读者对乡村小说研究和阅读兴趣不足。苏联解体前后，大众文学迅速异军突起，快餐文化占领了文化市场，带有西方消费主义文化符号的作品以各种光怪陆离的大众文学品味吸引新时代读者的眼球，而传统的带有理想言说意味的严肃文学或曰传统文学一时间似乎成为苏联官方宣传话语代名词而遭受读者的疏远。另外，大量回归文学以及后现代文学的出版也引导了读者新的阅读品味。因此，一度出现了乡村派散文似乎淡出俄罗斯读者视野的局面。

20世纪80年代以来伴随着俄罗斯文学的真正复苏，俄罗斯学界逐渐开始了对乡村小说回归文学本身的本体论研究。尤其21世纪以来后现代主义文学呈现颓势之时，学界开始回顾与反思苏联文学史，并且从新的视角客观审视苏联文学，发现对乡村小说流派本质认识的偏颇与评价的片面，一些研究成果展开对作品和作家重新评价，从新的文学理论与批评视角发表了一定数量的研究成果，在一定程度上揭示了乡村小说的精神本质和文化内核。然而因研究角度的限制这些研究或偏重于心理分析，或陷入具体作品诗学研究，较少深入乡村小说文本叙事分析，对其艺术性把握仍然缺乏较为全面的系统研究。本书正是基于以上问题的认识与思考，以乡村小说作品自身的文学性为研究目标，研究该流派作品的书写方式变化，揭示作家借叙事转变以彰显民族传统道德伦理价值，表明作品看似平凡的农村题材中蕴藏的深厚俄罗斯文化哲学内涵。乡村小说一直以宣扬俄罗斯传统的道德精神为主旨，发扬着伊万·布宁从19世纪文学经典作家继承而来的依靠作品探求俄罗斯民族性的文学传统，在苏联国家的意识形态不断变化中，乡村小说也呈现出复杂的变化，由单纯的提出问题的文学演化为对农村逐步失却俄罗斯精神传统的惋惜与批判，甚至警告农村城市化进程中人的传统价值观褪色，努力追寻与保护俄罗斯正在丢失的民族文化之根基。乡村小说发展中后期，作家们在传统的现实主义创作中嵌入了现代主义写作手法，构建了颇具实验性的文本，一改传统文本形态，以新的文学姿态对传统思想的言说赋予新的样貌，展现为叙事中的各种变化，如叙事形象的变迁、叙事聚焦的演变、写实叙事向假定性叙事的转化等。这些叙事的变化显现出20世纪俄罗斯乡村小说在追寻俄罗斯文学人道主义传统和美学价值，重建俄罗斯文学传统的意图跃然纸上，成为苏联时期文学对俄罗斯19世纪文学传统断裂的接续，同时乡村小说以隐秘的方式表现出去社会主义现实主义化甚至与之对立，从叙事角度来看乡村小说既是对经典的继承，又是传统叙事的创新。本书借用叙事学理论、新批评、原型批评、文学的文化批评与巴赫金时空体理论、宗教批评等阐释这些作品在叙事流变中的文学性内涵，通过对叙事方式的演化研究突出表现作品文化哲学意蕴，结合19世纪俄罗斯文学经典及白银时代的思想传统与新时代的文学叙事特征，超越苏联时期的狭隘历史观，对人与历史、社会、自然生态的关系等问题展开哲学思考，从而揭示作品丰富的俄罗斯精神和俄罗斯传统民族文化的特质。

乡村小说厚植于俄罗斯文化土壤，拥有深广的俄罗斯民族精神传统根系，早在19世纪，农村题材就被现实主义作家与诗人纳入创作视野，如普希金、屠格涅夫、托尔斯泰、陀思妥耶夫斯基和契诃夫等作家。20世纪初期俄罗斯作家布宁、普里什文、伊万诺夫、列昂诺夫、肖洛霍夫等均出版过多种主题的乡村题材作品，20世纪60年代中后期俄罗斯文学形成乡村小说流派是对俄罗斯历史上精神文化传统的呼应。虽然文学的中心地位在后苏联时代已逐渐式微，但苏联解体使大量的历史档案获得解密，文史资料丰富度得以加强，对苏联时期文学的重新认识的关注度有所提高。以往俄罗斯学界已经出版研究乡村小说的成果，但对于乡村小说的分析探讨散见于俄罗斯文学史、部分苏联文学的研究专著和学术杂志文章中。中国俄罗斯文学研究对乡村小说译介较多，但对其进行的文学评论仍停留于对作家介绍与作品情节人物分析的层面，近年出版著作及文学评论在一定程度上弥补了空白，但仍未更为全面深入分析该流派的形成的历史根源、本质特征乃至文学艺术特点，可以说我国的俄罗斯乡村小说研究仍待进一步展开。

苏联对于乡村小说的研究多见于各种文学史著作，其中或开辟专章介绍，或对某些重要作家作品进行提纲挈领的分析。俄文版专著从20世纪80年代相继有奥谢特洛夫与波波夫在所著《俄罗斯大奖获得者：俄罗斯作家自传》[①]中对阿斯塔菲耶夫和舒克申的创作史进行梳理，挖掘创作思想；阿普赫金娜在《60—70年代苏联散文》[②]中对舒克申、阿勃拉莫夫所属流派以及创作个性做出深入分析，尤其强调人在历史与当代的命运问题；库兹明切夫在《苏联文学的道德基础》[③]中对乡村小说的所推崇的道德精神进行简要评价；勃恰洛夫在专著《文学与

[①] Сост. Попов, Н. В., *Лауреаты России: Автобиогр Рос. писателе, сборник, В 4-х томах*, Москва: современик, 1980.

[②] Апухтина, В. А., *Современная советская проза 60—70 годы*, Москва: Высшая школа, 1984.

[③] Кузьмичев, И. К., *Нравственные основы советской литератур*, Москва: просве-щение, 1986.

时代》① 中探讨了文艺作品的文学性问题，其中重点谈及了神话与象征、反讽等修辞手段对文学文本的作用；切尔诺斯维托夫在专著《从边缘走过：舒克申的生活死亡及不朽的思想》中重点分析舒克申创作中的傻瓜型人物形象，从中引出舒克申的创作思想。对于文学创作语境的研究数量颇多，最早的有俄罗斯《文学报》(*Вопросы литературы* № 11, 1962) 率先掀起关于人道主义与当代文学讨论，提出人的个性的全面和谐发展应作为社会发展的最高目标，文学艺术发展与人文主义精神不可分割。柳芭列娃在《当代苏联散文的道德财富》② 文中认为，社会主义现实主义的多样性的扩展是苏联散文的美学财富。90 年代以后的研究有阿维林和尼特拉乌尔所著《20 世纪俄罗斯文学——美国学者研究》③，其中收入美国学者凯特琳所著文章《乡村小说研究中的两种侦探》(1993)，文中对农村题材小说中的侦探小说的特征及与乡村小说的区别进行重点分析，折射出此时期重点关注的道德水准在农村的下降。90 年代末期波里沙科娃的一系列著作《作为原型的乡村：从普希金至索尔仁尼琴》(1998)、《民族与心理：20 世纪乡村小说现象》④ 等拉开了运用原型批评等西方文艺理论对乡村小说研究的序幕，开始了从民族文化心理角度对乡村小说现象的分析，为该研究带来了更新视角与文化研究视野。21 世纪之初，拉夫廖夫在《20 世纪俄罗斯文学》(2001) 中具体分析了包括莫扎耶夫、别洛夫等众多乡村小说作家的美学思想，对作品中的艺术语言的运用进行了细读。涅德兹维茨基和菲利波夫合著的《俄罗斯乡村小说》⑤ 认为在阿勃拉莫夫、别洛夫、舒克申、拉斯普京的作品中具有俄罗斯农民阶层的普世性的精神道德与伦理价值。进入 21 世纪的第二个十年以来，乡村小说研究仍方兴未艾，俄罗斯学界再度涌现

---

① Бочаров, А. Г., *Литература и время*, Москва: изд. Художественная литература, 1988.

② Люболева, Е., "Эстетическое богатство современной советской прозы", *Литературные вопросы*, 1975 (6), С. 249—255.

③ Сост. Университет Джеймса Медисона (США), *Русская литература XX века—Исследования американских учёных*, СПб.: Петро-РИФ, 1993.

④ Большакова, А. Ю., *Деревня как архетип: От Пушкина до Солженицына*, Москва: Комитет Правительства Москвы, 1998.

⑤ Недзвецкий, В. А., Филиппов В. А., *Русская «деревенскаяя проза»*, Москва: Издательство Московского университета, 2002.

出大量关于乡村小说的作家作品的研究成果，这些著作与论文从更深的文化层面把乡村小说作为现象进行研究。代表性成果如，波里莎科娃的文章《阿斯塔菲耶夫和俄罗斯乡村小说》[1]、彼里莫奇金娜的论文《现代俄罗斯小说的时空体》[2]、柯夫东的专著《乌托邦镜像中的乡村小说》[3]、雅卡维恩科的论文《俄罗斯农村的命运》[4]。拉祖瓦洛娃的专著《乡村作家：70年代的文学与保守主义思想》[5] 从乡村小说的新根基主义传统、乡村小说作家的文化自觉问题和70年代的保守倾向等多方面论证影响乡村小说作家的作品结构与修辞的诸多历史文化因素。21世纪以来俄罗斯学界也涌现大量分析乡村小说作家的硕士、博士学位论文，多为对拉斯普京、阿斯塔菲耶夫等作家的作品从诗学、宗教、民族学、神话等领域的探索。

除以上文学史著作外，其他角度的研究有卡扎尔金的专著《20世纪俄罗斯文学批评》[6] 对60—90年代的乡村小说作家的文学论争做出了详细介绍。对于俄罗斯传统的研究比较有代表性的是安德列耶夫和谢利瓦诺夫在专著《俄罗斯传统》[7] 中将俄罗斯文化传统归纳为俄罗斯思想的人本主义本质、人的存在的哲学原则以及俄罗斯传统与当代世界的关系三个方面。切尔尼亚克的专著《20世纪大众文学》[8] 对大众文学的沿革和在新世纪到来前的蓬勃发展做了深入分析。卡兹那切夫的博士学位论文《新现实主义与俄罗斯文学语言》[9] 指出长期以来在俄罗斯形成的

---

[1] Большакова, А. В., "Астафьев и русская деревенская проза", *Литературная учеба*, 2014, No 2, С. 61—74.

[2] Примочкина, Н. Н., "Хронотоп в современной русской прозе", *Литературная учеба*, 2012, No 3, С. 104—113.

[3] Ковтун, Н. В., *Деревенская проза в зеркале утопии*, Москва: ФЛИНТА, 2014.

[4] Яковенко, А. А., "Судьба русской деревни", *Наш современник*, 2014, No 11, Ноябрь, С. 196—202.

[5] Разувалова, А. И., *Писатели—«деревенщики»：литература и консервативная идеология 1970-х годов*, Москва: Новое литературное обозрение, 2015, С. 8.

[6] Казаркин, А. П., *Русская литератураная критика XX века*, Томск: ТГУ, 2004.

[7] Андреев, А. П., СеливановА. И., *Русская традиция*, Москва: Алгоритм, 2004.

[8] Черняк, М. А., *Массовая литература XX века*, Москва: Флита, 2009.

[9] Казначеев, С. М., "Новый реализм и язык современной русской литературы", *Русская речь*, No6, 2001.

文学中心主义与俄罗斯文学承载的教育功能于后苏联时代逐步瓦解，关注俄语文学所发生的多种变化则有更为重要的意义，文中结合俄语的变化对新现实主义这一术语给出了明确定义。乡村小说在新现实主义文学的影响下也在言说方式上发生了变迁。

我国俄苏文学界对乡村小说的研究散见于各种文学史著作，如曹靖华主编的《俄苏文学史》[①] 对乡村小说流派从作家作品、时代语境、创作思想等方面作了大致梳理，认为该流派体现了文学开始关注个体的人的命运与价值。许贤绪的《当代苏联小说史》[②]、黎皓智的《苏联当代文学史》[③] 等文学史著作运用较为传统的研究方法与理论，关注苏联文学界的整体情况并细致梳理，尤其重视观照后斯大林时代文学发展样貌。21世纪初李毓榛主编的《20世纪俄罗斯文学史》[④] 对乡村小说作家拉斯普京的创作给予专门评论。何瑞编著的《1950～80年代的苏联文学》[⑤] 对于后斯大林时代苏联文学的描述与分析更为详尽具体，提出了乡村小说属于道德探索类，因而将其与城市小说和战争文学并立，分析作家在面对国家发展建设与保持古老传统的矛盾面前对道德问题的思索。《苏联文学最后十五年纪事》[⑥] 主要介绍苏联历史情况，作为研究资料而言较为客观，对于研究后斯大林时代苏联文学语境有参考价值。近些年也出现了对苏联文学从某个问题与类型角度进行研究的著作，如，谭得伶、吴泽霖等的《解冻文学和回归文学》[⑦] 是对后斯大林时期文学解冻的现象与作品进行专门研究介绍的专著；王丽丹的《乍暖还寒时——"解冻"时期苏联小说的核心主题与文体特征》[⑧] 从人道主义的角度阐释解冻时期苏联小说。这些著作涉及对苏联历史的反思、道德探索、对俄罗斯传统的追寻等问题。

[①] 曹靖华：《俄苏文学史》（第二卷），河南教育出版社1992年版。
[②] 许贤绪：《当代苏联小说史》，上海外语教育出版社1991年版。
[③] 黎皓智：《苏联当代文学史》，百花洲文艺出版社1990年版。
[④] 李毓榛：《20世纪俄罗斯文学史》，北京大学出版社2000年版。
[⑤] 何瑞编著：《1950～80年代的苏联文学》，花山文艺出版社2009年版。
[⑥] 张捷：《苏联文学最后十五年纪事》，中国社会科学出版社2011年版。
[⑦] 谭得伶、吴泽霖等：《解冻文学和回归文学》，北京师范大学出版社2001年版。
[⑧] 王丽丹：《乍暖还寒时——"解冻"时期苏联小说的核心主题与文体特征》，上海译文出版社2004年版。

20世纪80—90年代末期我国学界对俄罗斯乡村小说的研究主要是以文学史方式对乡村小说流派的人道思想介绍、文化类型分析以及对作品本身的研究，如何云波与张铁夫的论文《对当代苏联文学寻根热的思考》[①]以乡村小说大量例证提出回到人本身是苏联寻根文学的基本母题。刘桂林在《和谐：从存在到解体——试论别洛夫的〈凡人琐事〉》[②]中认为《凡人琐事》其中蕴含别洛夫的和谐哲学观念，小说展现了作家和谐思想的解体。黎浩智的《熟悉的陌生人——苏联解体后俄罗斯文学印象》[③]中阐述了苏联解体后文学观念的变迁，并认为别洛夫与阿斯塔菲耶夫的作品同样存在思想基调的变化。

2000年后国内学界对乡村小说研究的深广度进一步加强，研究者多着眼于苏联解体后作家哲学观念和宗教观念的新体现、新现实主义文学叙事特点等方面，对该流派创作思想加以宏观把握。耿海英在《苏联解体前后十五年的俄罗斯文学》[④]中梳理传统派与自由派之争的十五年文学状况，提出俄罗斯文学自1994年后现实主义传统的恢复。王占峰在《乡土自然：诗情画意寓哲理——阿斯塔菲耶夫创作论》[⑤]中提出阿斯塔菲耶夫将现代主义甚至后现代主义某些手法融入创作中。周启超在《新俄罗斯文学的基本表征——从中篇小说艺术谈起》[⑥]中指出新俄罗斯文学具有审美视角、形象定位与表现手段方面的新倾向，叙事艺术特点为艺术表现的多声部而形成审美多样性，俄罗斯人精神状态的凝重与生存状态沉郁。池济敏的《艺境无常形 朴实味悠长——析舒克申短篇小说中的作者形象》[⑦]、朱诗艳的《舒克申与他的"怪人"世界》[⑧]对"怪

---

① 何云波、张铁夫：《对当代苏联文学寻根热的思考》，《外国文学研究》1989年第3期。
② 刘桂林：《和谐：从存在到解体——试论别洛夫的〈凡人琐事〉》，《扬州师范学院学报》1992年第4期。
③ 黎浩智：《熟悉的陌生人——苏联解体后俄罗斯文学印象》，《苏联文学》1993年第6期。
④ 耿海英：《苏联解体前后十五年的俄罗斯文学》，《郑州大学学报》2000年第4期。
⑤ 王占峰：《乡土自然：诗情画意寓哲理——阿斯塔菲耶夫创作论》，《伊犁师范学院学报》2000年第3期。
⑥ 周启超：《新俄罗斯文学的基本表征——从中篇小说艺术谈起》，《黄河科技大学学报》2002年第1期。
⑦ 池济敏：《艺境无常形 朴实味悠长——析舒克申短篇小说中的作者形象》，硕士学位论文，四川大学，2003年。
⑧ 朱诗艳：《舒克申与他的"怪人"世界》，硕士学位论文，北京师范大学，2005年。

人"的俄罗斯文化内涵做了具体深入分析。侯玮红在《继承传统　多元发展——当代俄罗斯现实主义小说》①认为当前的现实主义文学是新型批判现实主义文学，乡村小说也具有强烈的批判精神，是对传统的批判现实主义文学精神的继承与发展。石南征的《明日观花——七八十年代苏联小说的形式、风格问题》②对解冻后的苏联文学的叙事手法结合多种题材的文本进行了系统分析，其中包括乡村小说作家创作特征研究。2010年以后学界出现了对乡村小说全面梳理研究及其新发展的分析的重要成果，如，陈新宇的《二十世纪俄罗斯乡土小说的第三次浪潮》③总结乡土小说的特点以及介绍第三次浪潮的代表作家克鲁平与里丘京。侯玮红在《当代俄罗斯小说研究》④中辟专章对乡村小说题材择要分析几个类型，关注21世纪后的小说与之前的农村小说对比，并在对新现实主义论述中深入研究该派小说家叙事上对传统的继承与演变，叙事策略上的多样性杂糅与后现代互文性特征。侯玮红的论文《启蒙与当代俄罗斯乡村小说》⑤从启蒙主义角度认为乡村小说蕴含深刻的哲学内涵、复杂的社会心理与鲜明的民族精神，拥有完整的美学体系，梳理了乡村小说的发展历程，并对21世纪以来文坛新作予以介绍和阐释。近年来我国的拉斯普京研究成果突出，到2015年3月作家辞世时已经有105篇论文见刊，多是对拉斯普京作品的阐释与解读。其中赵杨的《拉斯普京作品的乡土意识》⑥和张建华的《拉斯普京寻根小说的文化取向与价值迷失》⑦从俄罗斯文化角度深入分析了作家创作的主旨。陈新宇的专著《俄罗斯当代乡土小说研究》⑧对乡村小说的术语来源、创作演变、人物体系、生态书写、民间文学特点等方面进行具体全面的阐述。

---

① 侯玮红：《继承传统　多元发展——当代俄罗斯现实主义小说》，《外国文学评论》2007年第3期。
② 石南征：《明日观花——七八十年代苏联小说的形式、风格问题》，社会科学文献出版社2007年版。
③ 陈新宇：《二十世纪俄罗斯乡土小说的第三次浪潮》，《外国文学动态》2013年第1期。
④ 侯玮红：《当代俄罗斯小说研究》，中国社会科学出版社2013年版。
⑤ 侯玮红：《启蒙与当代俄罗斯乡村小说》，《学习与探索》2014年第10期。
⑥ 赵杨：《拉斯普京作品的乡土意识》，博士学位论文，上海外国语大学，2005年。
⑦ 张建华：《拉斯普京寻根小说的文化取向与价值迷失》，《俄罗斯文艺》2008年第4期。
⑧ 陈新宇：《俄罗斯当代乡土小说研究》，浙江大学出版社2017年版。

西方国家对苏联文学的研究多表现为文学史著作，注重对苏联社会问题中的政治与文学关系，革命与文学及知识分子关系的分析。牛津大学海沃德主编有专题讨论集《1917—1962年的苏俄文学与革命》(1963)，到了70年代又有穆尔编写的《20世纪俄罗斯文学》问世。80年代在美国相继出现了斯洛宁的《苏俄文学——作家与问题》和布朗的《革命后的俄罗斯文学》等著作。西方学者关于苏联文学的论著有《西方论苏联当代文学》(1982)[①]、马克·斯洛宁的《苏维埃俄罗斯文学》(1983)[②]和《现代俄国文学史》(2001)[③]。凯特琳·帕尔斯的专著《辉煌的过去》(1992)[④]中对俄罗斯乡村小说的创作由来与发展状况做了较为细致阐述，该著作是为数不多的西方文学研究者专门对俄罗斯乡村小说创作概述的论著。

综上所述，俄罗斯对乡村小说的研究，在20世纪60—70年代掀起对人道主义问题的深入讨论、对民族文化传统与伦理道德的关注；80—90年代则从大量文学史的重新书写角度研究农村道德哲学、作品本身题材、人物形象等；到21世纪，学界更为深入地展开对农村题材作品包括宗教意象、空间书写、结构特点的文本内部分析。我国学界对于苏联乡村小说的研究经历了80—90年代从对具体作家与作品的创作思想研究到21世纪以来对俄罗斯乡村小说文化内涵的研究，另外在对具体农村散文作家的研究中更关注与苏联解体前后时期的作品进行对比，进而突出新世纪作家创作思想变化研究。国内外学界对俄罗斯乡村小说的研究多关注社会历史批评、传记式批评及作品主题、形象、语言批评，对文本的叙事研究尚呈现碎片化，并未出现对乡村小说的叙事特点进行系统研究的著作，因而本书采用经典叙事学以及新叙事学理论，运用新批评、原型批评、文学的文化批评方法以及宗教文化批评等方法对俄罗

[①] 北京大学俄语系俄罗斯苏联文学研究室编译：《西方论苏联当代文学》，北京大学出版社1982年版。

[②] ［美］马克·斯洛宁：《苏维埃俄罗斯文学》，浦立民、刘峰译，上海译文出版社1983年版。

[③] ［美］马克·斯洛宁：《现代俄国文学史》，汤新楣译，人民文学出版社2001年版。

[④] Parthé, K. F., *Russian Village Prose: The Radiant Past*, Princeton University Press, 1992.

斯乡村小说叙事的变化作系统研究，以期在一定程度上弥补俄罗斯与我国在该领域研究的不足，为以后的叙事研究提供方法与视角的借鉴。

以往我国学界对乡村小说流派的研究多从作品主题思想以及社会历史批评等角度着眼，对作品的叙事研究，尤其是叙事变化研究不足，因而亟待开展乡村小说叙事的系统研究。本书着重以乡村小说对19世纪俄罗斯经典文学叙事传统的继承与创新、乡村小说与斯大林时期的文学叙事的差异为出发点，选取最具有代表性的乡村小说作品，探索其叙事在各发展时期的变化。本书重点分析由于政治改革与思想变迁引起的叙事转型，挖掘乡村小说创作一直秉承的传统乡土道德，揭示叙事转型赋予现实主义书写的多样性，阐释伦理道德与历史反思已上升为民族精神的哲理思考。本书从问题出发对乡村小说作品的文学性进行深入研究，通过分析乡村小说叙事转型的表征，提炼苏联时期俄罗斯民族性特征与道德要求。

20世纪俄罗斯乡村小说的叙事研究具有重要学术价值：一方面，本研究运用俄罗斯与西方文学理论及哲学思想对乡村小说的文化根基做深入挖掘，梳理根基主义思想的历史沿革与苏联时期的多种变化，对于俄罗斯哲学思想的研究具有一定的借鉴价值；另一方面，运用西方叙事理论与俄罗斯文艺理论对文学作品从空间转型、意象转变和叙事聚焦等多个角度进行分析，扩展了乡村小说研究的新角度，从研究的视角与方法上有一定创新，对未来在苏联乡村小说领域的深入探索具有借鉴意义。西方文艺理论在研究中的运用将对俄罗斯文学叙事理论分析提供一定学理佐证。

本书可一定程度弥补我国俄罗斯文学研究对苏联乡村小说叙事研究的不足，有利于我国学界较为全面地把握乡村小说叙事随时代变迁发生的话语流变及其深刻内涵，为我国学界从新的角度研究俄罗斯乡村小说提供角度与方法上的借鉴。

本书观照俄罗斯文学经典对民族精神文化传统的弘扬，正视苏联时期主流话语权威造成的文化传统断裂，矫正对俄罗斯民族性的偏差认识，对于更全面准确认知俄罗斯文学丰富内涵具有重要的学术价值。

本书在俄罗斯传统哲学思想中寻觅俄国乡村小说的根源，借以探究苏联时期乡村小说与19世纪俄国文学人道主义传统的密切关系。乡村小说虽然发端于 20 世纪苏联文学语境中，却与当时的其他流派的思想主旨和叙事方式存在差别，对于 50 年代以前的苏联文学书写方式来说，乡村小说的书写是一场叙事上的革新。本书第一章从俄罗斯历史文化根源入手，着重从五个方面揭示乡村小说对传统俄罗斯文学的继承，并分析乡村小说与社会主义现实主义文学在叙事上的差异。20 世纪苏联文学存续的 70 年间受国内外政治风云变幻的影响，一代代俄罗斯作家的思想也不断变迁，作家们在时代所赋予的使命与古老的文化传统间凝聚自己的创作思想，从他们的作品中便可以清晰地看到变化的路线。本书第二章以作家文艺思想的变化为切入点，深入剖析文化"解冻"后农村题材从"写真实"的现实主义走向哲理探索的多元化创作。从第三章到第六章本书重点从叙事形象变迁、叙事聚焦的转变、假定性叙事的拓展、空间叙事的强化四个视角详细分析乡村小说作家文本。在文本细读基础上，本书借助叙事学理论、文化诗学理论和社会历史学理论等方法，着重分析乡村小说在三十年间的叙事变化，从叙事角度梳理乡村小说作为苏联文化"解冻"后的重要流派在整体俄罗斯文学中的独特性。

第一章

乡村小说的俄罗斯历史文化根源

从文化诗学的角度看,一种文学思潮、流派或文学现象的发生与其所处国家、民族的思想传统密切相关,一个国家的文学进程往往是内在统一的体系。就此而言,20世纪俄罗斯文学中的乡村小说(деревенская проза)深深根植于古代俄罗斯文学传统,作家的创作思想深受19世纪俄国哲学精神影响,而在创作手法上则以19世纪文学的叙事传统为基点,经历了与时代思想的融合与碰撞,形成了富有时代特色的新的艺术形式。

第一节 俄罗斯文学的人道主义传统特质

作为民族整体文化的构成系统,俄罗斯文学的核心理念是基督教人道主义。自基督教引入俄罗斯称作东正教以来,作为俄罗斯国教逐渐取代了古代俄罗斯本土的多神教地位成为俄罗斯人的主导信仰。基督教所拥有的人文精神也渗透进各时代俄罗斯文学内涵,古希腊罗马的民主传统及人文主义与俄罗斯文学结合催生了独特的俄罗斯文学的人道主义精神,并一直延续至今天。此间俄罗斯文学经历了普希金的开端、屠格涅夫、陀思妥耶夫斯基与托尔斯泰的创作,19世纪俄罗斯民族文学实现了超越西欧文学的发展,形成了现实主义文学的一座座高峰,由此奠定了俄罗斯文学的现实主义叙事传统。基督教人道主义思想成为19世纪的俄罗斯文学的思想底蕴,从而深刻地影响了俄罗斯文学独特的叙事形态。

追溯基督教关于人学思想的源头,可以发现基督教与人文主义或者人道主义并不矛盾,可以认为人道主义源自基督教思想,文艺复兴恰是西方对基督教偏离人道主义的一种反思或是矫正。俄罗斯东正教思想认为俄罗斯在秉承基督教的传统,在对人学的深入认识上建构了基督教人道主义。俄罗斯的基督教人道主义有着个体人格的神性-人性、个体救赎和非理性特征,由此也彰显出与西欧文学迥异的传统俄罗斯文学形态,即小人物、多余人等形象的非理性追求、对人的卑微化的推崇、自我救赎等方面的特征。

一 基督教人道主义的特征

18世纪以前的基督教思想在俄罗斯主要发挥着国家意识形态的作用,"基督教的东方教派是政教合一的……罗斯的基督教会一开始就与政权合作"[①],教会把经院式基督教学说与政权结合,发挥着统一人的精神意识的工具作用。基督教中的人的因素没有充分进入俄罗斯文化建构。彼得一世的改革使基督教被进一步纳入世俗政权的控制之下,为加强君权专制服务。此间西欧人文主义与俄罗斯东正教思想中的人道思想相融会,形成俄罗斯基督教人道主义思想,这种人道主义思想大致包括个体人格的神性-人性、个体的自我救赎和人的本质中的非理性三个方面。

基督教的人道主义是一种辩证的人道主义。人与世界上的其他事物之间存在着互证关系,人与上帝的共同性的寻找便是证明人的存在的方式。当人走向上帝,在心目中爱上帝,就可以奔向人的共同本质。别尔嘉耶夫提出了个体人格理念,个体人格不仅是人的意象,也是神的意象,具有个体人格的人才是有着人的地位并可以与神并列者,这样的人也就具有神性-人性。个体人格对于一个有着内在精神生活的人是非常重要的,如别尔嘉耶夫所认为的,个体的人格远远重于生命,因为正是个体人格才彰显人的价值。他认为个体人格的存在并不依赖于客体世

---

① 雷永生:《东西文化碰撞中的人:东正教与俄罗斯人道主义》,华夏出版社2007年版,第12页。

界,而是源自神性-人性,即"个体人格进行形式化时,不凭藉客体世界,而凭藉主体性,是在主体性中拓展上帝意象的力量",他在论证人的神性时打破了神学家思想的樊篱,提出了"人的内在也蕴含了神性因素,人具有两重本性,人是两个世界的交叉点,人自身携有人的意象和上帝的意象。人的意象即是上帝的意象在世界中的实现"。①

基督教思想中的个人救赎是终极目的,个体主义也正是通过救赎得以彰显。个体救赎则是俄罗斯基督教人道主义的显著特征之一。列夫·托尔斯泰的勿以暴力抗恶观点中有对基督教义深层认识,同时表现了他的救赎观,即每个人只有凭借信仰找寻心中的上帝,上帝不在别处,只在每个人心中,每个人只要对自己的信仰负责不需要去对别人施以惩戒,便会获得真正的救赎,即个体救赎,卷首语"伸冤在我,我必报应"表现道德完善中摒弃了世俗的内容,因而提醒强力抗恶可能的危险。当人文主义思想获得理性发展的19世纪,马克思的思想体系"从终极价值与经济科学双重尺度上,展开了对宗教意识形态的批判与超越"②,马克思基于理性主义思维方式从物质生产与交换的人类劳动角度提出了救赎方案。"源于生产与交换实际运动的辩证法……在终极意义上,与犹太弥赛亚理念之间有着自发的隐秘的终极对接点。""马克思把解放的依据从神意转移到生产与交换关系的必然法则中"③,马克思试图通过自己的理论将人自己能力的发展作为目的,引领人类由物质缺乏的必然性王国走向人类大同的自由王国。列宁在物质匮乏的俄国进行了马克思主义的实践,通过革命暴力手段推行对愚昧落后的俄国的拯救方案。从人被驱逐出上帝的乐园,人便获得了自我意识,人所经受的劳作既是上帝的惩罚也是人自我救赎的过程,此间,无论哪种救赎,均是建立于人的个体意识的觉醒基础上的。

俄罗斯基督教人道主义是从信仰认识人的本质。也可以说,俄罗斯思想对人与上帝关系的理解是人通过信仰达到上帝身旁,而西方人文主义则将理性奉为圭臬,认为人类凭借"知识"可以等同上帝,黑格尔的

---

① [俄]尼·别尔嘉耶夫:《人的奴役与自由——人格主义哲学的体认》,徐黎明译,贵州人民出版社1994年版,第27—28页。
② 商逾:《论马克思宗教批判的双重尺度》,《理论学刊》2012年第9期。
③ 商逾:《论马克思宗教批判的双重尺度》,《理论学刊》2012年第9期。

哲学就是建立在这一核心理念基础上的。俄罗斯宗教哲学家舍斯托夫、别尔嘉耶夫都曾对理性给予批判,舍斯托夫认为:"知识并未使人与上帝平等,而是使人脱离上帝,将其交由死去的和正在死去的真理支配。"① 实际上,这些哲学家的思想都受到陀思妥耶夫斯基创作的影响,陀思妥耶夫斯基的所有作品都在力图揭示一个问题:受到西方理性主义思想影响的俄国人正在越来越倾向于相信世俗理性,抛弃对永恒的终极价值的信仰,因此,整个社会都将陷入罪孽的深渊。因为只相信理性而抛弃对道德的提升、对终极真理的信仰,人类的共同本质被逐渐消解,这恰恰是人类罪恶的产生的源头。俄罗斯宗教哲学家们从对理性与知识的批判角度展开与西欧理性哲学的争论,从而确立俄罗斯人道主义对伦理要求的重视、对信仰的推崇、对物质性的贬抑等。

二 基督教人道主义文学形态

19世纪俄罗斯文学在基督教人道主义的烛照下散发出与西方文学迥异的特征,如多余人的非理性追寻、对小人物的卑微化的推崇、精神的救赎等特征。

俄罗斯文学的非理性特征来源于神秘主义哲学的影响,"现实是理性所不能认识的,只有通过神秘的直觉才能得到认识"②,这种非理性主义正是来自东正教神学。这种非理性的文化结构潜在地制约着俄罗斯文学的价值取向,即对世俗的物质存在的舍弃和对灵魂空间的向往。比如19世纪俄罗斯文学中的多余人形象,从奥涅金到毕巧林,从罗亭到奥勃洛摩夫,厌弃贵族生活,游离于贵族阶层的边缘,对无精神自由的生活不满,宁愿去寻求心灵自由,显现出对既定的理性生活框架的挣脱与拒绝。多余人常表现出特立独行的非理性特征,对爱情与友谊的奇特处理,等等,其实都是这种非理性价值观念的体现。多余人的非理性行为展现出了他们生活的悲剧现实,他们对社会准则与世俗伦理的反抗,昭示着

---

① Шестов, Л. И., *Киргегард и экзистенциальная философия (Глас вопиющего в пустыне)*, Париж: Дом книги и современные записки, 1939, С. 8.
② 金雅娜:《俄罗斯神秘主义认识论及其对文学的影响》,《外语学刊》2001年第3期。

与西欧文化中迥然不同的另一条实现人生意义与价值的道路。

19世纪以后的俄罗斯文学描绘了一系列卑微的小人物，对小人物的关注表达了俄罗斯作家的人道精神的普世关怀，与西欧文学的推崇英雄的强力与反抗形成对照。对小人物形象的观照展现同时代人的精神困境，发出动人心魄的人道主义呐喊。更重要的是，作家对重要角色的平凡化描写展现了独特的基督教人学思想，即人只有失去外在表现的世俗强力形象符号，人才可以进入一种本质化的神性状态。因此，我们在俄罗斯文学中可以看到，人的生命价值往往体现在他们的卑微化的过程之中。一方面，他们越是处于弱者的、贫困的地位，他们越能表现出人格的高尚品质，越能体现出人的灵魂的强大。所以我们在陀思妥耶夫斯基的作品里可以看到一系列像"穷人"杰武什金、瓦尔瓦拉那样生活在最底层的人，却展现出人与人之间深挚的、美好的情感。另一方面，即使位居上流社会的人，但在文学叙事中，他们被呈现出来的却是普通人的品格，从而在这个"卑微"的层面上获得人的价值。所以我们会在普希金《上尉的女儿》中看到叶卡捷琳娜二世以一个慈祥的老妇人的形象出现在玛丽娅面前，而托尔斯泰的《战争与和平》中，战胜了不可一世的拿破仑的库图佐夫元帅被描写为一个老态龙钟、常常瞌睡的老者。这不仅是为了人物形象的塑造，更重要的是展示人在被剥离了世俗身份之后的本真状态。

自我救赎是俄罗斯弥赛亚思想的重要组成部分，俄罗斯文学通过忏悔的贵族、"中介新娘"等形象为人们指出了拯救之路。与西欧文学中着重表现个体欲望的力量不同，俄罗斯文学多表现欲望与灵魂的对立，展示出苦修与救赎之间的内在联系。《复活》中聂赫留朵夫放弃特权与贵族生活，甘愿承受流放苦役使灵魂得到净化，这条苦修之路正是他的灵魂复活之路，通过"自我贬抑、自我惩戒、自我牺牲，走向救赎"[①]。另外，"中介新娘"形象在俄罗斯文学作品中大量出现，她们代表了从肉体堕落走向灵魂获救赎的女性群体。她们是以《圣经》中的抹大拉的马利亚为原型，后者因耶稣的宽恕而获得拯救，获得救赎也同时因与基督耶稣的接近又具有了拯救他人的神性。陀思妥耶夫斯基的小说《罪与

---

① 王志耕：《以圣愚的名义超越知识——俄罗斯文学经典品格论之二》，《文化与诗学》2012年第1期。

罚》中的索尼娅、《卡拉马佐夫兄弟》中的格鲁申卡、《白痴》中的纳斯塔西娅等都属于"中介新娘"之列,她们本身的"爱多"即是"隐含着救赎……加强了必获救赎的内蕴"①。这些形象揭示的意义就在于,堕落虽然是人的常态,但这并不意味着人会"永堕地狱",相反,如果人能从堕落的境况中觉醒,则可以获得终极救赎。

第二节 19世纪俄罗斯文学的根基主义

根基主义(почвенничество)是19世纪60年代产生于俄罗斯本土的社会思潮,该思想的来源是19世纪早期的西方派与斯拉夫派对俄国究竟走怎样的社会政治道路的争论。随着19世纪60年代俄罗斯农奴制改革的来临,两派的争论逐渐平息时,以调和西方派与斯拉夫派思想为基础,以社会上下层(知识分子与农民)的和解为核心主旨的根基主义思想诞生,陀思妥耶夫斯基兄弟、格里高里耶夫、斯特拉霍夫等是重要的代表人物。根基主义思想蕴藏于文学家的创作与文艺批评中,乡村小说正是在该思想基础上依靠对俄罗斯经典文学的继承与新时期的创新写作得以成为20世纪的重要流派。

一 从斯拉夫主义到根基主义:乡村小说叙事的思想基础

斯拉夫主义这一俄罗斯民族文化批评流派经过19世纪40—50年代发展到60年代以后的根基主义思想,而后在20世纪表现为新根基主义思想,"遵循着一条清晰可辨的生命有机主义审美路线,诉说着浓烈的文化民族主义精神话语"②。虽然这一自发于俄国本土的文化哲学路线与别林斯基-车尔尼雪夫斯基-杜勃罗留波夫的社会历史学派思想并行甚至一度被湮没,但从未停止过自身的发展与承袭,而且在不同的历史时

---

① 王志耕:《堕落与救赎:陀思妥耶夫斯基的"中介新娘"》,《河北学刊》2002年第4期。
② 季明举:《斯拉夫主义的文艺理论和文化批评》,中国社会科学出版社2015年版,第28页。

期焕发出别样的文化光彩，并在其影响下出现更新的文学样式。在苏联乃至后苏联时代，斯拉夫主义历久弥新，它对俄罗斯民族思想的现代变革产生深刻影响。

俄罗斯文学一向以富有深刻哲学气质的思想性著称于世，自19世纪俄罗斯文学黄金时代起，俄罗斯哲学思想异彩纷呈，在西方思想与俄国本土思潮的相互碰撞中，各种思潮层出不穷。居于社会文化中心地位的俄罗斯文学则一直充当思想代言人，19世纪俄国乃至20世纪苏联时期的特殊文化语境促使一代代文学家背负起教化社会的使命，通过文学作品传达着俄罗斯思想家深邃的哲思。苏联乡村小说继承俄罗斯文学这一特质，随着时代的发展它使土壤、有机生活和民族存在的基础的概念获得了现实意义，并且得以深化。文学形态不断变迁，从其思想性看，这一流派的文学作品始终蕴藏着俄罗斯根基主义思想，根基主义甚至可以称为乡村小说的思想核心。从18世纪末期开始，俄国思想界一直围绕着"向西还是向东"的文化归属与国家发展问题争论不休，且波及思想文化各个领域，19世纪30—40年代俄国文化阶层中出现"西欧派"（Западник）与"斯拉夫派"（Славянофил）的思想激烈对峙，实际上"在此前后相当长的历史时间里，这两种思想倾向之间都一直存在着程度不等的对峙"①，如同一根红线贯穿着整个俄国历史，其中的斯拉夫主义成为后来根基主义思想的源头。斯拉夫派一词最早出现于俄国诗人康斯坦丁·巴丘什科夫（Константин Батюшков）的诗歌《忘川岸边的幻象》，意指热爱斯拉夫古代风习的人。

斯拉夫派与西方派思想对立并非仅为19世纪的文化现象，古代罗斯的形成中已经埋下历史、宗教、地缘政治和文化根源。

俄国处于欧洲文明的边缘，属于后兴起的处于多种文化结合部的国家，且连年征战获得的土地多为未受文明滋养的地区，本土文化基础比较薄弱。战争作为文化交流的方式之一使罗斯同时遭遇了南方北方不同文化的侵入。"在俄罗斯文化的产生中拜占庭和斯堪的纳维亚起了决定性作用"，"拜占庭文化给了罗斯基督教精神的性质，而斯堪的纳维亚大

---

① 刘文飞：《阿伊诺斯，或双头鹰》，中国社会科学出版社2006年版，第4页。

体上给了它军事部落的体制"①。拜占庭文化虽然来自西方,却因为地缘因素在文化习俗上带有浓重的东方特色。东斯拉夫部落邀请瓦兰人掌管,将日耳曼人的军事政治体制引进罗斯。从伏尔加河到里海的商路使斯拉夫人接受东方文明的浸染,13世纪之后长达两百年的鞑靼蒙古统治使东方的专制集权制度在罗斯生根。罗斯"第三罗马"的观念使俄国教会认为自己才是东正教,与西方罗马教廷的分裂造成了东正教的孤立,对"俄国文化的价值取向产生了长期的、潜移默化的影响"②。可以认为,俄罗斯文化的产生与发展受到东西方文化深刻影响。"东西方文化两种不同潮流在俄罗斯地缘政治的精神空间碰撞,决定了俄罗斯精神内核的本质。"③发生于16世纪库尔勃斯基公爵与伊凡四世通信中已表现出俄罗斯对待文化发展上的选择,伊凡四世的君主专制政权和库尔勃斯基代表的自由民主思想呈现俄国历史上最早的东西文化冲突。

彼得一世改革使本落后于西欧的俄国在军事、经济、文化领域取得长足进步,但也促成了"最近两百年来俄国思想界最大分歧——西欧主义和斯拉夫主义之争"④,这种争论源自俄国社会上层与下层的分裂隔绝。代表先进文明的西欧文化引入俄国,为当时的俄国打造贵族阶层文化精英群体,他们对西欧文化各个方面亦步亦趋,彼得执政后在军事、政治、社会、文化教育等方面施行了大量改革措施,"希望把俄国的一切,包括政府、社会、日常生活和文化等都西方化和现代化"⑤,如,18世纪欧洲同盟的外交语言是法语,为了外交考虑,"彼得一世要求所有那些想成为外交官的有志之士必须通过学习熟练地掌握法语,并在年轻时赴欧洲国家留学","俄国创造了那个时代最为刻苦的外交培训体系"⑥,彼得一世的做法颇具成效,到1725年俄国已经在欧洲很多国家

---

① [俄]德·利哈乔夫:《解读俄罗斯》,吴晓都等译,北京大学出版社2003年版,第21页。
② [俄]德·利哈乔夫:《解读俄罗斯》,吴晓都等译,北京大学出版社2003年版,第14页。
③ Замятина, Н. Ю, "Зона освоения (фронтир) и её образ в американской и русской культурах", Общественные науки и современность, 1998, № 5, C. 15.
④ 林精华:《从西欧主义到斯拉夫主义》,《解放军外国语学院学报》1999年第3期。
⑤ [美]尼·梁赞诺夫斯基、马·斯坦伯格:《俄罗斯史》,杨烨、卿文辉译,上海人民出版社2007年版,第212页。
⑥ [英]杰弗里·霍斯金:《俄罗斯史》,李国庆等译,南方日报出版社2013年版,第174页。

建立了使馆。从当时的历史状况看，历史学家尼古拉·梁赞诺夫斯基认为，彼得一世进行改革是为了北方战争的需要，改革的初衷就是在科技、军事等物质方面摆脱俄国落后面貌，其改革促进俄国走上了西方化的道路，因此全面西化的俄国知识精英阶层逐渐失去俄国斯拉夫民族文化特色，彼得大帝的改革使18世纪的俄国一跃成为领先国家，尤其在冶金领域，"俄国是世界上最大的铁和黄铜的生产国"[1]，改革的成果表现在农业规模扩大、工业发展、贸易增长，但同时改革也带来文化的后果之一——导致俄国社会的断裂，知识分子与普通民众之间产生思想意识以及文化生活等多个方面的鸿沟，彼得后来的继任者们更加无力弥合这种断裂。接受了西方知识教育的新式贵族逐渐接受新的文化，并对其加以传播，西方文化成为区分贵族与非贵族的标准，甚至把一些文化修养和社交礼仪确定为一种贵族生活风尚，而这些在普通俄国人眼中是反基督甚至是异教的。到18世纪中后期，很多贵族家庭在社交活动中使用法语，孩子出生后先学习的也是法语、英语，很少使用俄语，仅仅在与仆人、农奴交流时才使用俄语。贵族精英和人民大众之间这种殖民风格的裂缝变得愈加不可协调，历史学家瓦西里·克柳切夫斯基描述贵族："他们在外国人当中试图显得更无拘无束，而在本国却成功地成了俄国人眼中的外国人。"[2]

卫国战争与十二月党人贵族革命催生了19世纪俄国斯拉夫派同西方派的争论。彼得一世的改革所造成的文化断裂对俄国社会产生了深刻的影响，断裂所带来的社会上下阶层之间的隔膜与后来沙皇们不断加强的君主专制统治相结合，造成俄国没能按西欧国家模式发展。1812年拿破仑入侵俄国引发的卫国战争使贵族阶层中一部分知识精英意识到国家真正的力量源泉是社会底层的遭受奴役的普通人。历史事实大量表明，在抗击拿破仑入侵的战争中，俄国农民发挥了重要的作用，他们自发组织的地方武装和游击队伍成为打击敌人的重要力量，但是这种巨大勇气和爱国精神并没有得到统治者的回应。战争中的一个插曲很能说明

---

[1] ［英］杰弗里·霍斯金：《俄罗斯史》，李国庆等译，南方日报出版社2013年版，第256页。

[2] ［英］杰弗里·霍斯金：《俄罗斯史》，李国庆等译，南方日报出版社2013年版，第205页。

问题，当时军官纳里斯基甚至同意将备用武器发给游击队农民，但是不久他就收到上级收回武器的命令，他认为："这（收回备用武器）与农民的高尚行为相比是多么的龌龊……他们是要去消灭祖国的敌人。我不会把这些不惜牺牲自己生命来捍卫他们的独立和保卫妻儿、家园的人们视为叛乱分子。"①这次卫国战争被视为一场人民战争，俄罗斯农民对祖国家园的热爱与成为自由公民的深切盼望经由这次战争表露无遗。十二月党人的起义正是与1812年卫国战争具有密切关系的来自社会上层贵族内部的一次分裂。谢尔盖·特鲁别茨科伊说："在营地和战场上生死与共，共同保卫祖国的经历使他们与其他阶层的人民紧密团结在一起。"②1812年的卫国战争使一些有良知的青年贵族开始觉醒，认为农奴制的剥削是不道德的。十二月党人起义虽然以失败告终，但是却对俄国的发展具有重大的社会与文化意义。1836年恰达耶夫以一种唱衰式近乎偏执的口吻发表了《哲学书简》，强烈指出俄国必须向西方看齐，否则就没有未来。赫尔岑认为《哲学书简》的发表是唤醒沉睡俄国的信号，"这是黑夜里的枪声；也许它宣告了什么对象的覆灭和死亡，也许它是信号，求救的呼声，是黎明的消息，或者黎明不再到来的通知，但不论怎样，必须醒来了"③。《哲学书简》引起社会广泛的争论，逐渐形成了两种针锋相对的意见，成为斯拉夫派与西方派思想论争的导火索，可以说，卫国战争爆发后引起社会各阶层之间理解的加深、具有西欧知识文化的贵族对民主政治制度的向往与对社会底层人民疾苦的深刻同情促使很多俄国贵族加入主张变革的自由派阵营。贵族阵营内部形成了西方派与斯拉夫派的对峙局面。

斯拉夫派与西方派白热化争论中形成斯拉夫主义。斯拉夫派与西方派并非两个壁垒森严的独立团体，而是结构松散，没有签署过任何公开纲领性文件的一群思想者，他们各自围绕俄国未来发展的构想捍卫自己

---

① ［英］杰弗里·霍斯金：《俄罗斯史》，李国庆等译，南方日报出版社2013年版，第240页。

② ［英］杰弗里·霍斯金：《俄罗斯史》，李国庆等译，南方日报出版社2013年版，第249页。

③ ［俄］亚·赫尔岑：《往事与随想》（中卷），项耀星译，人民文学出版社1998年版，第151页。

的观点。十二月党人起义失败后，尼古拉一世加强了意识形态的控制，俄国进入了自身发展历史中思想意识控制最严格时期，甚至出现了"昏暗的七年"（1848—1855），更多有良知的知识分子聚集到自由派旗帜下，就俄国的道路问题发表迥异的见解。西方派以一群从西欧留学回国的知识分子为代表，其中包括格拉诺夫斯基、克留科夫、谢·索洛维约夫、卡维林及别林斯基等。他们崇尚西欧的立宪民主制，认为走西欧的发展道路使俄罗斯与欧洲走上共同发展的道路。德国等西欧国家的理性主义哲学与科学精神吸引了俄国的知识分子，他们是"在文化和文学层面都是具有强烈民族情感的人，并将之视为俄罗斯民族在欧洲赢得身份和发言权的首要条件之一。更为重要的是，他们还将一种面对现实的理性精神引入了文学"[①]。斯拉夫派的文人多来自俄国贵族，他们中很多人曾到过欧洲并对欧洲文化与社会具有深入理解。该派大致产生于1839年前后的文化沙龙，作为恰达耶夫的《哲学书简》的否定性声音形成思想流派。19世纪20年代斯拉夫派已经形成了具有一定规模的团体活动，霍米亚科夫、科舍列夫和基列耶夫斯基被视为奠基人。斯拉夫派后来的代表人物还有阿克萨科夫、萨马林、瓦卢耶夫、拉曼斯基，随着19世纪俄罗斯社会生活的变化，"达尼列夫斯基、陀思妥耶夫斯基等也被列入斯拉夫派"[②]。斯拉夫派并不赞同西方的理性主义，认为在理性主义主导下的西方文明虽然使人类获得了巨大的征服自然的进步与自信，但也同时导致了俄国社会思想的混乱，而俄罗斯人无法从西方获得有价值的思想。因而斯拉夫派主张回归俄罗斯东正教的直觉主义哲学精神，借此抵御西方社会产生的物质主义、信仰缺失及道德滑坡等等消极问题。斯拉夫派主张复兴古代文化，挖掘整理富有民族文化特征的作品，强调俄罗斯民族对世界的独特使命。西方派与斯拉夫派之争并非壁垒森严，而是处于相互渗透甚至必要时相互合作的状态。正是因为争论成就了俄罗斯文学，使"俄罗斯文学得以摆脱对西欧文学的模仿获得某种自觉意识"[③]，从而使俄罗斯文学成为社会关注的中心，各种思潮在

---

① 刘文飞：《阿伊诺斯，或双头鹰》，中国社会科学出版社2006年版，第23页。
② 刘文飞：《阿伊诺斯，或双头鹰》，中国社会科学出版社2006年版，第23页。
③ 刘文飞：《阿伊诺斯，或双头鹰》，中国社会科学出版社2006年版，第23页。

这里交锋，文学成为容纳了哲学、艺术、批评、宗教，甚至科学的熔炉。斯拉夫派与西方派的争论为19世纪乃至以后的俄罗斯文学发展提供了思想资源，为俄罗斯文学奠定了厚重思想文化传统根基。然而，作为重要派别的斯拉夫派思想并未获得相应的重视，甚至其代表人物的文学作品也并未得到系统解读。斯拉夫派很多文学主张具有现实性特点，因寻觅理想的社会结构而将目光转向俄罗斯民间，从而强调作品的人民性，与西方派的锐意变革不同的是，斯拉夫派主张"以道德感化促进社会的进步"[1]，后来的俄罗斯文学作品中对道德伦理问题的重视概来源于此。

（一）斯拉夫主义的思想特点

斯拉夫派主张从"俄国历史和文化中探寻未来的发展道路，希冀以俄国公社、俄罗斯精神、俄国东正教振兴俄罗斯"[2]，由于在苏联时期意识形态的控制，对于斯拉夫主义的研究直到苏联解体后才有了一定的进展。斯拉夫主义的特征大致有几个方面。

首先，以东正教理念为主导思想。

罗斯所接受的基督教与西方的天主教具有很大区别。俄罗斯人的东正教包含着纯正东方教父学思想，因未受到文艺复兴、工业革命等理性主义运动的浸染，东正教保持了原始基督教的教义与仪式。东正教认为，欧洲基督教因为吸收了逻各斯理性思想导致其越来越走向世俗化，"剩下了与西欧世俗封建制度雷同的、等级森严的教会体制与充满文牍气的典章规条"[3]，因而西欧的基督教已经远离基督教的本源，带有形式主义的教条特点，这样的宗教将无法拯救世人，恰恰相反因其世俗性而导致大量罪恶。东正教在俄罗斯的传播过程中，逐渐吸收了俄罗斯本土的多神教因素，东正教对上帝的信仰重视直觉体验而非理性分析，尤其圣母崇拜是俄罗斯人信仰的重要方面，因此"实现了以赤诚信仰和内

---

[1] 刘文飞：《阿伊诺斯，或双头鹰》，中国社会科学出版社2006年版，第26页。

[2] 姚勤华：《19世纪俄国斯拉夫主义思想和运动研究》，《东欧中亚研究》2002年第6期。

[3] 季明举：《斯拉夫主义的文艺理论和文化批评》，中国社会科学出版社2015年版，第29页。

在生命感悟见长的基督教非理性意念和俄罗斯本土多神教的万物有灵意识的有机交汇,对俄罗斯人民性格的养成与塑造具有直接的精神影响"[①]。也正是在具有俄罗斯特点的东正教影响下,形成了俄罗斯人温和顺从的性格特征,对神与上帝的敬畏是俄罗斯人思想与生活的全部追求,如阿克萨科夫所说:"我们的罗斯是神圣罗斯……对我们来说最重要的是信仰的事业、是拯救灵魂的事业。"[②] 与西方人相比,俄罗斯人较少注重物质主义、个人主义以及商业化。霍米亚科夫认为:"俄罗斯东正教会的一个主要优势就是没有过多地迷恋、纠结于世俗的利益,保持了基督教的纯洁性。"[③] 在斯拉夫主义者思想中,东正教思想是基础,与他们所提出的其他思想有机地结合在一起,构成了斯拉夫派完整的哲学理论。

其次,主张回归村社制。

斯拉夫主义者认为,彼得大帝的欧化改革破坏了古老的俄罗斯传统,扔掉了传统中宝贵的精神财富,有必要溯本求源,到古代俄罗斯农村的村社制中找寻俄罗斯民族赖以存在与进一步发展的力量源泉。彼得对外国文明的引入与传播引起的是俄罗斯社会生活的分裂,过去的古老的自然进程戛然而止。对于这种文化上的西化进程,斯拉夫派则担心从西方拿来的文明很难为广大百姓接受,而贵族阶层对西方的生活方式等方面的模仿则成就了一个脱离下层的上层社会,他们视外来的文明为先进,从而抛弃了俄罗斯民族性,实际上上流社会全盘的西化带来的害处是打破俄国社会旧式和谐与平衡,在俄国社会造成了互不理解且相互分离的文化混乱,要拯救这种混乱就要回归到古代俄国,回到彼得大帝以前,因此他们将目光聚焦于古代俄罗斯农村原始的村社制。

村社(община)又称米尔(мир),是古代俄罗斯的一种社会结构形式,在村社中实行集体制度,任何事情都由成员共同决定,根据所有人

---

① 季明举:《斯拉夫主义的文艺理论和文化批评》,中国社会科学出版社2015年版,第91页。

② 季明举:《斯拉夫主义的文艺理论和文化批评》,中国社会科学出版社2015年版,第90页。

③ 季明举:《斯拉夫主义的文艺理论和文化批评》,中国社会科学出版社2015年版,第92页。

的意愿推举村中最年长与德高望重者组成最后决策集体,因此在村社中人与人之间以协商方式解决问题。斯拉夫主义思想家极力推崇并倡议回归这种久远的社会制度从某种程度上具有一定的保守主义特点,但不可否认这些思想家对于业已失去的和谐社会的精神向往。"霍米亚科夫提出了村社主义(Община)这一概念,认为古罗斯村社形式'米尔'(Мир)呼应了历史文化发展的内在规律,是在纯粹正教基础上建立起来的和谐社会组织。这一古老'米尔'形式保证了父亲般的沙皇与虔诚、温顺的人民的和睦共处,可避免阶层对抗和欧洲社会所发生的血腥的转折。"[1] 阿克萨科夫说"俄国公社是放弃了利己心和个性的人们的联合","个人在公社中没有被埋没,而是放弃了唯我独尊的态度"[2],公社土地所有制成就了俄罗斯思想中的集体主义观念,长期以来在集体中生活并且共享财产的生活方式以及整体利益高于个人利益的价值观也使俄罗斯民族产生了独特的道德观念,因此俄罗斯人通常没有强烈的私有财产欲望,对物质生活的追求往往让位于精神求索,对自身道德的完善与对绝对真理的追求是他们人生的终极目标,而西欧社会则因理性主义以及土地私有表现出对物质生活的浓烈欲望。斯拉夫派认为公社体现俄罗斯精神,是革新俄国和世界的希望,公社是"社会的安宁、秩序和稳定"的保障。[3] 在公社中农民普遍信仰作为俄国精神基石的东正教,由此精神的和谐整体性与灵魂崇高性代替了西方普遍遵循的物质性而成为人们的普遍追求,完美道德的追求是东正教的最高境界,"而生活在公社的俄罗斯人则不断在修炼这种完美的道德"[4]。

再次,聚合性思想。

聚合性(соборность)是霍米亚科夫提出的又一个重要概念。他在

---

[1] 季明举:《斯拉夫主义的文艺理论和文化批评》,中国社会科学出版社2015年版,第92页。

[2] Riasanovsky, N. V., *Russia and the West in the Teaching of the Slavophils*, Harvard University Press, 1952, p. 135.

[3] Сладкевич, Н. Г., *Очерки истории общественной мысли России в конце 50-х—начале 60-х годов XIX века: борьба общественных течений в годы первой революционной ситуации*, Ленинград: Издательство Ленинградского университета, 1962, С. 66—67.

[4] 姚勤华:《19世纪俄国斯拉夫主义思想和运动研究》,《东欧中亚研究》2002年第6期。

《教会唯一》中对这个概念给予了深入阐释，认为：собор 体现的是多样统一的思想。"是所有人的统一体的教会，是自由的统一意志、完整的统一意志的教会。"① 这种聚合，不是外在的形式上的统一，而是内在的统一，"外部的统一只是仪轨联系的统一；而内部的统一是灵魂的统一"②。哲学家洛斯基将聚合性理解为协同精神，他认为："协同精神是在对真理共同的理解，以及共同探寻救赎之路的事业中，教会所遵循的一致性的基本原则，不论是拥有最高权力的大牧首、僧侣，还是普世会议，都不能完全代表真理。真理的体现者只能是全体教会。"③

协同精神是教会的和衷共济思想。在此思想中，个人的个性与精神的统一并不矛盾对立，而是相辅相成，即精神的统一更有助于个性的展现，而不是对个性的压抑甚至牺牲个性。聚合性与集体主义并不相同，聚合性所倡导的是自由，并且这种自由并没有任何规定的外在形式，信仰者跟随自己的内心对上帝的爱与公正凝结为基本一致的价值观，因而成员们在一致的价值观基础上的活动是自由的、多样丰富的；集体主义则要求成员在一定程度上牺牲个人的自由，甚至人的个性遭到扼杀，以换取整体一致性。外在的形式上的集体往往要求成员遵守某些章程，人必须遵守规则。由此，聚合性并非一般意义上的集体主义的同义词。它更多地体现为精神自由，"精神自由是俄罗斯大地的恩赐，是在其土地上绽放最美丽的花朵"④。

最后，作品中的理想化的"人民性"。

"人民性"（народность）最早是由卡拉姆津提出，19世纪的众多文学家均在自己的作品中从不同角度赋予了这一概念以独到的内涵。在普希金、屠格涅夫、莱蒙托夫等19世纪上半叶作家的作品中以及评论家别林斯基、车尔尼雪夫斯基等文学评论中都可以发现对人民性的阐述。

---

① 刘文飞：《阿伊诺斯，或双头鹰》，中国社会科学出版社2006年版，第43页。

② 王志耕：《宗教文化语境下的陀思妥耶夫斯基诗学》，北京师范大学出版社2003年版，第91页。

③ Лосский, Н. О., *История русской философии*, Москва: Советский писатель, 1991, С. 35.

④ Мандерштам, О. Э., *Сочинения в 4-х томах（Том 2）*, Москва: Издательство Художественной литературы, 1990, С. 155.

别林斯基认为自然派选取人民群众为主人公说明俄罗斯作家试图摆脱对西方的亦步亦趋的模仿，进而试图创作出具有民族独创性文学作品。车尔尼雪夫斯基则对人民性概念理解为类似果戈理等作家对小人物的描写，作家作品中的人民性是真实反映平民大众的思想感情和本能愿望。

斯拉夫派所倡导的人民性思想与19世纪初期教育大臣乌瓦洛夫的"官方人民性"理论并不一致，甚至可以说有本质上的区别。乌瓦洛夫是从官方的立场对国家的思想形态进行高度概括时提出的观点，即认为"专制-正教-人民性"是俄罗斯帝国不同于西方世界的特点。其人民性概念为："俄国人具有虔诚的正教信仰和天然顺从的性格，体现为其内心深爱上帝与深爱沙皇—父亲。"① 普列汉诺夫认为上述两者之间仅有细微差别，他提出"斯拉夫派学说和官方人民性理论在本质上是一种学说"②，这一观点后来被很多学者否认其合理性。我们认为，斯拉夫派的人民性思想与官方人民性理论其本质上的不同在于斯拉夫派的反对农奴制和专制主义的立场。作为自由派之一的斯拉夫派，并非官方的代言人，而是更多的从热爱俄罗斯祖国，希望俄罗斯走上一条非照搬西方的具有俄罗斯自身独特性的道路。因而斯拉夫派对于俄国过去历史的不乏理想主义的怀恋和赞颂、对彼得改革前俄罗斯尚存的古朴民风的鼓吹与谢尔巴托夫对贵族宫廷生活的美化和古代贵族优秀品质的描写具有很大不同。因斯拉夫派的名称以及斯拉夫派思想家的贵族身份等因素，斯拉夫派思想往往被评论家们误读。

斯拉夫派的"人民性"思想"更多的是对人民的理想化，斯拉夫派坚信俄国优于西方的宗教和同一性的品质存在于人民之中"。③ 斯拉夫派思想家通过大量著作表现出爱国主义甚至是民族主义，他们将寻觅的目光深入俄罗斯的古代历史、民俗、农民的村社生活等等多个方面，主要目的在于寻找俄罗斯民族文化存在的"根"，认为俄罗斯民族能够汲取力量的根基在于普通的人民而不在贵族客厅，可以说斯拉夫派对历史的研究是对历史虚无主义的反驳。卡拉姆津在《对祖国和民族自豪感的

---

① 刘宁：《俄国文学批评史》，上海译文出版社1999年版，第34页。
② 白晓虹：《俄国斯拉夫派思想探源》，《求是学刊》1998年第2期。
③ 白晓虹：《俄国斯拉夫派思想探源》，《求是学刊》1998年第2期。

爱》一文中提出俄罗斯人在民族自信方面存在过于谦逊的特点，认为这对政治有害。在不否认西方的科学与理性精神为世界所做出的巨大贡献的基础上，斯拉夫派思想家极力证明应该以批判的精神对待西方文明，且有选择地接受好于全面地倒向西方，在他们看来，由西方而来的很多东西并非都是有"根"的。

　　为了寻找对俄罗斯来说继续得以发展的根基，很多斯拉夫派学者思想家深入俄罗斯文化与文学艺术的研究中，通过公开发表演讲与著书立说的方式呼吁社会重视俄罗斯自身的力量，而这些力量正在民间。他们提出艺术的人民性在于艺术是否反映民族精神。作为斯拉夫派代表的思想家基列耶夫斯基和霍米亚科夫对人民性观点的明确态度鲜明体现在他们的专著中。"要成为民族诗人，仅仅做个诗人是不够的，还要深刻地融入民族的生活，分享人民的期望与追求。"[①] 霍米亚科夫强调，艺术"与其说是艺术家本人在运用自我的灵感和感性经验进行着艺术创作，不如说是民族精神生活元素……在艺术家身上进行着艺术创作"[②]。霍米亚科夫的《论俄罗斯艺术学派的可能性》《论新与旧》及基列耶夫斯基的文章《1829 年的俄国文学概观》批评当时文坛的模仿使艺术家缺乏独立的精神，外来艺术很难适应民族精神土壤。斯拉夫理论家还将目光投向民间创作诗学研究，如，П. 基列耶夫斯基的《П. 基列耶夫斯基所收集的俄罗斯民间歌曲》、阿克萨科夫的硕士学位论文《俄罗斯文学与语言史上的罗蒙诺索夫》从俄罗斯艺术、语言多方面进行了深入研究，提出俄罗斯的文学艺术脱离了民族文化土壤其独特性就会消失。从以上的分析可见，斯拉夫派思想家由于时代与阶级的局限仅从思想与艺术创作上提出了人民性的观点，并没有更多深入民间的实际行动。然而，也正是他们的思想为后来的民粹运动——"到民间去"的知识分子的活动作了必要的精神准备，成为后来 19 世纪 60 年代兴起的土壤派的思想基础。

---

① Киреевский, И. В., *Полное собрание сочинений в 4-х томах*（Том 3），Калуга：Гриф，2006，С. 419.

② Хомяков, А. С., *Полное собрание сочинений. Том 1*，Москва：Университетская типография，1886，С. 75—76.

（二）根基主义：乡村小说思想之源

俄国的农奴制改革前后的十年，正是欧洲的文化哲学各种思潮蓬勃发展时期，在农奴制改革后"激进的60年代"，西欧与俄罗斯均产生了对自然科学的崇尚及对革命民主主义思想的追捧，来自西方的哲学"费尔巴哈唯物主义以及历史虚无主义观念成为时代文化主潮……民族生命意识和传统文化精神受到漠视；宗教和浪漫主义事物遭到排斥"[1]。根基主义，又名土壤主义，是19世纪俄国知识界独创的一种文化思潮。根基主义词根为 почва，译为土壤，因此很多著作中又把该派翻译成为"土壤派"，本书为求统一，以下均称根基主义。该词的"引申意义有两层：第一层是指人民、老百姓、民间；第二层更高的引申意义是指俄国文化，尤其是东正教文化"[2]。"根基主义"（почвенничество）正是在此文化语境下应运而生，是俄国19世纪斯拉夫主义运动中60年代兴起的社会文化与文学批评派别。"根基"一词曾经作为斯拉夫派极为重视的"人民性"一词的隐喻内涵出现在根基主义思想家格里高利耶夫的著作中，该词后来分别在其《俄罗斯民歌》（«Русские песни»）（1854）、《论艺术的真诚与真实》（«О правде и искренности в искусстве»）（1856）及在《论屠格涅夫及其〈贵族之家〉》（«И. С. Тургенев и его деятельность. По поводу романа 〈Дворянское гнездо〉»）（1859）等著作中作为重要概念加以阐释。而"根基派"一词的首次出现则是在安东诺维奇（М. Антонович，1835—1918）的论文《论根基》（1861）中，该评论家是以不乏戏谑的嘲讽口吻称呼论敌《时间》杂志的撰稿人们的，此前1860年作家费·陀思妥耶夫斯基与其兄长在《时间》（«Время»）上阐述其办刊宗旨是为了"促进彼得大帝改革的追随者与人民根基（почва）之间的和解"[3]。1861年的俄国农奴制改革后西欧派与斯拉夫派之间的争论因时代变迁而逐渐平息。"根基"一词在俄语中与"土壤"是同义词，陀氏认为此看法表达出了该术语"物理现实又是精神的现实"，土壤这个概念具有永恒性：

---

[1] 季明举：《俄国根基主义及其民族文化审美理论》，《国外文学》2009年第4期。

[2] 刘文飞、文导微：《文学俄国》，人民文学出版社2014年版，第190页。

[3] Достоевский, Ф. М., *Полное собрание сочинений в 30-х томах* (Том 19), Ленинград: Наука, 1979, С. 148.

"土壤自身从来没有开始,而是永远延续了我们社会中健康的恒久反抗世界主义的部分。"① 以陀思妥耶夫斯基兄弟、格里高里耶夫、斯特拉霍夫为首的根基主义理论家们意识到逐渐西方化的俄国出现了"俄罗斯民族精神品格跌落、诗性智慧衰退的文化倾向"②,他们忧虑俄罗斯正在不断倾向西方思想,正在失去自古以来形成的传统的民族精神,有沦为西方文化附庸丢失俄罗斯精神独特个性的可能。根基主义思想家们认为"俄国有比围绕着农民问题而施行的外在社会变革更为重要的内在民族精神文化问题"③。

总体来看,根基主义思想的核心为:根基是传统的俄罗斯历史文化与民族独特的精神价值,以及生命本身的价值。作为俄罗斯文化精英群体的知识分子应该摒弃西欧层出不穷的各种思想的分裂联合起来,回归俄国本土文化精神,以期与"根基"获得和解,同时吸收整合外来文化,即"所有欧洲(包括俄国)以付出民族个性分裂为代价所发展起来的各种理念的有机综合"④,从而复兴俄罗斯文化精神,进而实现俄国知识分子一贯坚持的"拯救世界""全人类兄弟般团结的"弥赛亚文化使命。可以说,根基主义继承了原有的俄罗斯斯拉夫主义思想,并从政治、社会、艺术等多个方面发展了该思想,构成了独具特色的俄罗斯文化哲学思想。以陀思妥耶夫斯基为首的上述几位根基派思想家以自己的著述分别就国民教育和政论性问题、文学、艺术审美、历史文化等多方面阐述了自己的根基主义思想。这些思想大体可以概括为两个方面,即基于基督之爱的民族文化整合理想和自古以来"有机主义"俄罗斯乡土批评理论。

陀思妥耶夫斯基作为根基主义理论的奠基人自始至终参与了该派别思想发展全过程,并且在自己所创办的杂志《时间》的发刊词中指出了

---

① Достоевский, Ф. М., "Несколько слов о М. М. Достоевском", *Эпоха*, 1864, №6, С. 2.
② Достоевский, Ф. М., "Несколько слов о М. М. Достоевском", *Эпоха*, 1864, №6, С. 39.
③ Достоевский, Ф. М., "Несколько слов о М. М. Достоевском", *Эпоха*, 1864, №6, С. 39.
④ Достоевский, Ф. М., *Полное собрание сочинений в 30-х томах* (Том 18), Ленинград: Наука, 1978, С. 36—37.

"和解"对于俄罗斯未来发展的重要意义,普遍认为,"和解"包括了以往的西欧派与斯拉夫派贵族知识分子的和解,也包括了上下层之间的和解,即因彼得大帝改革而导致的知识分子与人民的隔阂的消除。陀氏认为,农奴制改革后知识分子与人民之间的障碍客观上已经不复存在,知识分子应该回归根基,即应该走向人民。对此陀氏毫不掩饰自己接近"根基"而获得的欣喜感受。在作家流放期间,发现了最普通的底层人们身上的带有俄罗斯民族性特点的好品质,他如获至宝且由衷赞叹俄罗斯人民的质朴,并且认为自己达到了对老百姓的真正理解:"多么好的老百姓啊!……如果说我还没有很好地认识俄国,那么我对俄国人民却有很好的了解,而且了解得如此之深。"① 可能正是流放的岁月使陀思妥耶夫斯基的世界观发生了转变,使他发现了俄罗斯人民精神中的和谐,而根基主义也将"温和、谦恭、顺从、忍耐视为俄国人民的天性与美德"②。后来在陀思妥耶夫斯基写给友人的信中提到自己的观点:"谁抛弃了自己的人民和民族性,他就会失去对祖国的信仰和上帝。"③ 陀氏认为,俄罗斯与西方不同,俄罗斯不存在西方式的尖锐的阶级对立与仇恨,是因为俄罗斯自古就形成了各个社会阶层间的和睦友好,协调一致。"这种风气早在远古时代已见端倪,这个开端是造物亲自在俄罗斯精神和人民理想中安排下来的。"④ 可见,陀思妥耶夫斯基仍然视村社这一古老宗法制度和东正教的聚合性为俄罗斯文化传统的根基。在此基础上,陀氏提出了在人民中普及文化教育的观点,他认为文化知识可以增强民众的个体修养与自我完善,能够从很大程度上消除因缺乏文化知识所导致的社会混乱落后和庸俗与愚昧的情形的发生。他大声疾呼"识字是第一位的,加强识字和教育工作,是如今所剩的也是可行的唯一救国方法,唯一进步的途径……这是我们同我们自己的根基、同人民生活

---

① [俄] 费·陀思妥耶夫斯基:《致米·米·陀思妥耶夫斯基(1854 年 1 月 30 日—2 月 22 日)》,《陀思妥耶夫斯基全集·书信集》(上),郑文樾、朱逸森译,河北教育出版社 2010 年版,第 137 页。
② 蒋路:《俄国文史采微》,东方出版社 2003 年版,第 327 页。
③ 蒋路:《俄国文史采微》,东方出版社 2003 年版,第 327 页。
④ 蒋路:《俄国文史采微》,东方出版社 2003 年版,第 327 页。

相结合的唯一可能的途径"①。陀思妥耶夫斯基将农奴制改革后的社会和谐问题寄希望于文化教育，认为知识分子可以通过教化民众进一步与人民融合，消除阶层间的矛盾隔膜，消弭在俄国发生西方式的暴力革命的危险，同时也可以保存俄罗斯民族文化的根基。

与斯拉夫派的原有思想不同的是，根基主义思想家并非全盘否定西方，他接受一部分西方的民主自由思想，接受西方的技术进步，赞成发展工业。但同时他们也通过对西方资本主义本质认识，意识到了资本主义的过度的物质化已经使西方人堕入了"腐朽的西方"的深渊。费·陀思妥耶夫斯基的思想发生转变后，确切地说是在从西伯利亚流放结束后开始宣扬根基主义思想，同时作家也在作品中表现出对全欧洲的各种思想的关注抑或曰扬弃，从其言论中可窥见民族文化整合的意味。在欧洲旅行期间，陀思妥耶夫斯基对资本主义世界做了鞭辟入里的分析，欧洲体现出与俄国人追求精神和谐截然相反的物质至上的思想状态，天主教已经背离了基督教的原初，欧洲工商社会弥漫的弱肉强食、唯利是图的风气促使陀氏认为欧洲已经堕落，需要精神拯救，同时也认为俄罗斯不应该走欧洲的道路。因而他认为所提出的根基主义思想也具有普世性，俄罗斯思想在一定程度上具有协调欧洲各民族思想的作用，"我们满怀憧憬地预言，我们国家未来的活动将具有最高意义的全人类性，俄罗斯思想很可能成为欧洲个体民族顽强勇敢地发展的所有思想的综合体，有可能全部敌对的都会和解，并在俄罗斯民族性中得到进一步发展"②，作家将知识分子与民众的结合作为前提，是因为俄国人民自古以来生活中渗透的宗教养成了俄罗斯人独特的圣徒一般的温顺谦恭，富有博爱与和解精神，是道德伦理的表率。在《作家日记》中，陀氏提到俄罗斯人民对东正教的自豪感，认为虽然很多的俄国农民是文盲，无法读懂圣经福音书的教会经文，但是最为普通的俄罗斯百姓对于基督教的虔诚是毋庸置疑的，俄罗斯人天性中便擅长领会基督教的奥秘："东正教在信奉基督的真诚方面超过所有其余的人，俄罗斯人为东正教这个名称而无比

---

① Достоевский, Ф. М., *Полное собрание сочинений в 30-х томах（Том 18）*, Ленинград: Наука, 1978, С. 161.

② Гроссман, Л. П., *Достоевский*, Москва: Молодая гвардия, 1962, С. 283.

的自豪。"① 正是因为俄国人民生活的独特宗教性与自古以来的文化传统蕴含着巨大精神力量，陀思妥耶夫斯基提出原来的斯拉夫主义者的观念不应该仅停留于书斋，而是要在历史中获得成熟的形式用以抵御来自异域（主要是西方）的文化侵袭。由此知识分子阶层回归根基看起来尤为重要。

二 有机论的"根基主义"艺术批评

根基派思想家中大多为文学家，他们往往借助文艺批评阐释自己的根基主义思想，从生命有机论观点出发，提出了一系列全人类价值的艺术审美的新观点。格里高利耶夫和斯特拉霍夫均在文学评论和艺术批评方面著述颇丰，两位思想家均站在俄罗斯传统的生命意识和有机论立场对经典文学蕴含的根基主义予以揭示。

19世纪中期文学评论家兼诗人格里高利耶夫就创立了"有机论"观点。他认为：生命是美，艺术则是对生命的表现——"生命的理想显现"②，"有机生命"因为具有自身的生命力而蓬勃发展，生命之所以具有永恒的运动性的本质是因其不断向民族传统文化的根基获取生命活力的原因。格里高利耶夫的生命有机论与民族文化根性紧密相关，正是因为生命有机论所遵循的动态艺术审美原则而赋予了俄罗斯民族文化以蓬勃的发展动力。格里高利耶夫摒弃了斯拉夫派的静态观，即"机械与静止地理解民族生活"③，把民族文化理解为固定不变的，即不会随着时代而发展的，民族文化只能停留于过去的古代的固定模式，由此推论，则民族文化在现代生活与社会中将很难立足。格里高利耶夫提出"民族是活的机体"，"根扎在过去，枝叶却伸向未来"④。可见，评论家所提出的对俄罗斯民族文化的有机论的新认识便与斯拉夫派相对保守主义的立场

---

① ［俄］费·陀思妥耶夫斯基：《作家日记》（上），张宇、张有福译，河北教育出版社2010年版，第59页。

② Григорьев, А. А., *Эстетика и критика*, Москва：изд. Искусство, 1980, С. 134.

③ 季明举：《探索生命的根基——有机批评和根基派思想比较》，《俄罗斯文艺》2007年第2期。

④ Григорьев, А. А., *Литературная критика*, Москва：Искусство, 1967, С. 113.

有所区别。格里高利耶夫的根基主义思想通过一系列的文艺评论和美学评论阐释出来,其中与陀思妥耶夫斯基分歧最大者为对艺术的作用的理念。

19世纪60年代,格里高利耶夫以"根基"代替了以往常用的"人民性"概念。他认为,根基更能够表达生命成长的内涵,对于艺术审美也更具有深刻意义。正是因为将根基这一概念与艺术的民族文化相结合,才能使人们意识到"真正的艺术作品不仅对民族精神传统怀有真诚的生命信仰,而且具备整合的审美大视野和对民族生活的深刻精神洞见"[①]。

如果说格里高利耶夫是从艺术作品的审美角度阐明思想的话,那么斯特拉霍夫就是以文学评论与批评文章表达了根基主义立场。19世纪50年代末斯特拉霍夫在陀思妥耶夫斯基影响下成为"根基派"著名理论家之一。[②] 斯特拉霍夫与列夫·托尔斯泰之间近二十五年的友谊得益于他本人对托尔斯泰作品的深刻理解与评价,托尔斯泰非常珍视与这位评论家之间的精神层面的一致性,并将对方引为知音。笔者认为,这种惺惺相惜正是源自斯特拉霍夫能够真正深入领会了《战争与和平》这部小说的独特创作内涵,在与斯特拉霍夫同时代的思想家和评论家中,还没有人能够像他一样可以从俄罗斯文化的层面阐释该巨著。斯特拉霍夫对"美"的认识与陀思妥耶夫斯基的"美拯救生活"的思想十分接近,他认为,艺术家致力于追求作品中每一个人的心灵之美,并且在这种美的表现中可以发现人对理想的实现。斯特拉霍夫在评论《战争与和平》的著作中正是发现了托尔斯泰对生活"美"的追求,他提出:托尔斯泰的天才的创作力量来自"生活的信念"和"对人民的热爱"[③]。在他看来,托尔斯泰笔下的普通士兵卡拉塔耶夫的描述篇幅不长却具有重要的意义,"这个人物,作为最深刻、最宝贵的记忆和作为一切俄罗斯的、善良的、圆满的东西化身,永远铭记在皮埃尔心中"[④]。皮埃尔思想中

[①] 季明举:《探索生命的根基——有机批评和根基派思想比较》,《俄罗斯文艺》2007年第2期。

[②] 朱建刚:《生命意识与民族根基:略论斯特拉霍夫对托尔斯泰的阐释》,《外国文学评论》2014年第1期。

[③] 朱建刚:《生命意识与民族根基:略论斯特拉霍夫对托尔斯泰的阐释》,《外国文学评论》2014年第1期。

[④] [俄]列夫·托尔斯泰:《战争与和平》,《列夫·托尔斯泰文集》(第8卷),刘辽逸译,人民文学出版社2000年版,第1276页。

似乎祛除了一些虚无主义的色彩,多了对俄罗斯民族本质的认识,或者说一定程度上改变了皮埃尔的世界观的正是他发现了普通农民心灵之美——淳朴、和谐、忍耐的品格。这些来自根基的品质从俄罗斯生活中走来,俄罗斯民族精神中的热爱生活与世界和谐共存的观念是抗击拿破仑军队的内在文化精神力量。斯特拉霍夫表达了这样一种观念,即俄罗斯需要以自己富有民族性的文化力量摆脱西方文化的桎梏,走自己的道路,而不是模仿西方。俄罗斯生活是俄罗斯民族发展的基石,是俄罗斯自身的个性。斯特拉霍夫的根基主义立场促使他不断寻找俄罗斯民族精神根基,在托尔斯泰的作品中得以呈现的生命意识同样获得了陀思妥耶夫斯基的赞同,因为这刚好是根基主义者们试图发掘的俄罗斯精神所在。

第三节　19世纪俄罗斯文学的乡村书写传统

农奴制使俄罗斯长期存在着农民阶层,他们也长期处于无权的被欺凌的地位,因此俄罗斯作家以及思想家对农民命运的关注由来已久,对俄罗斯乡村的书写也有着悠久的历史。19世纪俄罗斯文学逐渐摆脱了对西方的仿写,走上具有民族特性的写作道路,在世界文学史中俄罗斯文学取得愈来愈重要地位的过程中乡村书写也随着时代的发展与思潮的变迁而发生着改变。

一　乡村题材的理想化叙事

从普希金到契诃夫均在文学创作中描绘过农民形象与乡村印象,提出了俄罗斯农奴解放的问题,也曾对农奴制下农民破产的悲惨处境与命运的变化表达了深切的关注,同时在贵族作家笔下的乡村及农民形象因与城市上流社会生活的对比而被理想化。在19世纪初期的俄罗斯文学"黄金时代",普希金作为俄罗斯民族文学奠基人、各种文学体裁的开创者以及享誉世界的诗人,其创作毋庸置疑地反映了时代的先锋思想,"乡村"以及农民形象一度出现在诗人的长篇叙事诗《叶甫盖尼·奥涅金》、《乡村》以及后来的小说《上尉的女儿》等等作品中。果戈理作为俄罗斯文学"自然派"的开创者,在《死魂灵》中以充满幽默讽刺的笔触描写了乡村地主的群像,他的《狄康卡近乡夜话》则以民间故事的方式叙述了一则则富有哲理性与教喻色彩的乡村故事。屠格涅夫的《猎人笔记》神奇描绘了俄罗斯自然之美与农民诗性的内心世界。

普希金与果戈理乡村题材的创作,一方面表现出贵族阶层知识分子对上流社会与城市喧嚣生活的厌烦,他们空虚无聊得患上忧郁症,作品中主人公渴望在乡村生活中荡涤忧郁,整理心绪,获得思想的自由;在作品中也可以看到作家们对农民与地主之间关系问题的思考,在作品中"我们听到了贵族对农奴的同情之声"[①]。另一方面,作家的贵族身份使他们无法跳出自身的局限,他们虽然热爱人民,大量描写他们的生活与民间风习等等,他们笔下的农民仍带有理想化色彩。贵族作家笔下出现了很多类似俄罗斯"大力士"、能工巧匠、智慧农民形象,如果戈理的作品《死魂灵》中重点描述地主贪得无厌、冷酷吝啬的形象,而农民形象并非他描述的中心,但是果戈理小说充分诉说了原本聪慧能干的农民却要世代逆来顺受,遭受地主的剥削,引发了人们对农民命运的无限同情。《猎人笔记》中描绘很多农奴地位卑微却拥有高尚的品格与智慧,"展示了苦难中农奴持有的尊严、才华和智慧"[②],屠格涅夫在叙事上颇具民间文学色彩,写作中融合大量神话、成语等因素,用以展现民间智慧。

二 农民主题现实叙事

19世纪四五十年代,俄罗斯文学已经开始"深入关注农民主题",尤其在农奴制改革后,农民主题成为很多作家的叙事核心主题。在德·瓦·格里戈罗维奇的《乡村》和《苦命人安东》中,作家一改过去文学对农民形象的赞美,采用沉郁的笔触描写农民苦难的命运,营造了萧索的自然面貌与充满悲剧性的农民形象。具有民主主义思想的俄国知识分

[①] 陈新宇:《俄罗斯当代乡土小说研究》,浙江大学出版社2017年版,第4页。
[②] 陈新宇:《俄罗斯当代乡土小说研究》,浙江大学出版社2017年版,第5页。

子意识到了农奴制改革的本质在于对农民的再次掠夺后，他们也将创作的核心主题转向了乡村与农民，"农民书写广泛渗入当时的社会生活"①。

极具代表性的作家与文学评论家涅克拉索夫1861年后的创作在风格上发生了立场与写作角度的改变，此前对农民品德的歌颂与对乡村田园牧歌的赞美变为站在农民的立场观察社会的变迁，展示农奴制改革后农村的变化，暴露改革的欺骗性，如，《谁在俄罗斯能过好日子》中已经展露出作家的深刻的批判性。涅克拉索夫的文学创作中对农村人物形象的塑造体现了作家的根基派立场与审美指向，如作家对俄罗斯村妇形象的系列描写、作品中大量运用的民间文学元素等，使诗人更迫近甚至深入了解农民的生活，体会农民的喜怒哀乐。涅克拉索夫修正了以往对农民生活中从贵族立场出发的理解不实之处，借助民间文学作品还原农民阶层真实的生活状态。基·瓦·奇斯托夫（К. В. Чистов）指出："涅克拉索夫作品中的民间文学元素，是其整个文学创作活动不可分割的一部分。"② 长诗《严寒，通红的鼻子》是对农奴制改革后俄罗斯农村悲剧性命运的真实写照，正如诗人喟叹："这里只有石头不会哭泣。"这首长诗是诗人深入民间生活书写农民沉重的劳役负担的典型作品，对寡妇的无助生活的描述中糅合了丧礼形式、圣母膜拜、田间劳作、"严寒大王"等等。正是由于作品中的民间文学元素的运用，其作品具有了普通民众的喜闻乐见的艺术特点。平民百姓的诗歌风格拉近了贵族文学与平民文学的审美距离，作家被誉为"人民诗人"，其诗作中鲜明的俄罗斯民族文学特征使其诗作广为流传，不但赢得大量读者，同时也使作家的民主主义思想得以在人民群众中传播开来。诗人的《被遗忘的乡村》《未收割的田地》《大门前的沉思》《谁在俄罗斯能过好日子》等作品均流露着诗人描述人民苦难生活的宗旨，他的名言："我没有用我的七弦琴给我们的贵族们争来光彩……"确切表达了公民诗人的心声。与涅克拉索夫极为相似的是Г. 乌斯宾斯基的创作思想，他的一系列农村题材特写如《农村日记片断》《农民和农民劳动》《土地权》等，深入观察农

---

① 陈新宇：《俄罗斯当代乡土小说研究》，浙江大学出版社2017年版，第6页。
② Чистов, К. В., *Н. А. Некрасов и народное творчество, Задачи изучения. Некрасовский сборник. Том 1*, Москва: изд. АН СССР, 1951, С. 106.

村生活，对于农奴制改革后俄罗斯农村的严峻现实与农民的困苦作出了真实的描写。"七十年代、八十年代初的农民题材作品使乌斯宾斯基跃身于俄国第一流作家行列。"① 乌斯宾斯基被誉为俄国特写体裁的大师，他的特写融入了大量的政论因素，形成了系列短篇小说集。

三 宗法制农村的传统道德

俄罗斯文学现实主义创作的高峰之一列夫·托尔斯泰一生大部分时间在庄园度过，他的思想与创作也与土地、农民以及俄罗斯农村的一切密切相关，大多数作品均涉及乡村主题，作品中表现出崇尚农村宗法制生活特色，作家思想中对生命意义的探索与独特的宗教与道德意识结合，形成了具有强烈否定教会与国家机器的托尔斯泰道德伦理体系。可以说，托尔斯泰的思想从俄罗斯土地（或土壤）出发，经过对东西方哲学宗教思想的兼收并蓄，最终作家试图以自己独创的宗教，即托尔斯泰主义去解决俄罗斯的问题。在托尔斯泰的一系列作品中，农村与农民形象以及对土地的种种态度成为作家阐释自己思想的核心，如长篇小说《战争与和平》中乡村贵族罗斯托夫家族的兴衰，《一个地主的早晨》中农民丘里斯宁死不愿搬离祖祖辈辈生活过的趋于倒塌的危房，《安娜·卡列尼娜》中列文的农事改革与农民对改革的态度，《复活》中来自乡村的玛丝洛娃一步步走向深渊。托尔斯泰试图通过这些创作呈现农民生活，展现农民心理，走进农民的内心世界。他所塑造的农民形象也多表现为信仰上帝，并由此而驯顺、忍耐和与世无争。托尔斯泰成为宗法制农民的代言人，他试图以改良宗教的方式探求农民获得解放的途径，提出非暴力抗恶的主张，认为可以用"爱"解决一切问题。"教导人们在现世生命的历程中通过爱达到与上帝和所有人的同一化。"② 托尔斯泰基于对千年来俄罗斯农民品性的认识，认为世代居住于乡村的农民更接近上帝，更理解生命的意义，在他的小说创作中常常可见乡村农民与彼得堡上流社会贵族的对比，宗法制农村与城市文明甚至法国文明的比

---

① 萨石：《十九世纪下半叶俄国文坛上的乌斯宾斯基兄弟》，《外国语文》1987年第1期。
② 王志耕：《世俗生活哲学的宗教阐释》，《外国文学评论》1998年第1期。

较。在作家看来,"乡村文明是健康的、充实的、积极的、向上的,而与之相对照的都市文明则是缺乏根基的、病态的、消极的、充满欲望的,并容易导致空虚和堕落"①,托尔斯泰晚年所作出的走向大众与民间的选择是他对自己的道德完善思想之实践。可以说,托尔斯泰作品中对土地自然的崇拜及对宗法制乡村安宁家园的推崇、掺杂了俄罗斯乡土气息的宗教意识的表达等等均在后世的乡村文学作品中获得了传承与发展。

19世纪的文学经典运用诗歌、小说、政论等等多种文学形式,对居于社会生活核心地位的乡村题材与农民问题进行了异彩纷呈的书写,从普希金到契诃夫,文学大师从多个不同角度描绘了俄罗斯乡村形象,农村与农民也由普希金时期的贵族生活的富有理想化色彩的陪衬逐渐成为作家描写的中心主题。作家们由浪漫主义走向现实主义,将乡村景色与农民形象的理想化、乡情民俗的展现作为底色,在此基础上表现农奴制的罪恶,表达对陷入苦难中的农民的同情。俄罗斯贵族与知识分子试图寻找通往真理与自由的道路,但是往往因为历史的甚至是阶级的局限性而无法有所突破,因而19世纪俄罗斯文学的乡村叙事总是围绕宗教、人民、伦理道德,贵族与农民的关系等问题,但是不难看出,在19世纪文学中已经蕴含了20世纪的真实书写农村、表现理想的农村道德等基础,并且一些代表着乡村的意象,如农妇、木屋、民歌民谣等已经贯穿于19世纪文学作品中,这些在后世的文学创作中都不同程度地得以传承。

第四节　斯大林时期的苏联文学叙事特征

斯大林时期的苏联文学是指20世纪20年代末到1953年间的俄罗斯文学。这一时期苏联文学逐渐由"多声"的合唱转化为"独白"话语,文坛分化为主流文学与潜流文学(或称地下文学),在政权的干预下主流文学逐渐渲染上庸俗社会学的色彩,且到30—40年代乃至"二

---

①　张中锋:《列夫·托尔斯泰的大地崇拜情结及信仰危机》,博士学位论文,山东大学,2015年。

战"后达到了令人吃惊的程度。笔者认为，斯大林时期的苏联社会主义现实主义文学的形成具有当时独特的历史与政治氛围，很多优秀作家以此方法创作了大量讴歌新时代国家的社会主义道路与共产主义理想的作品，其中不乏经典之作，但同时也发现，很多创作带有庸俗社会学色彩。那些较少歌颂型或者讽刺性的作品仅有少量可以发表。

  19世纪80年代俄罗斯最早期的马克思主义理论家普列汉诺夫开始从马克思主义的立场出发研究文艺美学问题，他与列宁提出的思想一起构成了马克思主义文艺学的基础。在他们的思想中，文学的阶级性和党性原则被提高到重要地位，列宁尤其在《党的组织和党的出版物》(1905)中强调党性是"自觉的阶级性"，"写作也应当成为无产阶级总的事业的一部分"[①]。其后卢那察尔斯基的提出文学与社会运动统一的主张突出强调文学的"社会学"一面。19世纪20年代苏联哲学和史学领域，分别以 B. 舒里亚齐科夫和 H. 罗日科夫为代表的思想家将马克思主义庸俗化，在文艺理论中出现了"左"的思潮。[②]"庸俗社会学"是对马克思主义对于意识形态的阶级性的片面理解，由此得出文学发展的简单武断观点。这些思想家对文学创作及其文学史发展的规律不做深入探究，而是简单地将文学创作等同于类似经济发展一般的社会生产，其代表人物弗里契甚至否定过去的伟大作家与艺术家的劳动，否定在艺术作品中表达的人类永恒的精神价值，把文学史上流派的演变看成利益的斗争与更替，同时提出"主人公应该由阶级来替代"[③]的谬论。正是在庸俗社会学的影响下，苏联文学界兴起了"无产阶级文化派"思潮，它大肆宣扬无产阶级文化的独立性和强烈的文化虚无主义色彩，否定无产阶级文化发展应建立在继承文化传统基础上，瓦·波梁斯基声称在不远的将来无产阶级文化必将斩断与过去文学的一切联系。而弗·基里洛夫在《我们》一诗中提出"烧毁拉斐尔的绘画，毁掉博物馆，踩烂艺术的花朵"的口

[①] Ленин, В. И.,"Партийная организация и партийная литература", *Новая Жизнь*, No12, 13 ноября, 1905.
[②] 汪介之：《俄罗斯现代文学批评史》，中国社会科学出版社2015年版，第225页。
[③] 汪介之：《俄罗斯现代文学批评史》，中国社会科学出版社2015年版，第227页。

号。①"无产阶级文化派"主张纯粹的无产阶级创作,从零开始的创作,因此也只有代表无产阶级的力量的人才能有资格和能力进行这种创作,他们轻视旧的社会制度下的知识分子作家,甚至对农民持蔑视态度,这无疑是将无产阶级文化与人类文化历史隔绝开来。庸俗社会学思想被"拉普""瓦普""莫普"等组织所接受,他们均表现出对古典文学遗产的摒弃态度,文学作品一度只写无产阶级生活。或许苏维埃政权已经意识到无产阶级文化派以及后来的"拉普"等在文学上极"左"思想,意识到文坛有分裂的危险,因而在当时国家领导人斯大林的干预下,以上组织均解散,成立了有利于团结所有文坛力量的"苏联作家协会"。这个协会针对文学创作的方法掀起了大讨论,当时的说法众多,莫衷一是,在各方面争论不休之际,作协主席伊·格隆斯基提出了社会主义现实主义这一命题,斯大林文学界的会议上对术语加以肯定。由此苏联文学明确了未来的作家创作发展道路,即提倡沿着社会主义现实主义的创作路径进行创作,这一方式的规定如下:

> 社会主义现实主义,作为苏联文学与文学批评的基本方法,要求艺术家从现实的革命发展中真实地、历史具体地去描写现实;同时,艺术描写的真实性和历史具体性必须与用社会主义精神从思想上改造和教育劳动人民的任务结合起来。社会主义现实主义保证艺术创作有特殊的可能性去发挥创造的主动性,去选择各种各样的形式、风格和体裁。②

作为这种文学创作方式代言人之一日丹诺夫将社会主义现实主义的创作理解为要杜绝一切"异端"文学,一切的文学创作与文学评论都应该符合社会与国家对教育民众的需要。自文坛奉行这一创作方法开始,文学创作的确蓬勃发展,并写作出大量优秀的讴歌社会主义革命与建设的好作品,但同时作品的急就也呈现在艺术上滑坡的局面,很多艺术家按照

---

① [俄]穆拉托娃:《高尔基和无产阶级派》,娄力译,白嗣宏编《无产阶级文化派资料选编》,中国社会科学出版社1983年版,第257页。
② 人民文学出版社编辑部:《苏联文学艺术问题》,曹葆华等译,人民文学出版社1953年版,第13页。

新的方法进行创作，而那些坚持俄罗斯传统文学文化思想的作家（如左琴科、阿赫玛托娃）则遭到不同程度的批判，如，皮里尼亚克、曼德尔施塔姆等。在将近三十年的时间里，苏联文学的艺术性降低，出现了单方面歌颂型作品，对社会生活的写实性越来越少，而很多真正提及苏联社会弊端的作品则面临无法发表的窘境。

20 世纪 30 年代到 50 年代苏联的主流文学因其讴歌革命与民族解放运动的胜利，大大增强世界其他国家人民反抗侵略与封建主义斗争的信心与斗志，因此这些具有很强的宣传性与鼓动性的作品被翻译为世界多国文字，同样成为中国文学接受方面的重要部分，苏联文学作品的艺术形象、情节对中国文学的发展影响重大。斯大林时期的文学叙事特点可以归结为以下几点。

一　圣徒传型叙事

苏联文学进入 20 世纪 30 年代后，20 年代的多声部的文学逐渐被社会主义现实主义的大一统写作所代替，为了体现社会主义制度下人们生活与国家建设取得的成绩，更为了表现对乌托邦的信仰，文学中出现大量的歌颂英雄人物的作品，其主人公往往视自己是革命的螺丝钉，他们甘愿为了全人类的解放而放弃个人的一切，如《钢铁是怎样炼成的》中的柯察金形象便具有一定的圣徒色彩，他英雄悲壮的人生激励着人们为建设新世界奋斗，充满了为国家和人民的奉献精神。苏联人的这种甘愿为了集体和共同的事业付出一切的圣徒般精神是具有一定的历史根源的。

自古以来俄罗斯人的观念中就充满各种敬畏神灵的思想，基督教引入后这种对神的膜拜更为强烈，俄罗斯民族的宗教性特点渗透到了国家文化的各方面，进入民族的血脉，并得以世代延续。也正是因为扎根于俄罗斯文化的神崇拜以及久远的宗教思想演变为文化符号，20 世纪初期，在马克思主义者和社会革命党内部产生造神论的思想就不足为奇了。普列汉诺夫、高尔基乃至卢那察尔斯基等人均曾痴迷于造神论。列宁虽然对这种思想进行了坚决的抵制与批评，但其出发点仍是从政治的角度，因造神论有可能散布到群众中去，有可能美化或粉饰教权派等敌对者的观念，在《论拥护召回主义和造神说的派别》中列宁对造神论进行过细致的阐释。虽然包括高尔基在内的造神论者均承认了自己思想上的迷误，但俄罗斯作家们"无法摆脱文化的制约"，"《忏悔》归根结底要成为文化的代码，包容进其宗教文化的精神追求"①。正是因这种造神的文化积淀，苏联文学中出现了现代的神的形象。卢那察尔斯基就曾经在《黑暗》中提出把耶稣看作一个革命领袖，认为他属于无产阶级的英雄人物。②他曾试图利用俄国民众的宗教情结唤醒潜在于民众中的反抗力量。正如上文提到，这种思想并没有诉诸实践，于1910年即宣告终结。然而现实中的俄罗斯人对神的向往依然存在，并不会随着理论的消失而无存。问题的根本在于俄罗斯人素有的拯救意识——弥赛亚思想。来自古老宗教中的这一思想产生了具有神力或者说秉承上帝意志的形象，基督作为拯救世人者，他具有人性，来自民众之中，成为民众敬仰与跟随的领袖，同时也是受难者形象。而基督形象后来以多种隐喻方式进入苏联文学，成为对英雄形象塑造的原型。到苏联卫国战争前后，英雄叙事达到了顶峰。

  20世纪20—50年代的苏联作家不再将目光集中于19世纪的多余人和小人物的形象，开始塑造在革命和社会主义建设中的英雄形象。从20年代前的《铁流》《母亲》《夏伯阳》到《毁灭》《钢铁是怎样炼成的》《青年近卫军》等等作品中的革命英雄形象的确在苏联与我国的革命斗争过程中起到了重要的激励作用，我国的很多战士都是怀揣着《毁灭》走上战场的。这些形象的英雄主义精神即便在今天仍然具有着拯救人的灵魂、激发人远离鄙俗走向崇高境界的力量。文为时而作，每一个时代都有自己的主流文学，那些艺术性强的经典英雄叙事作品当年的激励与榜样力量仍在当今社会生活中发挥作用，但是同时也会发现这些作品欠缺艺术性，尤其很多片面歌颂英雄的作品缺乏真实性，这也是时至80年代这些作品淡出大众视野的部分原因。这些作品艺术性的缺乏有时代的因素，当时正是年轻无产阶级文学的形成时期，很多作家的创作

---

  ① 王志耕：《宗教精神的艺术显现——苏联文学与宗教》，刘文飞编《苏联文学反思》，中国社会科学出版社2005年版，第39页。
  ② 王志耕：《宗教精神的艺术显现——苏联文学与宗教》，刘文飞编《苏联文学反思》，中国社会科学出版社2005年版，第34页。

经验尚有欠缺。另一个重要的原因则是庸俗社会学思想在作祟。许多作品中塑造的悲剧性英雄往往有着相似的情节结构,人物形象也多似圣徒般意志坚强,较少私欲。《铁流》以及《毁灭》是公认的游击队主题的优秀作品,其中故事情节和人物形象也存在一定的相似,他们都肩负着带领一群由普通百姓和士兵混合的队伍走出被消灭危险的任务,途中遇到难以克服的困难局面,最终凭借英雄如神一般非凡坚定的意志力与自信克服重重困难,终于到达目的地。脱离险境后重新燃起的革命斗志和对未来的希望给作品染上理想的亮色。《钢铁是怎样炼成的》中塑造了保尔青年革命者形象,这一形象中充满了英雄主义气概,保尔的英雄形象符合苏联20世纪30年代社会主义建设的需要和时代精神,奥斯特洛夫斯基对英雄的书写也根据时代要求,将保尔塑造成了具有"自我牺牲"精神的时代英雄。俄罗斯传统中的圣徒们总是具有这种勇于奉献的牺牲精神,如阿瓦库姆为追求真理、捍卫独立的宗教思想而奋起斗争、不屈不挠的精神成为后来很多革命题材作品中英雄的原型。《钢铁是怎样炼成的》这部小说中保尔同样被塑造成追求理想的坚定信仰者的形象,可以说保尔的作为常人的情感均要服从自己所追求的理想,也正因此他经过三次恋情,最终离开资本家出身的小姐而选择志同道合的达雅。保尔从自身的个人感情到他所从事的革命工作再到追求的共产主义理想,他的形象中似乎没有任何普通人身上的自私自利,作家塑造了一个完全正面的感人至深的英雄形象。可是这一英雄人物的塑造却在艺术性上有些受损,与以往的经典作品相比,《钢铁是怎样炼成的》中缺乏人物的心理描写,还存在以阶级观点评价人的价值的斯大林思想路线色彩,人物思想与苏联的主流话语完全一致,因此人物性格塑造显得突兀。这些优秀的英雄叙事作品中所表现的艺术瑕疵同样不同程度地展现于其他作品。

二 公式化道德叙事

道德叙事在俄罗斯文学中具有悠久传统,道德主题尤其表现在现实主义文学中。当20世纪30年代苏联文学确立了社会主义现实主义创作方法后,传统的俄罗斯文学中的道德主题逐渐发生了变化,过去文学中对个体人格的关注以及同情弱者与受害者的人性写作被集体的英雄群像描写代替，文学追求宣传与教育功能，出现了大量美化现实的庸俗社会学创作。一方面，人物形象千篇一律，以大量夸张性写作歌颂集体主义道德观念，即集体利益高于个人，将国家凌驾于个人之上，忽视人作为个体的需求和感受。另一方面则回避矛盾，无视生活中真实存在的问题，大量粉饰现实的作品讴歌社会主义建设中的英雄人物、农庄的幸福生活等，这种颇具公式化色彩的叙事在当时成为强劲潮流，被作为表现社会主义道德观念的样本，而那些暴露生活中问题的作品则被束之高阁。这种模式化的写作大大降低了作品的艺术性与可读性，文学的审美功能逐渐因这种作品的大量传播而下降。

　　俄罗斯人的传统中的东正教聚合性和古老的村社制，促使俄罗斯民族自古以来形成了集体主义的观念，这种观念随着时代的变迁，到了20世纪初期，在俄罗斯宗教哲学兴盛时期的白银时代，社会主义思想被当时的文化界人士普遍接受，似乎成为拥有进步思想的标签，当时的很多思想家多数成为马克思主义者，但是时代的局限使他们又发生了转向，出现了合法的马克思主义这一概念，哲学家别尔嘉耶夫便是鲜明的实例。可以说，俄罗斯人的思想基因使他们成为最易接受共产主义思想的民族。伴随着苏联的建立，社会主义作为从来没有过任何实践经验的思想开始作为一种制度在一个国家首先确定下来，缺乏可资借鉴的斗争和国家管理的经验使俄罗斯布尔什维克一度迷惘，残酷的国内战争使苏维埃政权面临各种各样的困难，因而年轻的苏维埃政权需要人们为了共同的事业而做出个人的牺牲，这一时期的个人价值需要完全服从集体的领导，这些思想在后来的文学作品中也有着明显的表现。在《毁灭》中，为了防止伤员弗罗希洛夫落入敌手，在危急的转移时刻不得不喝下了同志们给的毒药，而当路过朝鲜族家庭时，饥饿的游击队员抢走了百姓家里的唯一的一头猪，这些自然主义描写充分表现了战争年代的残酷，个体价值在集体利益面前的渺小。在《钢铁是怎样炼成的》中，保尔的行动也表现出了一种公式化色彩："保尔已经完全忘记了他个人。每天都在狂热的激战里。""他，像每个战士一样，已经把'我'字给忘了，只知道'我们'。"保尔说："我首先是属于党的，其次才是属于你和别的亲人们的。"苏联社会推崇的自我牺牲与为共同事业而奉献的道德模式在保尔形象中得到具体阐释。为此在文学叙事上表现出了强烈的仪式感,表现为 20 世纪 30 年代"革命""斗争""思想""上层建筑"等等词汇的频繁出现,如阿勃拉姆·特尔茨所说:"从 30 年代起对崇高文体的偏袒终于占了上风,古典主义固有的那种夸张的简单化风格也兴起来。我们国家更经常被称为强国……许多字开始用大写字母来写,譬喻性人物,抽象的化身都降临到文学中来。"[1] 这些公式化的叙事也促使俄罗斯文坛一时间出现了很多歌颂性作品,伪浪漫主义的作品,《金星英雄》《磨刀石农庄》均属于这一时期的无冲突论作品,"作品中充满着胜利和喜庆的场面,人物完美无缺、非凡高尚,环境一片光明、无限美好"[2],在一些现实主义作品中也出现了人物形象的公式化色彩,表现为报刊话语和政治口号的反复出现,向世界展示出社会主义现实主义作品的"坚定目的性"。

三 经典作品的曲线叙事

曲线叙事指在 30—50 年代兼收并蓄的经典作品,作品中既有对古老的俄罗斯传统文化的继承,又存在对社会主义理想的讴歌。斯大林时期文学同样活跃着很多从俄国时代开始创作的作家,他们的作品为苏联文学带来世界性的声誉,在这些创作中既保持了俄罗斯传统的文学精神与写作方式,又表现出了政权所高扬的社会主义现实主义理念,可以说,这些文学家睿智的曲线叙事方式使我们可以有幸了解当时社会文化与历史中较为真实的一面。比较有代表性的作品如阿·托尔斯泰的《苦难的历程》、肖洛霍夫的《静静的顿河》《未开垦的处女地》,法捷耶夫的《青年近卫军》等。最具代表性当属肖洛霍夫的作品,刘亚丁认为,肖洛霍夫是处于文学的中心与边缘之间的作家,这可以保证其文学具有相对的独立性与自由度,这是作家所采取的策略,也是作家一生所坚持的与政权保持一定的距离。单就肖洛霍夫本人的世界观来说无疑是坚定

---

[1] 薛君智:《何谓社会主义现实主义》,《欧美学者论苏联文学》,社会科学文献出版社 1996 年版,第 290 页。

[2] 汪介之:《俄罗斯现代文学批评史》,中国社会科学出版社 2015 年版,第 252 页。

的社会主义的，但其笔下的葛里高利则是有争议的哥萨克农民形象。肖洛霍夫的小说以悲剧性的色彩描述了哥萨克人真实的历史，顿河流域浓重的地方色彩与艺术之美征服了文坛，其艺术魅力惊艳了世界，虽然斯大林对葛里高利最终的结局并不满意，但作品仍然得以发表，肖洛霍夫甚至获得诺贝尔文学奖。作家的另一部小说《未开垦的处女地》有前后两部，其中第一部真实描述了苏联本土农村的集体化运动，其中不乏自然主义的书写，小说表现出充斥血泪的悲剧性特点。作品深刻阐释了俄罗斯农民阶层的心理状况与需要，是不可多得的研究当时农业集体化制度如何建立的真实情况的文学作品。法捷耶夫同样是具有深厚文学素养的作家，他的作品主要描写卫国战争的斗争与和平时期工业生产，最主要的小说是《青年近卫军》，作品呈现出青年一代的爱国主义、英雄主义精神，为了俄罗斯民族独立尊严而流血牺牲是当时社会普遍认同的价值观念。可是这部小说命运跌宕起伏，因斯大林的指示而进行了大规模数次修改，与最初的版本相比，修改后的作品一直令作家苦恼，小说最终得以发表，足见作家为使自己的作品面世所付出的艰辛努力。如肖洛霍夫与法捷耶夫一样的作家在俄罗斯还有很多，他们认同斯大林体制下的文学政策，保有自己的文学创作策略，成为"写真实"的典范之作。

斯大林时期的文学中另外存在着秉承俄罗斯文学传统宗教思想的作品，如布尔加科夫，还有富有先锋艺术色彩的创新写作，帕斯捷尔纳克、阿赫玛托娃等人的诗作。他们的多数作品因为不符合时代旋律甚至到了 20 世纪 80 年代才得以面世。很多作家没有等到自己的作品发表的那一天，令人感到深深遗憾。

第五节 乡村小说的继承与创新

乡村小说是对俄罗斯 19—20 世纪初期经典现实主义文学传统的继承与发展，具体表现为对俄国思想文化与文学精神等方面的继承，同时也因文学创作语境的变化而产生创新性叙事。乡村小说的出现是对斯大林时期文学的反抗性叙事，反对无冲突论的庸俗社会学叙事方式，试图通过对农民世界中传统的追溯反观苏联在 20 世纪 60—70 年代的乡村道德式微。

一 对俄国经典文学传统的继承

从继承性的角度来看，乡村小说对俄国经典文学的继承表现为两大方面。

首先，乡村小说的创作思想继承自俄国19世纪60年代兴起的根基主义（又名土壤主义）。费·陀思妥耶夫斯基作为根基主义思想主要代表人物提出一种和解观点，即调和西欧派和斯拉夫派观点的同时，指出俄国社会上下层间和解的必要。陀思妥耶夫斯基提醒知识分子精英群体应该关注下层民众，特别是把农民视为根基，并认为知识分子只有与民众真正的融合，才可以摆脱因彼得大帝改革所造成的文化断裂，从而修复文化，建成俄罗斯自己的扎根于"人民精神和人民基础"的新方式。[1] 根基主义者通过文学创作表达的观念中尤其关注传统的民族文化精神与民族历史。乡村小说作家继承了坚守传统的俄罗斯文化精神的观念，认为农民的世界观中尚保有这些传统的精神，以别洛夫、拉斯普京、舒克申等为代表的乡村小说派擅长的回忆主题作品，如《告别马焦拉》《最后的期限》《活下去，并且要记住》等都充满对民族精神文化传统的深情回望。

其次，乡村小说的写作也是对19世纪自普希金以来的俄国文学传统的继承，其中主要指19世纪文学中基督教人道主义思想，秉承着俄罗斯人道主义思想塑造了小人物、多余人、村妇、圣徒形象。如普希金笔下的驿站长维林、奥涅金，果戈理的《外套》中的巴什马奇金，涅克拉索夫笔下的农妇，陀思妥耶夫斯基笔下的小公务员杰伍什金等，在这些人物身上体现了作家"对道德性和非道德性"[2]的解读。19世纪的小人物处于沙俄统治时期，小人物多数是俄国的底层小官吏，他们多年受到的是上级官吏的压制与不平等的待遇，因此对个人尊严的追求是所有小人物形象的重要特点。此外表现为以东正教仁爱精神为主旨的小人物

---

[1] Достоевский, Ф. М., *О русской литературе*, Москва: Современник, 1987, С. 50—52.
[2] 陈新宇：《俄罗斯当代乡土小说研究》，浙江大学出版社2017年版，第5页。

懦弱、逆来顺受的特点，将人获得拯救的希望寄予信仰。在列夫·托尔斯泰、陀思妥耶夫斯基作品中就能够看到自我救赎的范例。如《战争与和平》中的普通农民形象蕴含着俄罗斯农民的谦恭、忍耐、顺从等等特点，《三死》中的农民面对死亡来临时表现得从容不迫与平静是东正教死亡观。乡村小说中同样出现了人物形象方面的传承，出现了新时期富有时代气息的小人物、多余人以及富有圣徒精神的普通人形象，随着时代变化，他们总体表现为生活中的普通人。如拉斯普京笔下的老妇人、舒克申作品中的大量小人物和怪人、阿斯塔菲耶夫的普通农民形象都呈现出对传统的继承性，这是社会中无权的普通人，本质上却不愿随波逐流，他们具有来自大地的淳朴慷慨，善良无私，是拥有俄罗斯传统道德的人们，如同陀思妥耶夫斯基在《作家日记》所言："在大多数情况下，一个民族应该是在生长庄稼和树木的大地上、土壤上诞生和崛起的。"[①]陀思妥耶夫斯基在最普通的俄罗斯农民身上找到俄罗斯民族品性，这些人物形象折射的是俄罗斯民族性、人民性与宗教性特点。

另外，乡村小说对农村的"记忆"叙事继承自19世纪末期乃至白银时代的布宁、叶赛宁等人的对传统乡村怀旧性写作。布宁的小说是对过去已经逝去的时代的挽歌，作家以现实冷峻笔法描写农村在农奴制改革后的迅速衰败，如《安东诺夫卡苹果》，作家也同时以温暖的笔触回忆不久以前的乡村丰收的秋天盛景，相比之下农村现实更显悲凉。叶赛宁的诗歌中对天堂般的农村表现出强烈憧憬，将城市作为农村的对立形象呈现在作品中。这些叙事方式在乡村小说中都得以继承。事实上拉斯普京、阿斯塔菲耶夫的小说展现了大量对过去传统的农村生活的怀旧情绪，那些在作家心目中饱含象征意味的房屋、老妇、土地、坟墓、老树甚至包括家具家什等等都打上传统的烙印，这些事物与传统思想一样在农村的城市化进程中在西方的物质主义袭入俄罗斯时遭遇被忽视与抛弃的命运，也正是在这样的时期，作家们感受到传统弥足珍贵，应该予以保护。在舒克申的小说中表现了很多游走于城市与农村间的人们，他们在城市的时候会想念农村，而农村已经没有了他们久居的理由，生活的

[①] Достоевский, Ф. М., "Дневник писателя за 1876 г.", *Полное собрание сочинений в тридцати томах* (Том 22), Ленинград: Наука, 1981, С. 40.

巨大变迁已经使他们失去了与乡村精神上的联系。

二　传统叙事的创新书写

乡村小说是基于以上传统的创新性写作，主要包括文化思想创新与叙事范式上两大方面的创新。

文学"解冻"后，在20世纪60年代产生了新的哲学观念——新根基主义。乡村小说作家们大多持有新根基主义立场。他们如同前辈根基主义者一样，关注农村传统文化。不同的是，该时期的作家们已经不再呼吁和解，也不再试图拯救知识分子精英群体的分裂性灵魂，他们甚至走上了同斯大林时期社会主义现实主义文学相对立的中性化写作道路，即否弃过去的史诗性英雄叙事和粉饰现实的写作方式，转而现实主义地描写真实的农村和普通的人们，描述他们在一连串的革命、战争与饥荒中度过的艰难岁月，出于爱国热情为国家民族做出的巨大牺牲。他们的作品展现农村在60—70年代国家改革过程中的种种转变，以及苏联解体前后农村失去管理的被抛弃的命运。乡村小说作家关注着农民的命运，努力发掘来自土地的农民道德伦理价值观念。作家们提出："滋养民族文化并决定民族面貌的根基是农民。"[1] 这种叙事方式基于的新根基主义表现了苏联文化思想的重大变化，不过这种转变如索尔仁尼琴所言，是一大批作家悄悄进行的，"没有立刻引起注意，是无声的转变"[2]。这些作家仍坚持认为文学具有人类灵魂工程师的功能，起到的是教谕的作用，但是他们认为回归过去的传统经典，并注意表现人道主义原则是文学继续发展的动力，同时彰显宗教对俄罗斯民族文化的凝聚作用，"强化宗教这一民族文化基石的现代价值"[3]，乡村小说作家正是抱着复兴包含着宗教性、民族性和国家性的并蕴藏着高度道德力量的民族文化传统的信念进行创作，用以对抗日益现代化模式下的苏联社会生活，对

---

[1] Васильев, В. Б., "На почве классических традиций", *Москва*, 1995, №3, С. 130—131.

[2] Солженицын, А. И., "Слово при вручении премии Солженицына Валентину Распутину", *Новый мир*, 2000, №5, С. 186.

[3] 张建华：《新时期俄罗斯小说研究》，高等教育出版社2016年版，第55页。

抗在西方的消费主义思潮入侵下的人们道德上的滑坡与堕落，即以传统的"善"拯救现实之"恶"。

在乡村小说作品中可以发现与陀思妥耶夫斯基、托尔斯泰、布宁等作家所创作的文学经典的广泛联系，同时也突出表现了其自身所带有的时代特点，而这些特点推动了乡村小说在叙事范式上的创新：乡村小说的写作是对斯大林时期倡导的社会主义现实主义写作的对抗，在原则上回归传统的俄罗斯人道主义道德叙事，但作家们笔下的乡村的形象露出真实的面容，已经不再被理想化，人物形象的塑造中也表现出向平凡劳动者、怪人、老妇等形象的转变，现实主义的叙事风格中杂糅现代性叙事手法，小说中带有主观色彩的抒情叙事增强，其中糅合大量哲理阐释、情节淡化等现代派叙事手法。

首先，乡村小说凸显了道德叙事。

20世纪60年代的乡村小说，就其本质而言，是对俄罗斯文学传统人道主义创作中的道德伦理思想的继承，同时是对此前几十年奉行的社会主义现实主义文学的反抗性叙事。这在索尔仁尼琴的描述中已经得到证实："一批作家开始这样写作：不炒作社会主实主义，而是无声地将其中性化，开始写得非常朴素，对苏联体制没有任何的讨好和取悦。"[1] 乡村小说作家还有很多别称，更多的批评家认为他们将创作维度关注在乡村的古老传统的消逝，乡村中的道德亦因社会变迁而逐步滑坡，所以称他们是道德作家。因此道德书写占据着乡村小说叙事的更多篇幅。斯大林时代文学叙事表现为无冲突论盛行的文学范式，乡村小说的出现形成了与社会主义现实主义文学庸俗化的对立，劳动生产小说的写作则演变为揭露与批判农村存在的问题，提出城市化进程和科技发展对乡村生态的破坏，"被破坏的濒临灭亡的乡村很自然成了显而易见的描写对象"[2]。索尔仁尼琴的《马特廖娜的家》中对集体农庄的各种不公平现实的描述从侧面说明20世纪60年代的农村生活现实，拉斯普京的《告别马焦拉》及其续篇《火灾》便是乡村遭受破坏的例证，阿斯塔菲耶夫

---

[1] Солженицын, А. И., "Слово при вручении премии Солженицына Валентину Распутину 4 мая 2000 г", *Новый мир*, 2000, №5, С. 186.

[2] Солженицын, А. И., "Слово при вручении премии Солженицына Валентину Распутину 4 мая 2000 г", *Новый мир*, 2000, №5, С. 186.

的《鱼王》《树号》则以寓言化的方式描述人们对自然生态的破坏，阿勃拉莫夫《兄弟姐妹》的最后一部小说《房子》表现了新时代农村人虽然生活条件改善，却失去了对土地的热爱与对乡村的依恋，乡村已经失去了往日的魅力，甚至在后苏联时期的《送葬》《乡间的房子》中尤其展现了对乡村的掠夺与抛弃。乡村小说作家对农村现实状况的描述的根本动因在于呼吁重视乡村的发展，关注农民的物质与精神生活，呼唤传统道德的回归——乡村道德蕴藏在农村的古老宗教传统之中，因农村的衰败而导致这些被人们视为俄罗斯之根的传统美德逐渐消失。乡村小说作家更为关注的是西方的文化思潮与价值体系正在引领年轻一代离开自己的根，导致他们放弃自己的民族文化传统，他们感到俄罗斯正在失去自己的民族独特性，因而拉斯普京等作家的创作流露出更多的民族主义情绪和倾向。

其次，在新的历史语境中乡村小说中的农民形象发生了由理想化描写向平凡人叙事的转变。在19世纪农村题材的叙事中，文学家受到时代与贵族身份的影响，富有浪漫气息的对农民世界的美化居多。普希金的《叶甫盖尼·奥涅金》中乡村是贵族逃离都市喧嚣的乐土，被理解为具有医治忧郁症的功效。屠格涅夫的《猎人笔记》对农民与乡村的赞美突出了理想化的叙事色彩。就连列夫·托尔斯泰的作品似乎也无法真正深入农民内部理解农民的内心世界。涅克拉索夫以及其他革命民主主义作家包括契诃夫的创作虽然去掉了美化农民世界的面纱，真实描写农民的生活状态，但更多的也只表达对农民苦难的同情。这其中涉及根基主义提及的上层贵族知识分子与下层农民群体间的隔膜问题。20世纪的乡村小说作家多出身农民，如别洛夫、拉斯普京和阿斯塔菲耶夫等人出身西伯利亚的农民家庭，他们熟悉民间生活，能从农民内部以及俄罗斯农村的深处感知农民的思想与诉求，对于俄罗斯民族性格的剖析也比传统的文学更为深刻，如索尔仁尼琴的《玛特廖娜的院子》中便塑造了非常普通的农民马特廖娜形象。对19世纪文学中的小人物形象的叙事演变为对普通农民形象道德面貌描写，彰显农民精神世界的和谐美好，同时表现农民面对苏联社会问题与生活困苦的无助。19世纪小人物原型的一些谦卑、忍耐、品格高尚的特点被20世纪乡村小说作品继承，甚至在此基础上生发了某些新的特点。乡村小说作家对"个人"的关注与斯大林时代将"个人"湮没于大历史的思想观念观点大相径庭。斯大林时代文学中所崇尚的爱国主义与英雄主义精神到乡村小说时期已经隐身文本之后，到了20世纪70年代，出现了很多反思集体化运动的小说，长篇的史诗性小说是社会主义现实主义文学的变体，如阿勃拉莫夫的长篇小说《兄弟姐妹》"保留了纪事特征，同时不忘关注个体自我追求的权利"[1]。这一时期的文学更关注人的个体价值，乡村小说中对于普通人的生活情感的观照与革命文学中对公式化英雄人物的弘扬形成对比，更多表现出非英雄化的对人性多面与复杂性的描写。乡村小说中的小人物生活于苏联社会，小人物形象更多表现在一些特殊色彩的人物身上，如老妇形象，在拉斯普京和阿斯塔菲耶夫的笔下老妇人形象是俄罗斯道德传统的化身，她们身上的美德似乎随着她们的老去而消失，而年轻一代并没有继承她们的观念，认为这些已经过时，已经无法适应新的现实。老妇人形象不免与乡村一样染上怀旧色彩。舒克申则塑造更多农村里的怪人形象、"傻瓜"形象，舒克申喜爱自己作品的怪人形象，他认为怪人之怪是因为他们与人民的命运相联系，怪是"他们的精神形式，是他们明快心灵的闪光"[2]。这些人物恰好是那个年代的英雄，他们不愿与恶同流合污，更不愿随波逐流，真诚个性与存在状态映照出了官僚主义盛行、伦理道德世风日下的社会丑陋。这些形象承载的是作家试图重建道德传统的理想。作家们突出描绘一系列人物在历史变化中的复杂命运，农民形象与性格转变得多元化。在舒克申的作品中各种不同性格的农民形象的塑造表现了人物丰富的内心世界，其中很多人物形象富有哲理性思维，具有人格魅力。

最后，乡村小说虽然写作风格总体上依然保持着传统的现实主义写作方式，但随着20世纪60年代苏联文坛的对审美艺术性要求的提高与思想哲理性的转化，很多创作在现实主义基础上增加了多样化叙事，构成了多元化艺术手法并存的特点。60—70年代的乡村小说已经不满足于单纯对农村不合理现象的描述，而是将探究俄罗斯民族性作为更重要

---

[1] Лейдерман, Н. Л., Липовецкий М. Н., *Современная русская литература*: *1950—1990- е годы в двух тома*（Том 1），Москва: Академия，2003，С. 19.

[2] Агносов, В. В., *История русской литературы XX века*，Москва: Юрайт，2013，С. 410—411.

的任务。作家通过反思俄罗斯历史、研究普通人在社会生活变化中的心理状态来进一步探索道德主题，并且从哲理化的高度俯瞰坚守传统道德与促进俄罗斯社会生活现代进程之间的复杂关系。多元化艺术手法包括：叙事视角的内聚焦变化，变形化叙事的增强与空间性叙事的转向。索尔仁尼琴的《马特廖娜的家》便是第一人称的有限叙事视角的代表，小说从伊格纳季齐的观察视角表现了马特廖娜圣徒般的一生。此后，在乡村小说中出现了第一人称与第三人称有限叙事。这种对全知视角的放弃表达了作家试图从切近距离的外部观察深入人物的内心，洞悉其内心深处的隐秘，从而得出某些带有主观色彩的判断。也正是在内聚焦叙事的前提下，小说中出现了拟人、比喻、隐喻、变形、寓言、神话等浪漫主义元素叙事色彩的强化。在拉斯普京的《告别马焦拉》和阿斯塔菲耶夫的《鱼王》《牧童与牧女》等创作中，这种格调比比皆是。这些变形化手法对现实主义作品的融入大大提升了作品审美艺术水平，同时隐喻叙事的表达带给作品以深刻的哲理思考空间。乡村小说打破时间性叙事的因果逻辑，文本更呈现出空间性特点。乡村小说故事节奏与以往的现实主义文学相比，出现了对时间的压缩，有些作品只表现几天之间所发生的事情，如《最后的期限》就只表现安娜病危几天中的事件。文本中大量的回忆与倒叙历史则构成了心理空间，出现多种时间的并置、情节的并置以及碎片化写作的空间叙事特征。在阿斯塔菲耶夫以及后苏联时期的传统派作家瓦尔拉莫夫的作品中表现尤其明显。

总体来看，乡村小说是对19世纪乃至20世纪初期的俄罗斯文学现实主义经典在叙事思想与叙事方式上的继承，同时又带有时代特点的叙事创新，这些叙事创新为俄罗斯文学的发展注入了新的活力，使其走向现代性叙事的道路。

第 二 章

乡村小说的创作语境与作家思想变迁

乡村小说的诞生与发展是立足于苏联独特的历史现实，因此，要准确把握其叙事特征，首先需要对它的创作语境以及由此导致的作家思想变迁进行考察。卫国战争、战后的艰苦卓绝的重建与集体化运动等是乡村小说叙事的先决条件，也是其产生的历史语境。乡村小说作家立足于农村现实生活，摒弃苏联 20 世纪 30—50 年代的社会主义现实主义写作中的庸俗化倾向，试图向世界讲述俄国农民在革命、社会主义建设过程中走过的悲剧性的历史道路。乡村小说作家的叙事思想也经历了从揭露苏联农村生产与农民社会中的问题向人的精神道德追问及人性哲理探索的转化。

第一节 文学解冻语境下农村题材的发轫

一 农业经济集体化进程

农村题材的开端有其独特的社会文化背景，其中社会背景在于苏联农业的全面集体化与消灭富农运动，而其文化背景则是苏联文坛所鼓噪一时的文学创作与批评的"无冲突论"。著名评论家韦列切克认为，农村题材的出现是与第二次世界大战后文学发展的特殊性密切相关的，"忽略文学研究中曾鼓噪一时的无冲突论这一现象，也无法理解农村散文"①。苏联实行农业集体化政策有其历史原因，1928年苏联出现了粮食收购危机，"斯大林认定危机是农民资本主义自发势力造成的"②，斯大林对农村与农民问题并不太熟悉，但他认为农民经济等同于资本主义经济，因为在新经济政策时期，独立的小农经济走的是"旧的资本主义发展道路"③。斯大林错误地估计农民在社会主义建设中的作用，把尤其是贪恋过去自由经济的农民等同于资产阶级，认为他们是社会主义建设的潜在的敌人，有复辟的危险。④ 对于农民问题，列宁曾经提出农业合作社计划，即在农村进行文化普及，让农民自觉认识到合作社的益处，并在自愿基础上参加合作社。但列宁强调，对于合作社计划可能需要一定时间才能展开，不能操之过急。或许认为列宁的农业设想要实现共产主义目标太慢，为了打击并消灭这些不愿与苏联政权合作的农村阶层，斯大林背离了列宁的农民政策，决定采取极端措施，即行政命令与暴力手段推行农业政策，于是农业全面集体化政策出台。1929年11月，《大转变的一年》中提出"整村、整乡、整区、甚至整个专区地加入"⑤ 集体农庄，苏联共产党试图加快集体化的进程，采取了各种措施，1930年苏共中央通过了《关于集体化的速度和国家帮助集体农庄建设的办法》的决议，甚至提出了各个农业生产区实现集体化的时间表。一些地区的基层的领导、集体农庄的主席等为了完成上级计划，为了获得政治上的好处，背弃良心，出现欺上瞒下，虚报生产数字等等错误行为，形成了官僚主义、教条主义等等不良风气。更有甚者，借推行国家政策之名，行中饱私囊之实。事实上列宁还在1920年在对已形成的国家机制进行分析时就不得不承认，"我们的国家是带有官僚主义弊病的工人国家，我们不得不把这个不光彩的——我应当怎么说呢——帽

---

① ［俄］Л. 韦列切克：《苏联农村散文简介》，罗宁译，《苏联文学》1991年第5期。
② 徐天新：《苏联真相》，陆南泉等主编，新华出版社2010年版，第242页。
③ ［苏联］约·斯大林：《大转变的一年》，《斯大林选集》下卷，中央编译局译，人民出版社1979年版，第201页。
④ 徐天新：《苏联真相》，陆南泉等主编，新华出版社2010年版，第243页。
⑤ ［苏联］约·斯大林：《大转变的一年》，《斯大林选集》下卷，中央编译局译，人民出版社1979年版，第206页。

子，加在它的头上"①。官僚主义等早已有之的社会弊病在集体化运动过程中以过火的程度沉渣泛起，对苏联国家的农业经济建设造成了无法弥补的损失，同时也对刚刚摆脱专制与战争奴役的农民的精神带来沉重的打击。可以认为，斯大林时期的农业全面集体化政策的强力推行破坏了农村经济的健康良性发展，加快农业集体化伤害了很多拥护苏维埃政权的人以及农民的感情，打破了农村世界的和谐，同时降低了农民生产积极性。虽然短期内完成了国家规定的粮食收购任务，却付出了巨大的代价。其中不仅包括农业经济遭到破坏，同时也有社会的动荡，"国家政治保卫局的绝密报告说，1930 年 2 月和 3 月共发生群众性骚动 7576起"②。在集体化运动过程中，消灭富农成为其中最为残酷的斗争，因为富农不仅被剥夺了财产，更被赶出了原有的家园，去往国家最为荒凉的西伯利亚等地。在一个给斯大林的报告中可见其残酷性："从富农那里拿走的不仅有牲畜、肉类、农具，而且有种子、粮食和其他财物。留给他们的只是母亲生他们时他们所拥有的。"③ 富农阶层约 140 万—150 万户被视为农村中的剥削阶级被消灭，确切的统计数字苏联解体后方公布。苏联官方认为到 1933 年已经实现了消灭富农阶级，农村可以进行社会主义建设了，推行一种国家控制的高度计划的农业经营体系，国家对农业生产的各个环节进行周密的计划，集体农庄照计划生产，定期定量向国家缴纳粮食等农副产品。由于市场粮食与国家收购间的价差而导致农民缴纳农产品的积极性降低，国家之后又出台几个办法控制农民自由买卖粮食，借以保持粮食的高产数字逐年攀升。斯大林时期的政策从根本上看是对农民的剥夺，集体农庄也因此而产生了大量问题和不合理现象。

---

① [苏联] 弗·列宁：《列宁全集》（第 40 卷），中央编译局译，人民出版社 1986 年版，第 204 页。

② Данилов, В. П. и др., *Трагедия советской деревни*, *Коллективизация и раскулачивание в 2-х томах*, Москва: РОССПЭН, 2001, С. 788.

③ Висоцкая, Е. О., *История советского крестьянства и колхозного строительства в СССР*, Подред, Москва: Акад. наук СССР, 1963, С. 276.

二 农村题材的写实创作

在"二战"后,苏联文学领域,一些歌颂社会主义农村建设的作品极尽粉饰太平,文学作品中看不到矛盾冲突,只有好与更好的差别,作品中并没有反映真实的生活。直到1952年斯大林执政的晚期觉察到无冲突论的掩盖问题与矛盾的危害,提出文学要"写真实",呼吁社会主义文学还需要果戈理、谢德林一样的讽刺型作家。因政策种种不合理所导致的农业问题层出不穷。20世纪50年代中期后文学领域很多作家提出了"文学干预生活"的思想,于是文坛重新出现了"写真实"作品,最早进入读者视野的便是奥维奇金的特写。作家选取农村生产中的阴暗面,暴露问题的倾向非常明显,采用特写的体裁融合了新闻报道与文学手法为一体,开创了新体裁。Л.韦利切克认为,奥维奇金的《区里的日常生活》(1952)开启了农村散文的写作,中篇小说对于俄罗斯文学来说是重要的转折性作品。50年代继奥维奇金的特写之后,形成了以中短篇小说为主体的农村题材创作,代表作家包括田德里亚科夫、扎雷金、多罗什、特罗耶波利斯基等人,他们的小说主要揭露农村生活中的问题,指明农村生活中出现的矛盾与生产问题,揭露农村生活中存在的大量弊端,尤其主要的是揭露农村领导干部的问题。奥维奇金的创作为乡村小说的出现铺垫了题材基础,使人们将关注的目光集中于苏联农村,其特写集《区里的日常生活》仿佛第一只春燕飞入文坛,无论从题材上还是体裁上都开创了农村小说的先河。凯特琳·F.帕尔斯在专著《俄罗斯乡村小说——辉煌的过去》一书的前言中提到,"乡村小说由奥维奇金的农村特写小说演化而来"①。奥维奇金的创作往往对比地描写正面与反面的领导人形象,除暴露农村问题外,更重要的是要找出农村走出困境的道路。包尔卓夫形象典型囊括了很多农村干部自私自利,他们只顾自己的政绩名声,置农民的利益于不顾,甚至采用诬告等卑鄙手段打击异己。而奥维奇金的小说中正面人物的代表则是像区委书记马尔

---

① Parthé, K. F., *Russian Village Prose: The Radiant Past*, Princeton University Press, 1992, p. 1.

登诺夫这样的人，他们从农村的实际出发，思考的是农业的发展，从农民的利益出发解决问题，因而他们并不看重自己的政绩，他们在工作中得到人民的真正爱戴，因而在上级调马尔登诺夫离开时，他却表示不愿离开，要在这个区再工作五年，"应当在这工作，要好好工作，让人民将来谈起我们时会想起我们的好处"。与这个形象相反的包尔卓夫之流则因官僚主义和教条主义错误的领导，使农业生产造成损失，使人民利益遭到损害。这种强烈的对比使人意识到，正是这些不负责任的官员在阻碍着国家的建设与社会发展。奥维奇金的创作很完美地诠释了"积极干预生活"原则，几乎成为农村工作领导干部的教科书。奥维奇金派的创作揭露"二战"后俄罗斯农村中存在的问题，甚至提出了对这些问题的解决办法。他们的创作无疑是对过去"无冲突论"作品的反驳，将"批判现实主义"的叙事重新引入了当时的文学，成为文坛的一股清新的风。从作品的艺术性来看，此时的农村题材作品明显表现出新闻报道与纪实文学相结合的特点，很多作品在内容上较为雷同，人物形象刻画略显千篇一律，且描写欠细致，较少心理揭示。因突出揭露问题的目标和解决问题的初衷而显得文学内涵尚浅，还无法升华为俄罗斯文学传统上的哲理性思考。这种带有政论色彩的纪实文学虽然是散文体裁上的创新，但主要是以叙述故事取胜，从文艺作品审美的角度看其艺术性不强。奥维奇金流派的创作处于过渡时期，因为此后不久文艺政策忽"左"忽"右"的变化，奥维奇金流派的农村题材作家的创作遭到批判，这一流派的创作逐渐发生了转化。

第二节 文学"解冻"与传统道德回溯

文学"解冻"（Оттепель）是苏联文学界的重大事件，对苏联文学具有深远影响。文学"解冻"的政治文化语境复杂多变，自由派与保守派的斗争起伏更迭，20世纪50年代末至60年代初的乡村小说作家群表现出回溯俄罗斯文学传统的思潮。

一　文学"解冻"下的乡村题材兴起

20世纪50年代斯大林的去世以及赫鲁晓夫当选苏共中央总书记导致苏联历史出现重大的转折，原来的斯大林时代的文化气氛消散了。1953—1956年三年里，苏联政权一定程度上进行了改革，表现为：很多文化界人士被平反恢复名誉，其中包括作家布尔加科夫、巴别尔、皮里尼亚克等；文艺创作的审查制度也较过去宽泛许多，很多过去无法发表的作品开始见诸报端，如阿赫玛托娃、佐琴科的作品重新获准出版，作家们也敢于将自己的不同见解在公众场合发表出来了。1954年召开的苏共中央会议上赫鲁晓夫要求对官僚主义进行无情的斗争[①]，此后很多文学作品开始揭露苏联机关领导的官僚主义，而爱伦堡的小说《解冻》出版成为苏联文学"解冻"的富有象征意味的开端。苏联作家第二次代表大会似乎具有风向标的作用，与第一次作家代表大会召开时隔二十年后的第二次大会无疑是苏联文化生活中引人瞩目的，代表们在会议中对文学的官僚主义展开批评，提出创作自由的问题，强调过去官方控制的严格等等问题。这次会议的召开可以理解为苏联官方试图改善与作家的关系，遏制社会上日益增长的不满情绪，会议的结果使苏联作家获得了一定程度的保证："文学今后可以自由地描述在苏维埃生活中依然存在的冲突和矛盾。"[②] 此后作家的创作中揭露性的作品增多，暴露社会问题的阴暗面的冲突性作品得以发表。苏共二十大和赫鲁晓夫所做的"秘密"报告使苏联社会的去斯大林化向前迈进了一大步，作家对文学创作自由化的信心重新获得鼓舞。二十大以后，"青年作家像潮水一样涌入文学界"[③]，在农村题材作家中田德里亚科夫尤为多产，对于农村题材的不断深入探索引导着很多作家转向农村历史描写，如扎雷金、阿勃拉莫夫等。"解冻"使国家重新审视国家与人的关系的思考，矫正了

[①] 中国社会科学院外国文学研究所苏联文学研究室编：《苏联文学纪事》，生活·读书·新知三联书店1979年版，第16页。

[②] ［美］马克·斯洛宁：《苏维埃俄罗斯文学》，溥立民、刘峰译，上海译文出版社1983年版，第341页。

[③] 谭德伶、吴泽霖：《解冻文学和回归文学》，北京师范大学出版社2001年版，第32页。

过去一度被忽视的个人的权利问题，不再把个人仅仅视为国家建设庞大机器上的一个"螺丝钉"，个体自由开始得到社会广泛关注。伴随着精神解放与国家政策的放宽，很多农村题材作家转向道德探索的题材，作品深入探求人的精神世界。由于冷战思维致使苏联大力发展工业，尤其是军事工业，苏联的社会经济的不平衡已经显露出来，工业发展呈现稳中有升的局面，而长期为了工业发展而牺牲的农业经济则因为全面集体化所造成的后果而举步维艰，"1946—1950 年间，农业在整个国民经济建设中投资的比重只有 15%，而工业基本建设投资则达到 38.8%"[①]，农村因为经营管理不善与官僚主义作风而使农业产量缩减。赫鲁晓夫时期的农业改革在 50 年代取得了较大成效，以国家加大对农业的投入促进农业的增产增收，然而 60 年代以后由于其管理并没有摆脱斯大林模式，农业政策的摇摆、农村干部的大规模轮换、不顾农业生产规律的乱指挥等等弊端对生产力的束缚表现为农业生产发展缓慢，采取的补救性措施虽然在一定程度上缓解了集体化带来的恶果，但最终仍然改革失败。人民所盼望的农业奇迹并没有出现，甚至多地出现粮食短缺与抢购风潮。60 年代农村的经济问题日益突出，随着而来的更为严重的则是精神生态的失衡。

二 乡村小说作家与道德主题

20 世纪 60 年代科技革命兴起，代表现代文明的城市崛起，城市的快速发展对农业传统文化产生巨大的冲击，人们面对变化表现出彷徨与失落的情绪。苏联人经历了改革后，人的价值观发生了变化，过去固守的传统道德逐渐丢失，金钱利益至上的心理导致人与人的关系冷漠、异化，出现了道德滑坡的局面。苏共二十二大所通过的新纲领提出一切为了人，为了人的幸福的口号，"苏联文艺界以这些口号为理论依据，在文学中宣传人道主义、人性论"[②]。人道主义的提出从政治上针对"个

[①] 苏联部长会议中央统计局编：《苏联国民经济六十年》，陆南泉、张康琴、毛蓉芳译，生活·读书·新知三联书店 1979 年版，第 436 页。

[②] 中国社会科学院外国文学研究所苏联文学研究室编：《苏联文学纪事》，生活·读书·新知三联书店 1979 年版，第 142 页。

人崇拜"加以批判,从文学上促使作家们反思道德问题,"良心"作为这一时期代表道德的关键词成为苏联文学生活的核心。60年代中期乡村小说作家或聚焦于道德思考,或关注农村的日常生活,他们从生活琐事中探索人存在的道德价值,如田德里亚科夫作品的良心与道德教育,别洛夫的《凡人琐事》对普通的集体农庄成员悲剧性的个人生活描写,拉斯普京的农村题材小说中对道德问题的探索。

20世纪50—80年代中期,乡村小说派作家有"奥维奇金、肖洛霍夫、多罗什、索洛乌欣、雅申、阿列克谢耶夫、舒克申、别洛夫、扎雷金、阿斯塔菲耶夫、田德里亚科夫、阿勃拉莫夫、莫扎耶夫、叶·诺索夫、拉斯普京等"[①]。50—60年代乡村派小说作家回避描写英雄事迹以及社会主义建设成就的宣扬,创作主要是暴露农村生产中的问题、揭露集体化运动对农村造成的危害,揭示国家政策与地方官员的过火行为对农民生产积极性的挫伤,暴露苏维埃政权在国家工业化过程中对农业的掠夺与戕害,作家们试图寻找解决农村问题的方法。作品反映农村干部的官僚主义作风、不顾农业实际情况的主观主义错误、不关心农民生活的非人道命令等具体问题,也可以认为,这一时期的农村散文多为问题文学。作家们正是经过对农村真实情况的暴露,揭示了掩盖真相、一味颂扬社会主义建设成就的"无冲突论"写作,对盛行的个人崇拜。更为重要的是苏联文学重新关注了具有俄罗斯文学传统的人道主义思想,提出关心人、爱护人、信任人、尊重人的价值,道德主题开始成为重要描写对象,在道德主题方面更多的是对人的道德良心的探索,观照人的个性。另外,随着乡村小说写作的逐渐成熟,作家们通过对家乡、土地、传统的记忆与追怀,表达人的善与美,土地成为人的"根基",离开土地喻示人离开自己的根,离开母亲,命运将漂泊不定。表达了作家对那些"失落了善的本源的人的命运的深切忧虑"[②]。此时期文学的"解冻"并非一帆风顺,而是时常出现倒春寒般的文学政策摇摆。社会主义现实主义创作方法仍为主要方法,但是乡村小说作家不约而同地摒弃了粉饰

---

① 黎皓智:《20世纪俄罗斯文学思潮》,北京大学出版社2006年版,第219页。
② 何云波:《乡土罗斯的现代转型》,刘文飞编《苏联文学反思》,中国社会科学出版社2005年版,第217页。

性写作，对政治意识形态采取中立性的态度，开始关注艺术技巧，如"多罗什的《乡村日记》将速写、特写、典型的新闻报道式体裁'农村来信'，提高到了合乎艺术标准的书信水平"①。多罗什通过十五年间不间断地往返于同一个乡村，记录了乡村在十五年间的历史，他采取冷峻旁观的视角观察农民的生活、农村的变化，揭示农村的问题，其文学创新是向俄罗斯文学传统的回归。俄罗斯当代著名作家阿基莫夫认为："我们这个时代的农村文学发源于19世纪的经典文学。"② 19世纪文学对农民、普通人、小人物命运的关注在20世纪苏联乡村小说中得以继承。

第三节　停滞时期的文学多元化与乡村小说的哲理升华

勃列日涅夫时期苏联文学的现实主义文学走向多元发展，社会主义现实主义的术语涵义有了更广泛的外延，国家的文学出版出现了更多的地下出版物与国外出版物。在这种文化语境下乡村小说的创作将道德主题推上第一位，成为核心主题，并在此基础上升华为哲理探索的高度。

一　文学创作出版多元化

在苏联"停滞"（Застой）一词来源于戈尔巴乔夫在苏共中央第二十七次会议上所做的政治报告，他认为："在苏联的经济和社会生活中出现了停滞现象。"③ 这个时期是指从勃列日涅夫执政的20世纪60年代中期到80年代改革时期的近20年时间。在停滞时期，苏联的经济增长的速度趋缓，劳动生产率开始下降，人民的生活水平稳中有升。勃列日涅夫执政18年，分为两个阶段，从60年代中期开始到70年代初为第一

---

① ［俄］Л. 韦利切克：《苏联农村散文简介》，罗宁编译，《苏联文学》1991年第5期。
② Акимов, В. М., *От Блока до Солженицина*, СПб.：Искусство-СПб, 2010, С. 402.
③ Горбачёв, М. С., Доклад Центрального Комитета КПСС XXVII съезду Коммунистической Партии Советского Союза, http：//lib. ru/MEMUARY/GORBACHEV/doklad_xxvi. txt.

阶段，从 70 年代上半期到 1982 年为第二阶段，是苏联走向停滞，走进衰亡的历史转折时期。① 第一阶段中勃列日涅夫一定程度上纠正了赫鲁晓夫时期的某些政策的弊端，继续反对个人崇拜，但是到了 70 年代，勃列日涅夫停止了赫鲁晓夫时期的改革措施，重新回到了斯大林的极权主义的旧途，苏联官方加强了"对文化意识形态的控制，加强对文艺作品的审查，压制学术自由"②，甚至增设了书刊检查机构，国家安全委员会第五局（克格勃）也在文学艺术领域大量展开调查监督。对于国内外的所有出版物进行严格监督检查，"从 1959 年到 1964 年遭遇逮捕与审讯的最主要指控是阅读或者传播'私下出版物'以及其他'反苏文学'。这些'反苏文学'包括：索尔仁尼琴（А. Солженицын）的《伊凡·杰尼索维奇的一天》（«Один день Ивана Денисовича»）、杜金采夫（А. Дудинцев）的《不仅仅为了面包》（«Не хлебом единым»）等。"③ 一旦发现某些作家的作品有意识形态方面的反苏倾向或问题，书籍便不能出版，有相当数量的书稿因作家自查或编辑部检查不能通过而不能付梓。尽管国家实行了严厉措施，进行了控制，但已经无法阻挡苏联知识分子们寻求真理与创作自由的疾呼。Е. 科斯捷林早在 1967 年 7 月给《顿河》杂志社和苏联作协的一封信中写道："上百位作家和诗人'无声无息地消失'在监狱和劳改营中，身心均受到残酷的摧残。"④

在对异己思想的政治压制达到一定程度的地方，自然也就会出现同样力度的反弹。在勃列日涅夫时期，苏联文学呈现出的多元化格局有其特定的历史条件。

首先，文学"解冻"的不彻底性引发了苏联"持不同政见者"作家群体的产生，催生的俄侨"第三次浪潮"突破了文坛"万马齐喑"的沉闷。1966 年被判刑的塔尔西斯、达尼埃尔、西尼亚夫斯基和 1969 年被开除作协会籍的索尔仁尼琴等人先后被驱逐出境，他们作

---

① 衡子：《稳定还是衰亡》，《俄罗斯中亚东欧研究》2012 年第 3 期。
② 衡子：《稳定还是衰亡》，《俄罗斯中亚东欧研究》2012 年第 3 期。
③ 李淑华：《勃列日涅夫时期书刊检查制度探究》，《俄罗斯学刊》2011 年第 5 期。
④ Горяева, Т. М., *Политическая цензура в СССР (1917—1991)*, Москва: РОССПЭН, 2009, С. 334.

为苏联时期"持不同政见者"作家①，在苏联作家群体中获得了一部分人的支持与多数人的反对，他们的活动在一定程度上使苏联文学家内部发生了分裂，苏联文学分裂为官方和非官方文学，于是大量无法获准出版的作品转入地下出版，甚至有些苏联作家的作品偷运出国，在国外出版后秘密流传于国内。俄侨的"第三次浪潮"达到顶峰时，其刊物达到几十种之多，其中《大陆》《时代与我们》《回声》《相会》《第三浪潮》《句法》等有着巨大影响力。周启超认为，"第三次浪潮"的俄罗斯侨民文学与前两次相比呈现出创作方式上的差别："呈现出更多的'开放性'与'对话性'，这在作家、诗人的主体意识与其作品主题、风格、文体甚至语言上都有所体现。"② 60 年代末与 70 年代尽管苏联官方在意识形态上加强控制，但是时代的发展与各种信息渠道还是能够使读者读到地下出版物，其中包括具有多样化艺术风格的侨民文学。

其次，西方文学作品与文论研究以及过去遭受禁止发表的具有反乌托邦色彩的俄罗斯文学部分作品可以发表，这些都为苏联文学在叙事上的多元化给予了思想与诗学的滋养。马克·斯洛宁在其著作中提到 20 世纪 60 年代后苏联文学界"寄希望于苏联和欧洲作家们在威尼斯、苏黎世和以后的罗马的会晤……人们贪婪地阅读当代西方小说家和诗人的翻译作品"③，即苏联作家希望可以借此打破自身与欧洲在文学上的界限，与欧洲文学趋向同步。苏联出版社此时也开始有选择地发表西方作家的作品，如舍伍德·安德森、欧·亨利、斯坦贝克、萧伯纳、托马斯·曼、高尔斯华绥、萨特④等，卡夫卡、加缪等人的作品在 70 年代在苏联同读者见面。70 年代初期，苏联与西欧各国间的互访活动大大增加，以"1969 年为例，苏作家在国外参加国际活动达四十多次，有 360

---

① 中国社会科学院外国文学研究所苏联文学研究室编：《苏联文学纪事》，生活·读书·新知三联书店 1979 年版，第 261—262 页。

② 周启超：《二十世纪俄语文学：侨民文学风景》，《国外文学》1995 年第 5 期。

③ [美] 马克·斯洛宁：《苏维埃俄罗斯文学》，溥立民、刘峰译，上海译文出版社 1983 年版，第 351—352 页。

④ [美] 马克·斯洛宁：《苏维埃俄罗斯文学》，溥立民、刘峰译，上海译文出版社 1983 年版，第 351—352 页。

名作家出国访问，此外还在国内接待外国作家 500 余人"①。苏联作家获得西方影响的重要途径在于他们去波兰、匈牙利、南斯拉夫等卫星国的旅行见闻，西方作家在与苏联作家的各种会议讨论和私人交谈中都会涉及创作不受限制以及创作方式上的探索等，这些思想无疑对苏联文学的发展产生了颠覆性的影响，促使俄罗斯知识分子阶层试图革新长期以来奉行的写作原则。一些早年流亡作家，如伊万·布宁、扎米亚京等人的作品，国内遭禁止的作家布尔加科夫、普拉东诺夫的作品可以出版了，长期以来一直遭受诟病的19世纪现实主义作家陀思妥耶夫斯基的诞辰纪念活动允许开展。这些遭禁文学中对俄罗斯文学传统的继承以及反乌托邦色彩给 60—70 年代的苏联文学注入了冲破阻碍赢得发展的动力，使其获得了俄罗斯传统文化的滋养。

再次，社会主义现实主义创作方法的讨论在一定程度上解除了官方对文学创作的桎梏。早在 20 世纪 50 年代中期，西蒙诺夫已经对"社会主义现实主义"的概念进行了重新解释，将这一术语的核心限定为："社会主义现实主义是苏联文学和文学批评的基本方法，它要求艺术家真实地，历史地和具体地描写革命发展中的现实。"② 这一术语已经删掉了原来术语中的"思想改造和教育任务"。苏联国内外评论家对这个术语的评价更多是否定性的，匈牙利评论家乔·卢卡契认为苏联人民并不欢迎这种方式的写作，把这些作品看作被党的评论家捧上天的平庸而呆板的作品。70 年代初期苏联文艺界掀起了一次对该术语讨论的高潮，在文艺思想上将其外延扩大了，认为它是一个创作体系，其中可以包容很多过去的创作手法，如浪漫主义、感伤主义等。奥夫恰连科在《争论在继续》一文中认为社会主义现实主义不是唯一的方法，生活的真实还可以反映在其他的艺术中。马尔科夫在他的观点后又提出了"社会主义现实主义的开放体系"的美学观点。此后更多的文学评论针对这一术语提出了多种观点，它们在一定程度上扩展了现实主义的范围，本质上强调的则是社会主义文学，囊括多种创作方式实际上促使奉行了几十年的

---

① 中国社会科学院外国文学研究所苏联文学研究室编：《苏联文学纪事》，生活·读书·新知三联书店 1979 年版，第 302 页。
② [美] 马克·斯洛宁：《苏维埃俄罗斯文学》，溥立民、刘峰译，上海译文出版社 1983 年版，第 353 页。

官方认可的写作方式逐步消解。文学家们更为重视艺术技巧,并认为艺术追求应该置于写作的首要位置。作家们开始在公开场合呼吁创作自由,因艺术特色鲜明的作品减少而焦虑。

最后,苏联从20世纪60年代开始的科技革命与城市发展到70年代已经获得丰硕的成果,然而随着物质文化的发展,精神文明却出现了危机状态,农村尤其受到了较大的冲击。勃列日涅夫时期是苏联都市化进程加快的时期,很多人离开故乡土地来到城市,农村里的青年人更向往城市生活,城市人口迅速增加,农村人口急剧减少。"1965年初,苏联城市人口占53%,农村人口占47%。到1982年城市人口已达64%,农村人口降到36%。"① 城市的冷漠喧嚣改变了农民的性格,淳朴的民间风习与传统遭到丢弃,代之以市侩作风与自私自利。人与土地关系的断裂导致人对自己的根的漠视与传统的价值体系在年轻一代心目中的贬值。科技革命使俄罗斯农村的状况发生了翻天覆地的变化,人类崇尚科技,认为科技的力量可以战胜一切,人定胜天的观念代替了古老的人与自然和谐相处的思想。有些地方因为要修建大型的工程而整村搬迁,很多农村因为管理不善土地荒芜,森林砍伐严重,河流干涸,自然灾害导致农业减产,农民生活困难。更为严重的是人与自然的和谐关系被打破。对自然的掠夺与破坏引发了人的道德思考。

二 乡村小说叙事的哲理探索

如果将20世纪50年代奥维奇金等作家的特写看作乡村小说的开端,那么索尔仁尼琴的《马特廖娜的家》(«Матрёнин двор»)则对60年代中期乡村小说达到思想与艺术的新高度具有重要意义。虽然索尔仁尼琴并未被划入乡村作家的行列,但是《马特廖娜的家》《伊凡·杰尼索维奇的一天》中俄罗斯农民性格彰显了农民灵魂中的善良、勤劳、无私等等传统的道德。索尔仁尼琴关注乡村与农民并非偶然,他提出农民所拥有的传统文化精神是俄罗斯存在的根基,正如作家在《马特廖娜的家》小说结尾所说:"没有这样的人(马特廖娜),村子不成其为村子,

---

① 陈之骅:《勃列日涅夫时期的苏联》,中国社会科学出版社1998年版,第96页。

国家不成其为国家。"索尔仁尼琴的这种新根基主义思想[1]奠定了乡村小说的思想基础。作家在《20 世纪末的俄罗斯问题》中对于俄罗斯民族生存以及人民未来的忧虑更多地体现于乡村派作家的创作思想中，正如索氏目睹下层民众艰难处境与道德水准下降而倍感痛心，但是他仍旧将俄罗斯民族的希望寄托于下层[2]一样，乡村小说作家如 M. 阿列克谢耶夫、Ф. 阿勃拉莫夫、Б. 莫扎耶夫、E. 诺索夫、B. 舒克申、B. 克鲁平、B. 别洛夫、B. 拉斯普京亦称自己为根基主义者[3]，在乡村小说流派蓬勃发展的 70 年代，作家们同样将目光关注于"下层"民众，尤其将道德探索放在首位。

与 20 世纪 50 年代的农村小说提倡的关心人、爱护人的人道主义思想有所区别，60—70 年代的乡村小说进一步深化了道德主题。作家们道德探索主题之下呼吁人对土地、自然生态，对社会与国家乃至世界应肩负起责任，认为过分追求物质而丢失对精神文明的平衡发展将导致人的精神退化、人性异化。作家们通过创作表现出深刻的寻根意识，认为人只有恢复对土地的感恩即对自己的根的珍视与爱护，重视传统的保持，才可以保持民族发展的根基，保持俄罗斯民族文化发展的原动力。科技革命使俄罗斯农村居民的生活发生了巨大的变化，它使人对自身的能力达到空前自信的状态，人运用科技手段对自然的掠夺也达到了有史以来的最高水平，人们已经忘记了古老的人与自然和谐相处的伦理观念，乡村的命运也随着科技革命而发生巨大的有时是令人痛心的变迁。马尔科夫说："科学技术日新月异，人们的心理面貌也随之发生了深刻的变化。追求物质享受、技术至上的潮流正在威胁着人类的精神文明和道德价值。"[4] 评论家 B. 阿纳申科夫认为，"正是乡村小说负起了对科技革命时代的庞大社会经济结构和生活结构作艺术探索的责任，同时也负

---

[1] 刘文飞：《"俄罗斯问题"：索尔仁尼琴"政论三部曲"中的新斯拉夫主义》，《俄罗斯研究》2006 年第 2 期。

[2] 刘文飞：《思想俄国》，山东友谊出版社 2006 年版，第 230 页。

[3] Кузина, А. Н., "Традиции почвенничества в русской литературе второй половины XX века", *Вестник волжского университета*, 2011, №2, C. 9.

[4] ［俄］马尔科夫：《刘宁访问马尔科夫谈话（1985 年 8—9 月）》，《苏联文学》1986 年第 2 期。

起了研究科技革命时代人与人之间的互相关系和生活环境的责任，它善于用多种手法充分反映人的精神面貌"①。在乡村小说中，作家对城市与乡村关系的思考往往上升为伦理与哲理性层面，70年代城市化进程加快而导致农村人口下降，多数青年人离开故土，逐渐淡忘了自己的根，对土地的感情疏离淡漠，城市中的冷漠、贪欲、自私迫使人丢弃自身的个性与尊严，甚至付出更为惨重的代价。拉斯普京警告人们："人不能丧失昔日生活重要的和美好的道德成果，要保持精神上的善良和真诚。"② 乡村小说作家着力表现对农村历史与传统的回忆，对传统文化价值失落的惋惜，对离开善之根源的人们未来命运的深切忧虑。乡村小说的创作思想进一步开放，作家们笔墨集中于描绘生活中的普通人，于这些人身上发现人性之美与善，他们认为老一辈人身上蕴含着道德水准与道德力量，正是这些高贵品质使俄罗斯经受住了历史的严酷考验。拉斯普京继承了俄罗斯文学的批判现实主义传统，重视文学的教喻价值，他提出文学应该对"人的道德净化和精神意识的保健"③ 起到重要作用。得益于70年代苏联文学的多元化发展，在叙事上乡村小说在现实主义手法基础上，增强抒情散文特点，引进了幻想、梦境、意识流、神话、假定性艺术等创作手法，作品的艺术感染力获得极大的增强。

第四节　后苏联时代文学的去中心化与新根基主义

一　苏联解体前后文学中心主义的衰退

20世纪80年代于苏联解体前后书刊检查制度取消，文学迎来了全面的自由与开放格局。过去主流的现实主义文学阅读量大幅度下降，消费文化甚嚣尘上导致大众文学兴起，俄罗斯文学原有的被全社会关注的中心地位开始下降。然而俄罗斯现实主义文学并没有就此消沉，有一批

---

① 施渭澄、刘灼：《苏联当代乡村小说》，《江西师范大学学报》1987年第3期。
② 刘文飞：《苏联文学反思》，中国社会科学出版社2005年版，第217页。
③ Распутин, В. Г., *Собрание сочинений в 3-х, томах*, Москва: Молодая гвардия, 1994, С. 420.

传统派作家仍在坚持创作，他们秉承的根基主义原则又得到了90年代后进入文坛的新生代作家的传承，成为俄罗斯文坛不可忽视的力量。可以说，他们是乡村小说的延续，是俄罗斯传统与道德的继续讴歌者。

苏联解体后文坛出现了传统派与民主派争论的混乱局面，俄罗斯一切关键的文学话语均受到震动，甚至颠覆，话语转型是后苏联文化与文学演变的主导要素，文学原有的社会生活中心地位与多种功能被取代，很多作家均意识到无法像过去一样创作和阅读了。苏联国家对文学的控制宽松起来，随着大量回归文学作品在俄罗斯的出版，俄罗斯文学获得了过去几百年来作家们梦寐以求的创作自由，可以想写什么就写什么的时代终于降临，过去凌驾于作家头上的各种来自政权的干预与书刊检查的限制已经荡然无存，然而令人感到鼓舞的前所未有的自由并没有给作家带来更多的欣喜。俄罗斯作家很快发现，作家作为人类灵魂工程师的地位在下降，文学在迅速失去社会生活中心地位和教化社会的功能。文学的这种去中心化一方面是历史发展的必然，是俄罗斯文学回归文学本身功能的正常表现，同时也说明后苏联时代人们价值观念上的迷失。多元价值体系的并存，旧的信仰丧失，新的理想并没有得到确立，这种信仰真空中后现代主义文学兴起，它以戏仿、拼贴与互文的方式暴露了苏联解体十年间俄罗斯社会与思想的混乱状态。

二 乡村小说作家的新根基主义

90年代后期，当后现代主义历经十年发展呈现疲弱趋势时，肯定民族文化传统的现代价值的新根基主义兴起，这一思想肯定宗教在国家现代文化中的基石作用，突出强调俄罗斯民族性，表明俄罗斯人的价值观。20世纪的后半叶一些乡村题材作家，如 М. 阿列克谢耶夫、Б. 莫扎耶夫、Ф. 阿勃拉莫夫、Е. 诺索夫、В. 舒克申、В. 克鲁平、В. 别洛夫、В. 拉斯普京等都称自己为"根基派"。[①] В. Н. 扎哈洛夫认为，20世纪列为根基派代表的有 Д. С. 利哈乔夫、А. И. 索尔仁尼琴、В. Г. 拉

---

① Кузина, А. Н., "Традиции почвенничества в русской литературе второй половины XX века", *Вестник волжского университета*, 2011, №2, С. 9.

斯普京、В. П. 阿斯塔菲耶夫、В. И. 别洛夫和В. М. 舒克申。[①] 可见，根基派思想在20世纪循着两个方向发展：即，根基派作家的文学创作和文学评论。作家们在继续研究根基的本质，分析农民生活方式的组成部分，深入研究这一范畴的哲学、道德和国家观念。另外还有一批哲学与文化学者构成了新根基哲学与文化学派的代表，他们是亚历山大·帕那林、阿尔谢尼·古雷卡、米哈伊尔·那扎洛夫、伊戈尔·沙法列维奇、亚历山大·季诺维耶夫等。

新根基主义思想出现于20世纪的60年代，更成熟地发展则在90年代，在19世纪下半叶的陀思妥耶夫斯基根基主义基础上增添了具有时代意义的特点。这些思想集中体现在乡村派小说的一系列创作，在苏联解体后，在传统的现实主义作家的创作中得以重新兴起并得到延续性发展。新根基主义散见于各种文学著作，尚构不成思想的完整体系，但很多俄罗斯作家与文化学家已经提出了明确的主张。如果说19世纪的根基主义是陀思妥耶夫斯基等文化人士对俄国社会上层与下层之和解的呼吁，那么新根基主义则是时隔百年后的悠远回声，与当初在普希金墓前的演说的慷慨激昂不同，这次作家们则以较为温和的方式将笔触转向历经苦难的农村，描绘悲剧性色彩的农民生活图景，刻画困顿中艰难求生却矢志不渝坚守着俄罗斯传统道德的农民。在集体化浪潮、工业革命的急流和城市化的快速进程与苏联解体的冲击之后很多的俄罗斯村镇改变了面貌，仿佛再难寻觅俄罗斯大自然生机盎然的田园风光与俄罗斯乡村淳朴富有活力的年轻农民，作家追忆过去的乡村自然之美，刻画步入老境的农夫与农妇。急流般的现代化进程、世界市场的改造、普遍的城市化引发不同种族与国家的集约化和混合，文化的统一与平衡被打破，因此民族情感在这种不平衡中爆发，作家与精英知识分子产生了保护民族身份，保护祖先的文化遗产的强烈情感。作家们呼吁人们回归故土，关注农村与农民的命运，认为农村蕴含着俄罗斯民族之根，国家与民族复兴的力量在于因信仰恢复而产生的道德之力。索尔尼仁琴早在20世

[①] Захаров, В. Н., "Почвенничество в русской литературе: метафора как идеологема", *Проблемы исторической поэтики（Евангельский текст в русской литературе XVIII—XX вв. Вып. 7）: Сб. ст.*，Петрозаводск: ПетрГУ, 2012, С. 24.

纪60年代的文学作品中就已经表达了自己的新根基主义意识，如短篇小说《马特廖娜的家》等早期作品，小说中，我作为一个试图寻找真正的俄罗斯的知识分子，来到远离现代文明的古风尚存的村庄，表明作家追寻古老的俄罗斯文化传统意图。主人公马特廖娜淳朴正直的农民形象中包含了根基主义思想中对乡村、土地、宗教、俄罗斯民族性的诠释。索尔仁尼琴在90年代发表的系列政论作品中则集中表达了自己的新根基主义思想，也被称为新斯拉夫主义。① 索尔仁尼琴认为，俄罗斯的力量与希望，全部积淀在俄罗斯深处和底部，只有从最基本的民族利益出发，体现最普通人民的愿望，俄罗斯的复兴才有希望。② 在对俄罗斯民族性的论述中尤其着重强调了"下层"，面对苏联解体前后土地荒芜、环境污染、乡村没落，他将俄罗斯民族复兴的希望寄托于下层民众，提出要在俄罗斯自己的民族之根的土地上超越西方。他认为西方对俄罗斯而言更多的是威胁，西方文化中的先进元素并没有被俄罗斯采纳，相反西方流行的大众文化的糟粕则涌入俄罗斯，毒害着俄罗斯青年，俄罗斯的民族性在东西方之间发生了动摇，始终无法取得民族自信。这一切令他感到忧虑。作家以具体事例为俄罗斯所面临的问题开出了自己的药方，提出在苏联解体的年代，社会道德的恢复应该是重于经济与工业发展的大事，"我们应该永远让位于道德的正义"③。在《倾塌的俄罗斯》中索尔仁尼琴发出了先知一般的预言，"我们已经丧失了统一民族的感觉"④，在作家看来，民族意识的衰落是比国家体制的崩溃更为严重的，认为坚守过去的俄罗斯宗教文化传统是拯救俄罗斯、增强民族凝聚力的法宝。很多俄罗斯文化学者与索尔仁尼琴持有相同观点，均把拯救俄罗斯国家与民族性的希望寄托于恢复民族的道德基础。当代俄罗斯哲学家帕那林在《全球化思维的荒谬性》一文中认为，上帝死了最终会导致人

---

① 刘文飞：《"俄罗斯问题"：索尔仁尼琴"政论三部曲"中的新斯拉夫主义》，《俄罗斯研究》2006年第2期。

② 刘文飞：《"俄罗斯问题"：索尔仁尼琴"政论三部曲"中的新斯拉夫主义》，《俄罗斯研究》2006年第2期。

③ Солженицын, А. И., "Как нам обстроить Россию", *Литературная газета*, 1990, №18, C. 9.

④ Солженицын, А. И., *Россия в обвале*, Москва: Русский путь, 1998, C. 69.

类的死亡①，认为信仰在修复民族道德基础上具有重要作用，"宗教是滋养民族文化、巩固民族精神和决定民族未来的要素，是民族魂魄的根基"②。更多作家将自己的根基主义理念附着于民族文化与民族精神，库尔斯克作家 Е.И. 诺索夫认为，人应该善待土地，人民的幸福、民族自觉、国家的强大都取决于爱惜并且有良心地对待土地。莫扎耶夫认为，土地不会向个人服从，只会服从强有力者，因此俄罗斯农夫群聚定居于世。土地不是政权，而是把俄罗斯人联结成特殊的劳动联盟的力量。阿勃拉莫夫谈到作为俄罗斯整体文化基础的农村时说："农村是俄罗斯的深处，我们的全部文化都是在农村的土壤中成长并繁荣的。农村的田地涌出了俄罗斯文化、伦理、美学、语言，这里就是我们的起源，我们的根基。"③ 作家们观察到农村的衰落而导致人的精神性的丧失，几百年来的土壤正在消失，就在这些土壤中形成了我们的民族文化：文化伦理与美学、民俗与文学、神奇的语言。④ 拉斯普京继承了俄罗斯文学的批判现实主义传统，重视文学的教喻价值，他提出文学应该对"人的道德净化和精神意识的保健"⑤ 起到重要作用。拉斯普京笔下的一系列乡村老妇，如《告别马焦拉》中的达利娅、《最后的期限》中的安娜，突出表现了基于宗教信仰基础上的道德承载者，折射着作家的根基主义思想光芒。拉斯普京说："有人问我，为什么我的创作中对老人写得那么多？因为上了年纪的人有话要对我们讲，有东西要留给我们作精神遗产。"⑥ 拉斯普京20世纪90年代后创作的政论文中，直抒胸臆地表达出作家认为俄罗斯农村和农民是俄罗斯社会的基石的理念。作家对苏联解

---

① Панарин, А. С., *Правда железного занавеса*, Москва：Алгоритм, 2006, С. 115.

② 张建华：《论后苏联文化和文学的话语转型》，《解放军外国语学院学报》2008 年第 1 期。

③ Абрамов, Ф. А., *Я пишу о Севере*, *Собранное сочинение в 6-х томах* （Том 5），СПб.：Худ. литература，1993，С. 205.

④ Абрамов, Ф. А., *Я пишу о Севере*, *Собранное сочинение в 6-х томах* （Том 5），СПб.：Худ. литература，1993，С. 11.

⑤ Распутин, В. Г., *Собрание сочинений в 3-х томах*, Москва：Молодая гвардия，1994，С. 420.

⑥ 中国社会科学院外国文学研究所编：《七十年代的苏联文学》，中国社会科学出版社 1980 年版，第 52 页。

体后的丧失了俄罗斯民族文化传统的农村现实感到惋惜，对农村沦为无人管理的状态表示心酸与惆怅。在他的 90 年代的小说作品如《下葬》《傍晚》《木屋》中，作家仍将关注的目光聚焦于"农村现实和经受社会转型灾难的俄罗斯农民"[①]。伴随着苏联解体的震荡，俄罗斯文学的话语发生转型，苏维埃话语遭遇颠覆，苏联文学中的宗教隐喻得到了更多的彰显，在信仰的真空状态下，俄罗斯文化中固有的宗教传统与各种多元化的思潮一起呈现出后苏联文化的斑斓色彩。阿·瓦尔拉莫夫则是新生代作家的新根基主义代表。他创作的《生》《沉没的方舟》均表现了宗教信仰在人的道德塑造中的作用。"对于'新根基主义'倾向的作家而言，在一切推动社会生活前进的力量中最强有力的并永远战无不胜的力量是道德思想，因为它同时又是实现被视为社会关系中真理的道德意志的强劲动力。"[②]

[①] ［俄］瓦·拉斯普京：《幻象》，任光宣、刘文飞译，人民文学出版社 2004 年版，第 16 页。

[②] Нефагина, Г. Л., *Русская проза конца XX века*, Москва: Флинта: наука, 2003, С. 50.

第 三 章

乡村小说中形象的叙事变迁

　　文学形象在文学理论中被视为重要术语，是具有普遍意义的一个重要领域。从人类文明史的源头追溯"形象"，则可以上溯至欧洲古代模仿说中的"摹本"（柏拉图）和"图像"、"形象"（亚里士多德）等称法。在黑格尔的著作《美学》中对形象的论述是以理念与其关系为核心的，认为："艺术的任务在于用感性的形象表现理念，以供直接观照，而不是用思想和纯粹心灵性的形式来表现，因为艺术表现的价值和意义在于理念和形象两方面的协调和统一，所以艺术在符合艺术概念的实际作品中所达到的高度和优点，就要取决于理念与形象能互相融合而成为统一体的程度。"[1] 在黑格尔美学思想的基础上，别林斯基对文学形象进一步提出更为具体的见解："诗的本质就在于给不具形的思想以生动的、感性的、美丽的形象。"[2] 文学形象作为思想的载体包含着作者的感情态度、思想倾向、审美评价，表现出现实生活的丰富多彩，呈现出作家思想的丰富内涵。文学形象具有深刻的艺术表现力与感染力，它使读者感受到历史、社会与时代的脉动，通过读者的想象体验到人物在变动不居的生活中的命运，从而更为真切地产生情感共鸣，将其升华为对艺术美的体验、感受乃至善恶道德伦理评判。文学形象的刻画成为文学作品艺术表现力的核心，历来受到俄罗斯文学家的重视。俄罗斯数次革命与国内战争，各种国际国内政治运动使社会动荡不安，俄罗斯作家笔下的世界图景与文学观念均发生着巨大的变化，文学解冻后，从叙事策

---

[1] ［德］黑格尔：《美学》（第一卷），朱光潜译，商务印书馆2009年版，第90页。
[2] ［俄］别林斯基：《别林斯基论文学》，梁真译，新文艺出版社1958年版，第11页。

略上，苏联乡村小说摒弃之前苏联文学的英雄叙事的宏大叙事传统，转而展开以小人物、怪人、老人等农村的普通人形象为核心的日常生活叙事。乡村小说的形象叙事继承了俄罗斯19世纪文学经典的人道主义传统，将富有原型特征的大地母亲、智慧老人、传统木屋等经过创新表现在20世纪的俄罗斯文学中，在房屋意象中展现了隐喻叙事和转喻叙事等多种手段，这些渗透着俄罗斯文化特点的形象叙事的运用，不但连接起乡村小说与传统文学间的叙事关系，同时赋予乡村小说作品以传统文化内涵。

第一节　传统坚守到存在困惑：小人物形象的叙事变迁

小人物形象是在俄罗斯文学史上具有文化传统意义和重要文化价值的文学原型形象。俄罗斯文学家通过独特的小人物形象叙事表达俄罗斯文化的人文主义精神，彰显俄罗斯文学的独特价值，呈现俄罗斯精神的宗教内蕴。苏联文学建成之初，出于意识形态宣传的目的，革命叙事与英雄叙事占据文坛中心地位，小人物叙事一度被忽视，仅在一些带有俄罗斯传统文学意味的作品中可以见到小人物形象。20世纪五六十年代小人物形象伴随文学的解冻而回归，传统的人道主义精神再度彰显，关心个人价值的理念再度使作家重拾文学传统，将笔触转向生活在社会底层的小人物，他们开始活跃在乡村小说作家的小说中，成为文学评论的焦点。在继承了19世纪的文学传统的基础上，乡村作家笔下的小人物形象在书写上带有时代变迁的色彩，小人物形象由对俄罗斯文化传统的坚守走向存在的反思与困惑。

一　19世纪经典文学的小人物形象叙事

19世纪俄罗斯文学中的小人物形象基于俄罗斯基督教传统的人道主义叙事。基督教自从公元10世纪引入罗斯以来，经历了千年的宗教接受、融合与发展，东正教成为俄罗斯人的主流宗教，其人文主义教义与文化渗入俄罗斯人的思想意识，作为重要的意识形态沉积于政治、文化、社会生活的方方面面。基督教人道主义思想成为 19 世纪的俄罗斯文学的思想底蕴，基督教文化甚至以集体无意识渗入民族文化心理，成为俄罗斯人民族性中不可或缺的部分。俄罗斯作家亦基于人道主义思想在作品中表现出了独具特色的文学样貌。在众多的表达人道主义思想的文学形式中，小人物形象尤其鲜明凸显出了俄罗斯文学迥异于西方文学的人物叙事的独特性。"俄罗斯文学所阐释的人道主义恰恰是在致力于维护被西欧人道主义所消隐的内容。"[①] 西方 19 世纪所弥漫的物质至上主义最终将导致人的异化，与西方文学中表现个体的人格独立、反抗精神和英雄主义叙事有巨大反差，俄罗斯文学因独特的宗教精神而推崇人物的卑微化叙事，在"俄罗斯的人道主义思想中，尤其看重的是人的精神力量，这种力量包括对上帝的敬畏，人自身的谦恭"[②]。正是作家将人物剥离了外在的世俗的形象符号，人方可进入自身的神性状态，即对善的追求。因此，处于社会中弱者地位的小人物形象便成为俄罗斯作家所热衷于书写的文化符号，通过平凡化的叙事来显现作家人道主义之吁请。通过对小人物形象的描绘，作家展现人脱离了世俗物质外衣后灵魂的本真状况，体现人对高尚人格的生命意义的明确追求。

19 世纪文学中的小人物形象没有统一的定义，这一形象是由一些底层官吏、平民知识分子、无业游民乃至普通劳动者等形象构成的。在不同的文学家塑造形象过程中，他们也呈现着多种多样的性格。然而，这些小人物大多有共同的特征：因处于社会官阶中的底层而显得麻木与奴性、平庸、贫穷，封闭沉醉于自我的世界，易受侮辱伤害——成为社会不公与冷酷的国家机制（常常化身为身居要职的大人物）的牺牲品。小人物通常胆小、逆来顺受、温顺，有时也因为遇到一系列的不公正而表现出自尊心受到伤害而出现短时间的反抗，然而这种反抗通常都不会对改变现状起任何作用。然而，我们发现小人物形象中谦恭与真诚、善良与懦弱成为经久不变的本质属性，小人物形象中也不乏热心且乐于助人者，也正是小人物身上的更为优秀的品质使其演化为文学的原型，为后世的文学家效仿与传承。

[①] 王志耕、徐清：《欧美文学》，中国社会科学出版社 2009 年版，第 243 页。
[②] 王志耕、徐清：《欧美文学》，中国社会科学出版社 2009 年版，第 252 页。

普希金创作的《驿站长》开创了小人物叙事的先河。果戈理的《外套》和《狂人日记》中则将小人物叙事推向更深刻的社会制度思考。陀思妥耶夫斯基的《穷人》《罪与罚》则从另外的侧面揭示了小人物的性格特点，小人物的悲剧性的人生道路，其创作的小人物形象的转折在俄罗斯文学史上具有重要的意义。此后契诃夫笔下的一系列小人物暴露了深受历史与现实局限的平民知识分子与普通劳动者性格上的缺陷，展现了小人物无法掩盖的人性光辉。普希金作为贵族知识分子，其创作并没有停留于贵族沙龙，而是关注到普通人的生存状态，其《棺材匠》第一次将普通百姓纳入作品中来，真切描述了一个普通小本生意作坊的小商人的生活困境，细致入微地描述其不可告人的心理状态，为了生活而整日忧虑不安的底层人形象使人动容。如果说《棺材匠》是普希金描述小人物的一种尝试的话，那么《驿站长》则是普希金真正小人物形象创作的开端。在这部小说中诗人表达了"俄国特有的人道主义的平等观念"[①]。主人公维林是掌管着一个小驿站的下级官吏，他的人生重要的精神支柱是女儿冬妮娅，可是在一个骑兵大尉来过驿站后，冬妮娅被其拐走。维林远赴彼得堡寻女，但冬妮娅并不愿与父亲回家。无奈之下，维林只身回到故乡，因对女儿的过分担忧而酗酒身亡，而冬妮娅却生活幸福，并没有如老父猜测般被抛弃。我们在为维林这个善良、懦弱的悲剧性人物一掬同情之泪时，也深刻感受到沙皇统治的封建专制文化对小人物的戕害。普希金的创作呼唤自由、为社会底层民众争取人格上的平等与尊严。在作家的思想中，人无论其地位、财产与外在的身份如何，都应该享有自由与平等的权利。

果戈理的小人物形象进一步推进小人物叙事的思想深度，即由单纯同情转为对其奴性的嘲讽。在小说《外套》中塑造了贫穷、平庸、无足轻重且毫不起眼的小抄写员这样一个下层官吏形象。他衣衫破旧甚至达到褴褛的程度，走在街上人们可以无视他的存在。或许是无论在办公室，还是在大街上，巴什马奇金从未得到尊重，到处受气的他似乎已经对此习以为常，他麻木不仁的生活中唯一带来乐趣的竟然是抄写工作，有时甚至把抄写的活计带回家中，沉醉于机械的不需要思考的活动中，

[①] 王志耕、徐清：《欧美文学》，中国社会科学出版社2009年版，第253页。

这也许是他摆脱心灵空虚无助的办法。果戈理在塑造巴什马奇金形象时，并没有将其美化，而是真实揭露了在专制官僚体系中下层小官吏被奴化的悲哀，在长期机械的衙门工作影响下，他的一切活动都受到限制，因而头脑似乎也不善于独立思考，很难形成独立的思维，遇到问题的时候的焦虑紧张暴露了他的心理状态，最终会回到他所熟悉的活动中去，"不，最好给我点什么东西抄写一下吧"。在同僚们肆无忌惮的欺辱行为中，他仅仅能回应的是，"让我安静一下吧，你们干吗要欺负我呢？""我们可是兄弟呀！"逆来顺受的庞大的底层官吏构成了俄国统治阶层的基础，此时的小人物们并没有多少反抗的意识，他们的卑微人生引起读者的无限同情，甚至哀其不幸怒其不争。对于阿尔卡基·巴什马奇金来说，做一件新外套便成为他的人生目标与理想。当下定决心为此努力时，他想尽一切办法节省开支，经过几年的极尽节省攒下一笔钱，终于穿上外套并受邀参加晚宴，不幸的是在夜里外套被抢，他求告无门，终于一病不起郁郁而终。死后的巴什马奇金化为冤魂不愿离去，夜夜在彼得堡大街上抢夺外套，大人物们也因此事倍感困扰，噤若寒蝉。对于巴什马奇金来说，新外套固然只是一种生活中不可缺少的物件，但拥有了新外套，他便也摆脱了被人嘲笑的"长衫"，获得了大家的肯定，得到了自己应有的人格尊严。从叙事学的转喻角度来看，无疑将新外套当作主人公获得与他人人格平等的转喻手段，因而当外套失去后，他便丧失了精神上的与他人的平等。果戈理极尽嘲讽地塑造了被官阶制度压迫得麻木的小人物、刻薄庸俗的同僚与冷酷无情的大人物，通过小说深入剖析了造成这一社会现实的原因，对沙皇专制社会的封建等级制度下毫无自由的生活给予了深刻批判。在小说结尾，果戈理为其加上的荒诞表现手法——"幽灵"出现，小人物死后才勇于反抗，给作品增添了悲凉色彩。果戈理追随普希金的脚步，呼吁读者们关注社会底层的人们，进一步阐明了基督教人道主义的人格平等的思想。果戈理的《外套》的叙事体现出俄罗斯文学的冷峻幽默的讽刺叙事传统，尤其对地位卑微的弱者形象描写蕴含着深刻的人道主义精神，其自然派风格为俄罗斯批判现实主义写作奠定了基础，后世的很多作家将果戈理视为自己的精神导师，传承其人道主义精神，学习并发扬其叙事特点。

屠格涅夫的农村题材创作中，小人物形象多为农民或农奴，他的

《猎人笔记》和《木木》等作品中塑造了很多具有高尚品质的农奴形象，可以认为，这些被美化的小人物形象事实上作为农奴主阶层的对立面存在，以他们为镜，映衬出地主阶层的丑陋，这是屠格涅夫的叙事目标。《猎人笔记》中，屠格涅夫塑造的小人物们大多非常智慧，他们虽然有很重的农活负担，但仍然运用自己的智慧努力把日子过得更有尊严，善良、热情、乐观、自尊、慷慨、正直是屠格涅夫笔下小人物的本质特点。屠格涅夫的小人物叙事是充满了生命伦理光彩的，在每个鲜活的生命个体中都蕴含着快乐与灵性的生命意义，相反，在对地主形象的叙事中则处处表现其生命的晦暗、算计、冷酷、仇恨、自私等等狭隘的特点。屠格涅夫以对比手法将农民生活与地主生活陈列开来，构成明暗两个世界。然而，这些拥有高尚品质的农民仍然遭受地主的欺凌与压榨，大多难逃悲剧性的命运。

　　文学经典大师屠格涅夫、托尔斯泰和陀思妥耶夫斯基都曾说过："我们都是从果戈理的《外套》中走出来的。"[1] 足见小人物原型对作家的重大影响。陀思妥耶夫斯基在《穷人》中塑造了杰伍什金这样小人物形象。《穷人》是作家的第一部小说，作家的才华因这部小说得到绽放，获得"又一个果戈理诞生了"的褒扬，小说中延续了自然派的叙事手法的同时，在题材上也继承了果戈理关注小人物的衣钵。伴随19世纪下半叶俄国社会意识的变迁，陀思妥耶夫斯基的小人物较之普希金与果戈理时期产生了巨大超越性变化，作家一改往日对小人物塑造的旧例，从新的角度塑造了卑微贫穷懦弱，却具有完整的人格和独立思考且乐于助人的小人物形象。杰伍什金同样也是在官僚社会底层的抄写员，他生活贫困捉襟见肘，但是他却以自己微薄收入时常接济照顾孤女瓦连卡，有一段时间为了照顾瓦连卡，他甚至搬到她的小厨房栖身。最终，瓦连卡由于生活所迫，不得不嫁给了地主贝科夫。在这篇书信体的作品中，陀思妥耶夫斯基着力塑造的杰伍什金这一形象，其人格中具有神性色彩。主人公性格中具有谦恭自抑[2]特点，对自身的贬抑恰恰形成了与大人物

---

[1] Фридлендер, Г. М., *Достоевский и Гоголь*, *Достоевский. Материалы и исследования*. Том 7, Ленинград：Наука, 1987, С. 6.

[2] 王志耕、徐清：《欧美文学》，中国社会科学出版社 2009 年版，第 277 页。

的倨傲性情的鲜明对比,"他是个有声望的人,而我是什么?我简直不存在"①。杰伍什金的谦恭在很大程度上体现出了其对上帝信仰的虔诚,小说中并没有他祈祷的情节,可主人公的言行恰恰证明上帝在他心中。杰伍什金虽然生活于社会底层,却有着与底层人不同的个性尊严,小说中有大段的独白表现他对自尊的维护,"然而,这一切都是为了什么呢?我伤害过谁吗?我夺谁的官位还是怎么的?"② 在这些反问中,明显表现出杰伍什金为自己灵魂的坦荡所做的抗辩,申明自己的立场是不愿意或者说不屑于在权力场中的游戏。"我这块面包是我自己的,那固然是一块普通的面包,有的时候甚至又干又硬,然而这是劳动得来的,我吃它是合法的,无可指摘的。"③ 杰伍什金收入菲薄,虽然他对自己的贫穷处境感到无奈,但他并不觊觎别人的财富,且认为自食其力带来莫大的自豪感,他的富有尊严的个性和完整人格正表现在他的独白和对瓦连卡的精神之爱中。他为瓦连卡买花,送糖果,虽然礼物微不足道,却显现出人与人之间的关爱情谊,使本就经受生活苦难的瓦连卡内心增添了温暖。杰伍什金的浪漫举动一方面表达着他的爱情,另一方面也表现出他的内心充实。杰伍什金的形象塑造是陀思妥耶夫斯基对小人物形象创作的一个飞跃,该形象中的神性色彩进一步显示了俄罗斯现实主义文学叙事上的发展已经达到了新的深度。陀思妥耶夫斯基努力去发现"人身上的人",他的写作原则对20世纪俄罗斯文学中的小人物形象叙事无疑具有深刻意义。

二 20世纪乡村小说中的小人物形象

20世纪50年代中期开始,苏联文学进入"解冻时期",因此50年代中期到60年代中期的文学被称为"解冻文学"。关心人、爱护人、关

---

① [俄]费·陀思妥耶夫斯基:《穷人》,文颖译,《陀思妥耶夫斯基选集·中短篇小说选》,人民文学出版社1997年版,第57页。
② [俄]费·陀思妥耶夫斯基:《穷人》,文颖译,《陀思妥耶夫斯基选集·中短篇小说选》,人民文学出版社1997年版,第51页。
③ [俄]费·陀思妥耶夫斯基:《穷人》,文颖译,《陀思妥耶夫斯基选集·中短篇小说选》,人民文学出版社1997年版,第52页。

心个体的价值成为"解冻文学"的思想宗旨,因而该时期的文学叙事表现出鲜明的向传统的人道主义回归的趋向。一些作家放弃了苏联官方倡导的英雄化叙事和以粉饰生活为主的"无冲突论"叙事,转而开始书写真实的生活。暴露社会生活中阴暗面的作品如同雨后春笋。一些大型的文学杂志顺应潮流刊载此类创作,在文坛与社会生活中引起很大反响。《新世界》杂志及主编特瓦尔多夫斯基便竭力主张写"小人物",特瓦尔多夫斯基认为,俄罗斯文学在19世纪之所以获得与欧洲其他国家文学比肩的地位甚至达到现实主义文学创作的高峰,正是因为文学自身的特色,即关注生活中的普通人,也就是所说的"小人物"。如果说,在50年代的解冻文学中一些作品着重于写生活中的普通人的话,苏联文学的小人物叙事在60—70年代的别洛夫、田德里亚科夫、拉斯普京、阿斯塔菲耶夫等人创作中得到了鲜明体现。50年代的作家如奥维奇金、索洛乌欣、潘诺娃偏重于对农村生活中问题的暴露与问题的解决,重视对乡村中村苏维埃主席的描写和事件的描写,叙事中多是特写类的作品,有些作品具有相对较强的写实性,因而艺术性偏弱,文学家无暇顾及艺术性与思想性。60年代以后的乡村小说的体裁则多为长篇与短篇小说,农村生活与农民化为小说中的艺术形象,60—70年代苏联经历的改革与科技发展同时也反映在这些人物形象之中,"反映了整个社会所经历的进步、移位与错乱感"①。正是认识到时代大潮中涌动的人的精神失衡,乡村小说作家为人民的道德状况担忧,激发了作家们对道德的探索。乡村小说作家认识到,农村的道德风俗是民族的传统道德,而普通的农民身上则蕴含着对传统的民族文化的记忆与传承。文学家将叙事推进到对普通人的道德伦理层面的审视,关注并反思苏联大地发生的战争、革命、社会主义建设对乡村与农民的命运的悲剧性影响,这种影响带来的后果导致人在精神层面的变化。

50年代末至60年代中期的乡村小说中具有代表性的作品,包括阿勃拉莫夫的《兄弟姐妹》、索尔仁尼琴的《马特廖娜的家》、阿斯塔菲耶夫的《最后的敬礼》、别洛夫的《凡人琐事》、舒克申的《农村居民》等

---

① 孙玉华、王丽丹、刘宏:《拉斯普京创作研究》,人民文学出版社2009年版,第16页。

短篇小说以及索洛乌欣的散文等作品中均塑造了作为"小人物"的农民形象。在这些作品中，作为 19 世纪的"小人物"形象的后裔保留了俄罗斯文化传统中的宗教精神，同时又带有苏联时期的社会文化烙印。多数小人物被塑造为普通农民，他们是生活中的普通人，在生活中始终是卑微者，毫无权势可言，似乎无法左右自己的命运，物质上的匮乏往往是他们生活中的常态，但他们精神的高尚富足弥补了物质的空缺，他们在穷困中仍怡然自得，在他们的形象中更为坚定地表现出对高尚人格的追寻和道德良心的坚守。阿勃拉莫夫的《兄弟姐妹》是乡村小说派开创性的作品，作品描述战争期间与战后苏联农村生活的悲剧性情形，这里的生活与劳作就是"女人、儿童、少年和老人们在大后方的战争"[①]，安娜·普里亚斯林带着六个孩子承担起沉重的春播与几乎无法完成的伐木任务。作品以中性的笔触徐徐展开对战时与战后苏联集体农庄的社会描写，没有粉饰也不存在批判，只是揭露苏联农村停滞的物质生活和沉寂的精神生活，同时以抒情的笔触歌颂农村普通劳动者高尚的爱国精神。阿勃拉莫夫对普通的普里亚斯林一家人的命运给予了温情的人文关怀。舒克申的早期创作如《农村居民》《在那遥远的地方》《柳勃卡一家》等大多表现对平凡农民的赞美，对俄罗斯农村具有一定的理想化的倾向。他试图展现寻常的乡下人源自乡土的善良、热情与真挚，同时也表现这些普通人拥有的美好精神品质。舒克申尤其塑造了一些心灵纯粹不染世俗的怪人形象，成为对普通小人物形象叙事上的升华。别洛夫的《凡人琐事》中普通农民与妻子都是农村中的小人物，他们承担着沉重的劳动，为了养活家人孩子不辞劳苦。妻子的形象鲜活地表现了善良勤劳的俄罗斯妇女形象，超负荷的劳动最终压垮了她。丈夫在凄楚地埋葬妻子后的心理描写充分表达了淳朴的农民世界观中的和谐之美。

　　传统的圣愚精神文化对俄罗斯民族文化心理产生重要影响，圣愚向俄国文学提供了一种行为模式和关于个人、关于社会的一整套观念。[②] 苏联时期国家的主流意识形态无神论宣传以强制的方式限制宗教信仰在

---

① Скатов, Н. Н. ред., *Русская литература XX века, Прозаики, Поэты, Драматургии: Библиографический словарь В 3-х томах (Том1)*, Москва: ОЛМА-ПРЕСС Инвест, 2005, С. 7.

② [美]汤普逊：《理解俄国：俄国文化中的圣愚》，杨德友译，生活·读书·新知三联书店 1998 年版，第 191 页。

民众中的发展，但圣愚文化作为一种传统文化无法彻底从人们心里驱除①，它以文化元素的方式沉积于底层人们的民族心理中，构成俄罗斯民族集体无意识的一部分，以文化符号的方式显现于作家的创作中，苏联文学中出现圣愚式的小人物形象叙事不足为奇。具有浓厚宗教情结的俄罗斯作家索尔仁尼琴的《马特廖娜的家》和舒克申的系列短篇中的"怪人"小人物形象中具有一定的圣愚性特征。

索尔仁尼琴的《马特廖娜的家》中塑造的马特廖娜形象继承了19世纪小人物形象的鲜明特征，很多文学评论家从圣徒角度深入分析该形象。索尔仁尼琴对马特廖娜圣徒形象的塑造升华了"小人物"在20世纪俄罗斯文学中的思想内涵。从圣愚文化元素的视角，马特廖娜小人物形象中的圣愚性表现亦是显在特征。马特廖娜生活在俄罗斯中部古老的较少受到现代技术波及的农村，这里还保留着古老的东正教文化传统。马特廖娜身上始终蕴含着东正教徒的精神。在村里马特廖娜是一种较为怪异的存在，即她身上总有一股"傻气"，村里人对待她的态度是卑劣的，往往把她当作招之即来的免费劳动力。比如，她因年老体衰而退出了集体农庄，但是每逢缺少人手的时候，农庄主席的老婆便叫她去帮忙，她无一例外地带着工具去帮忙。又比如，她经常无偿帮助别的村民劳动，帮助邻居家挖土豆不觉得疲惫，还会夸奖土豆长得个头大，挖得过瘾停不下来，她的傻气致使村里人把利用她当作习惯。马特廖娜的善良无私和宽容大度正契合着俄罗斯文学中"傻子伊万"形象，体现俄罗斯东正教圣徒的优秀品质。在苏联集体化语境中，对其个人福利的冷漠对待并没有消减马特廖娜的忘我劳动和舍己为人，马特廖娜没有成为集体整体中无个性的部分。② 马特廖娜的穿着使其形象具有圣愚性，她常年穿一件破旧外套，基本不打扮也不更换，可见对自身女性特征已不在意，从侧面表现了其禁欲主义观念。圣愚之所以赤身甚至在身上背负沉重的铁链等是为了苦修心灵，摒弃一切世俗享受，代替世人背负苦难，试图通过苦修获得神谕。马特廖娜一生命运凄苦，阴差阳错嫁给未婚夫

---

① 朱诗艳：《浅谈舒克申笔下的圣愚式的"怪人"形象》，《俄罗斯文艺》2003年第6期。
② Большакова, А. Ю., *Феномен Деревенской прозы XX века*, Москва: Комитет по телекоммуникациям и средствам массовой информации Правительства Москвы, 2000, C. 11.

的兄弟，年轻时生过六个孩子全部夭折，战争中又失去丈夫。她是生活中无助又无奈的小人物，她多年来挣的是工分，因此没有钱，只能依靠山林勉强维持温饱，丈夫在战争中失踪，可是抚恤金却拖延多年，她数十次地奔波于乡镇之间无果，法捷对于她唯一的财产——住房的觊觎与巧取豪夺最终酿成了不幸。马特廖娜所承受的苦难使其形象更具小人物的卑微，体现无辜受难者特点，而其卑微却成就了灵魂的高贵。马特廖娜代表着苏联时期的无辜受难者，而在俄罗斯人的传统观念中，认为"苦难代表神圣"[1]，俄罗斯历史中苦难成圣的典故使俄罗斯人形成了独特的苦难观念，承受苦难者被称为圣徒，而马特廖娜就是苏联时期的当代圣徒。她善良博爱，摒弃物质享受而追求精神的愉悦。虽然她的生活非常贫穷，却慷慨大方为帮忙的人们准备连自己都舍不得吃的食物。对马特廖娜来说，劳动带给她欢乐的心情，她几乎总处于不停歇的劳动中。她不喜欢苏联时期宣传性的音乐，却着迷于类似格林卡的俄罗斯传统音乐。对物质的世俗依赖的剥离和对精神愉悦的追求都在彰显作为农村社会底层的小人物身上闪烁着的东正教传统美德。从农村的东正教风俗习惯到马特廖娜这个普通农民形象的叙事，索尔仁尼琴短篇小说所散发浓郁的宗教隐喻气息，表明作家试图通过马特廖娜形象阐释俄罗斯民族应该坚守的东正教文化传统。

舒克申的系列短篇小说也塑造了一系列的小人物，如《怪人》《锲而不舍的人》《肖像素描》《斯捷潘的爱情》等作品。舒克申基于长期的农村生活和敏锐的文学感受创造的小人物形象带有"怪人"的特征，作家为20世纪俄罗斯文学的小人物形象的发展作出自己独特贡献，即"在自己的作品中作家重新塑造了俄国文学中传统的小人物典型"[2]。这些"怪人"形象体现俄国圣愚文化，小人物们或看起来近乎愚蠢，或有些傻里傻气，或者古怪爱走极端，或认真偏执得近乎任性。在众多形态各异的"怪人"形象中，《怪人》中的瓦西里是具有典型性的小人物。这些形象的塑造揭示了舒克申创作中对复兴俄罗斯精神的追

---

[1] 郭小丽：《俄罗斯民族的苦难意识》，《俄罗斯研究》2005年第4期。
[2] 王淑华：《新俄罗斯文学新态势概览》，硕士学位论文，辽宁师范大学，2005年。

求。① 圣愚被俄罗斯人认定为上帝在俄罗斯大地的代言人,他们的一切愚钝疯癫是"为了上帝的痴愚"。以牺牲农业为代价的工业化与过度科技理性导致了世界的"庸俗","理性不仅培育了人的野心,也滋养了人的市侩性,导致使人丧失了对精神境界的追求,陷入对世俗事务的迷恋之中"②。舒克申笔下"怪人"们的反常行为与市侩性相对立,与占据多数的庸俗思维相互映照,于淡淡哀伤中嘲讽陷入庸俗中的人与社会。这些形象再现了传统文化中的圣愚精神,他们表面看似愚钝,但灵魂善良、道德高尚。《怪人》中的瓦西里的行为单纯得近乎呆傻,瓦西里不落俗套的纯真流露出精神境界的善良,这也正是他的妻子时常叫他怪人,可语气里总是充满温情的原因。在他去往哥哥家途中所发生的几件事情便足以描绘他的性格。如在商店里明明自己丢失了卢布,却不好意思回去认领,表现了瓦西里非常爱面子的个性,宁可自己吃亏也要保全农村人颜面的心理跃然纸上;飞机上他给冷漠的秃头男子讲农村趣闻,男子却认为他在哗众取宠对其冷嘲热讽,凸显怪人试图善意地给人带来快乐,却最终仍自找没趣,招致奚落;瓦西里热心地帮助男子寻找飞出去的假牙,但男子并不领情,只是因为瓦西里用手接触了他的牙,这一细节充分表现城里人的倨傲、对他人(尤其农村人)的不信任与轻视;飞机落地后给妻子发报遭到发报员的教训,侮辱人的话语瓦西里照单全收,其谦恭与善良正是从历史中走来的谦卑顺从的小人物所具有的神性特点。舒克申用几件事寥寥数笔便勾勒出俄罗斯农村小人物在城市中处处碰壁的可悲可笑的剪影。与城市居民在精神与文化上的差距使瓦西里困惑不解。在哥哥家受到嫂子的不念亲情的接待令他无所适从,瓦西里试图以自己的方式缓和嫂子对他到来的怒气,缓和家庭的气氛,没想到适得其反,最终导致他被赶出了哥哥家,提前结束了探亲假期。小说中哥哥的话画龙点睛般揭示了原本也是农村人的嫂子进城后逐渐的异化过程,瓦西里为城市中的物质化的温情寡淡的生活感到难过,与结尾处他回到故乡踩在故乡的土地上说"我终于回来了"的欢呼形成了对照。舒

---

① Бобровская, И. В., *Агиографическая традиция в творчестве В. М. Шукшина*, Барнаул: Алтайский государственный университет, 2004, С. 3.
② 王志耕:《圣愚之维:俄罗斯文学经典的一种文化阐释》,北京大学出版社 2013 年版,第 149 页。

克申赞叹道:"怪人——他们应该是无限善良的人,天才的人,在生活中不作任何掩饰的人:不故作媚态、不哗众取宠、不阿谀奉承。我想,大人物和天才人物的活动在很大程度上应保护世界上这样一些真正的人类之宝。"[1] 怪人的愚钝与不谙世事恰恰镜像般映射了城市人的物化与异化的虚假丑陋与恶俗,通过这些人物形象表现出作家对人的灵魂的人文关怀,是对人性乌托邦理想与现实之恶矛盾对立的真实写照。怪人代表一种人与人和谐关系的理想,然而在市侩化的世界中,理想遭遇破灭。舒克申认为现代的充斥理性的城市文化使俄罗斯人丢弃了蕴含着传统的俄罗斯精神理想,而这种精神是来自故土农村的,是生活在俄罗斯大自然怀抱中的,一旦人们离开土地,这些美好的淳朴感情与民间生活智慧就会很快淡忘,系于每个农村人心中的根的价值便会逐步消失。

这种思想也表现于同时期的其他作品之中,如《出洋相》中的主人公提出古怪刁钻的问题为难城里来的教授,讽刺空有理论的知识分子无法理解农村和下层民众的需要,脱离民众的市侩化与庸俗化。舒克申创作思想与根基主义的上下层和解的观念有所契合。一百年前陀思妥耶夫斯基呼吁知识分子应该接近人民,并从人民那里获得精神支持,从而避免自身的异化,一百年后舒克申的短篇小说再度提及这一问题。舒克申的创作是一种呼唤,他期待着人们回归精神的乌托邦故里重塑俄罗斯民族精神之魂。在拉斯普京的《最后的期限》与阿斯塔菲耶夫的《最后的敬礼》及《树号》等作品中均有大量"小人物"形象叙事,他们执着于古老的俄罗斯传统的保存,表现出作家们对于民族精神的重构与坚守的理念。

三 20世纪70—80年代存在困惑的小人物形象

随着俄罗斯现代化与城市化进程速度的加快,20世纪60年代末70年代的苏联迎来工业化发展,科技革命浪潮漫卷俄罗斯农村,年轻人大量涌入城市就业摆脱土地重负,老人们则留守农村,土地无人耕种无人

---

[1] [苏联]瓦·舒克申:《舒克申短篇小说选》,刘宗次编译,外国文学出版社1983年版,第466页。

照管，甚至荒芜，土地被抛弃。"传统与现实之间出现断层，人与人的关系变得冷漠，社会道德不再像过去那样被人重视，古朴的俄罗斯乡村风俗正在被现代文明所异化。"① 80年代的改革令社会动荡不安，物价飞涨造成普通人生活水平下降，90年代初苏联解体，国家处于风雨飘摇的政治动荡与经济滑坡的尴尬境地，俄罗斯的大国强国地位被撼动。乡村小说作家将一些小人物的命运置于这样的时代历史背景中，凸显着他们在现实中的可悲命运与苍凉遭际。在时代的巨变中，一直以来所奉行遵守的信仰一夕间坍塌，造成人内心价值体系的崩坏与虚无。这些小人物生活上发生翻天覆地的变化，周围一切使他们对生活的意义产生了质疑，开始反思自身存在的真正价值。在舒克申、拉斯普京、阿斯塔菲耶夫作品中都可以清晰地感受到"小人物"形象的叙事变迁。

舒克申早期创作中的劳动者拥有朴实传统的生活智慧，因而具有坚定的来源于传统的俄罗斯精神，但是晚期创作中已经开始"关注普遍存在的人的困惑、思考、痛苦等精神现象，作家笔下的主人公更多地出现焦虑、恐惧甚至绝望等情绪，作品主题也更多地涉及生死、存在、永恒等主题"②。在《妻子送丈夫去巴黎》《私生子》《委屈》《秋天》《师傅》等小说中，舒克申描述大量普通人形象，他们凭良心生活，道德品质高尚，却遭遇悲剧性的命运，令人扼腕叹息，读者不禁要发出"为什么好人无好报"的悲叹。舒克申正是通过描写这些无权的"小人物"在社会中遇到的不公与委屈，表现对存在的思考。舒克申的写作对象常常是那些游走于城市与农村之间的人们，他们多数来自农村，却要在城市环境中生存，他的小说可以说是"城市造成主体精神创伤的语言代码"③。在《妻子送丈夫去巴黎》中，主人公是来自农村的小伙子，他服过兵役后便留在城市，娶了一个能赚钱却市侩的妻子，不久生下了女儿。表面看他过上了母亲希望的城市生活，但是他并不适应城市，由于缺乏技

---

① 王宏起：《他在城乡交叉地带耕耘——舒克申小说的审美指向》，《解放军外国语学院学报》1999年第6期。
② 姚晔：《舒克申短篇小说的精神探索》，硕士学位论文，北京第二外国语学院，2015年。
③ 周红莉：《论城市镜像中的乡村小说书写》，《苏州大学学报》（哲学社会科学版）2007年第5期。

术、工作不顺心，收入不稳定。妻子对其冷嘲热讽，他多次萌生了回乡的念头，女儿的出生让他难以割舍，他思念故土，梦中无数次推开故乡的家门。然而可悲的是，多年的城市生活使他已经无法适应乡村活计的劳苦。他总是苦闷于城市生活中自己似乎毫无价值，认为自己是在苟且偷生，过的是荒唐无意义的生活。他唯一的纾解苦闷的方式便是在自家院子里弹琴唱歌，引来邻居们的围观，妻子无法理解他的内心苦闷，最终因家庭矛盾他打开煤气自杀。小说中主人公对故乡大自然的眷恋映照出城市物化世界给人造成的逼迫，主人公开始反思自己的生活，审视自己的存在状态。他常常梦中回到故乡，表现出在城市中眺望乡村与思念乡村的情结，如同卡夫卡《城堡》中的幽灵徘徊于城市与乡村的边缘。[1] 舒克申作品中建构的"城市—乡村"二元对立模式引导读者得出结论：主人公对远方故乡的回归将是其精神归宿。

　　然而，舒克申也同样塑造了并非理想化的乡村生活图景。原来那个和谐的带给人温暖的乡村已经不复存在，在城市化浪潮的侵袭中，消费主义对乡村的渗入导致乡村的没落，乡村露出了自己的落后与狰狞的面目，如《我女婿偷了一车木材》《师傅》《秋天》等小说。《师傅》这部作品叙述了农村木匠肖姆卡想要修复教堂处处碰壁以及他在城里为作家装修富有田园色彩的16世纪农村木屋的故事。教堂与木屋都是俄罗斯文化中具有深刻寓意的意象。教堂是俄罗斯精神文化传统的象征，而木屋则是俄罗斯古老农村传统建筑，作为固化的文化意象浓缩了俄罗斯从古至今的生活习俗。肖姆卡最终也没能如愿地进行自己的修复事业，他灰心丧气。当他再次来到作家门前想再看看自己装修的木屋时，却遭到了势利浅薄地拒绝。肖姆卡终于开始喝酒，他"很不安分"，"到处叫喊叫喊——是他开心的事，有时喝很多酒"，喝酒成为这位木匠可以宣泄自己壮志未酬的苦闷方式。《秋天》的主人公轮渡工人菲利普的故事更增添了人们对过去年代曾经坚信的思想产生困惑与反思。菲利普年轻时有未婚妻且非常相爱，到了婚嫁之时却因为在哪里举行结婚仪式的争执而分手。原因却是菲利普年轻时认为的原则问题，他坚持不能在教堂结

---

[1] 周红莉：《论城市镜像中的乡村小说书写》，《苏州大学学报》（哲学社会科学版）2007年第5期。

婚，而未婚妻以及娘家人则要坚持在教堂结婚。舒克申并没有强调教堂具有怎样的隐喻意义，但是它似乎是个原则问题，因为菲利普年轻时是非常关注政治的，非常积极地为政权服务过。他因为政治放弃了自己的幸福，受着感情的折磨过了半生，当他惊讶地发现原来的未婚妻早逝，方痛彻心扉地意识到自己的人生意义的缺失，面对未来他甚至迷惘，因为他内心深处的真情寄托随未婚妻而逝去。

拉斯普京在 90 年代创作的《下葬》《新职业》《女人间的谈话》等小说中也同样表现了小人物面对社会巨大变迁所导致的生活变化的应对失措，未来怎样成为谜团，从对个人的未来迷惘映射对国家未来的担忧，对当下的现状表现出孤独、渺小、无助、信心丧失的存在主义思维，主人公形象由原来对传统的坚守和价值的笃定发生了转向——信仰迷失与价值质疑，甚至在年轻一代的主人公身上明确发生了相反的对传统精神的丢弃趋势。《下葬》中的巴舒达在苏联时期是个积极分子与劳动能手，她曾经也会因为自己为国家做出贡献感到骄傲自豪。然而，苏联解体后，她的生活简直翻了个，她面临失业的危险，收入减少，在物价飞涨的城市里沦为社会的底层，成为社会中的边缘人。作品详细地写她面临的窘境，而最令她感到尴尬的是，母亲去世却不能按照正常的程序下葬，因为下葬的每个步骤都要花钱的，可是连给母亲送葬的钱她也拿不出来。她无奈之下找来昔日男友和一个警察，合力把母亲遗体草草埋葬于郊外树下，这一切只能偷偷地在半夜里进行。巴舒达内心的不安与愧疚始终让她无法忍受，于是她走进教堂，抬起右手，在前胸艰难地画了一个十字。过去她从未走进教堂，因为她是不信神的，可是当她内心被郁闷覆盖无处诉说之际，她不由自主地向上帝寻求精神的解脱。可见生存于社会边缘的小人物在现实困境中原有的信念与价值观的变化。

《新职业》真实可感地描述一个知识分子在西方文化与经济改革浪潮冲击中沦陷，走出象牙塔投入光怪陆离的生活的故事。在解体年代，大量的科研机构无以为继，很多知识分子失业。阿廖沙作为青年物理学家一时难以找到符合自己专业的工作，由于生活所迫，他在熟人的介绍下当上了婚礼的"司仪"，即为新婚夫妇说祝酒词。阿廖沙由原来作为人类灵魂思考者的高雅角色跌入社会底层，变成为生存而不得不通过博得富人的欢心而说大话的吹捧者，角色的转换可谓天壤之别。他的悲剧是时代的悲剧，作家试图通过这样的小人物的不得已转换生存状态揭示"古老的东正教文明与西方文明碰撞中年轻人的信仰危机与心理危机"①，阿廖沙随着社会变迁而苦闷彷徨，甚至悲观失望，最终他放弃了挣扎顺应社会的要求，他的精神堕落换来了无法替代的物质生存。他原有的自信已经被现实的残酷击打得粉碎，人物形象变迁说明"当代年轻人难以名状的生存焦虑与拼搏挣扎中的精神死亡"②。

在《女人间的谈话》和《谢尼亚上路了》中，作家更为鲜明地表达了对年轻一代的精神颓废与社会整体的道德沦丧所下的定义。《女人间的谈话》中，孙女因堕胎而被送到乡下奶奶家里，由此产生了祖孙两辈的谈话，谈话围绕的核心问题是女人在社会与生活中该是怎样的地位与作用。奶奶试图以自己的亲身经历说服孙女，证明女人的作用是做好母亲、好妻子，她向孙女讲述自己幸福的又不幸的人生，体现着传统女性在婚姻与家庭中的自我牺牲精神；孙女则对奶奶的老观念不屑一顾，她认为当今新女性是要做"领军人物"，祖孙两代人最终谁也说服不了对方。拉斯普京一直重视女性在社会生活中的作用，在他的作品中甚至大大弱化男性所起到的作用。小说中孙女的形象无疑是对传统女性精神价值的否弃，不再认为女性的自我牺牲是一种美德，不再珍视生命的价值，这从她轻易地同男性发生性行为而导致堕胎可见一斑。西方社会的精神糟粕飞快涌入俄罗斯，污染了俄罗斯年轻人的精神生活，年轻人的堕落与精神溃败指向的是俄罗斯堪忧的未来。

第二节　文化自信到虚无否定：
老妇人形象的叙事变迁

乡村小说作家以道德为主题，将关注的目光转向村庄及其古老的文化传统，以怀旧的格调挽留着农村的传统文化，他们的创作凸显着俄罗斯民族文化价值对于现代俄罗斯社会的重要意义。他们的创作中塑造的

---

① 孙玉华、王丽丹、刘宏：《拉斯普京创作研究》，人民文学出版社2009年版，第99页。
② 孙玉华、王丽丹、刘宏：《拉斯普京创作研究》，人民文学出版社2009年版，第99页。

一系列农村老妇人形象往往秉承着东正教精神保留民族历史文化的记忆，他们所执着的精神代表对俄罗斯来说弥足珍贵的文化之根的坚守。在苏联后期以及后苏联时代伴随着急速现代化进程而出现的种种人与社会、人与人、人与自然之间的矛盾，在此基础上人的道德的滑坡和人性的异化等等社会文化语境中，老妇人形象出现了一定程度的转化，即这些老妇人形象从思想上来看，走过了一条从对俄罗斯传统文化精神的自信坚持到虚无否定的道路。

乡村小说中俄罗斯农村的"老妇"形象有着自身发展的流变历史。俄罗斯哲学中固有的女性崇拜是俄罗斯西伯利亚作家塑造"老妇"形象的思想来源。多神教与基督教在俄罗斯人思想中的融合与积淀构成了独特的大地-圣母崇拜体系。因而，俄罗斯的女性崇拜不同于西方的圣母崇拜，带有强烈的俄罗斯民族特色。19世纪伴随着俄罗斯民族性的觉醒，女性形象或沉溺于上流社会的客厅表现出贵族女性的风雅，或摆脱父权社会的阴影，凸显自己的时代诉求与价值。19世纪俄国作家笔下的女主人公们虽形象各异，但无一不投射出俄罗斯传统女性的道德光芒，她们成为"老妇"形象的前世。20世纪，经历半个多世纪的革命与战火洗礼的女性形象褪去了古典文学典雅气质，20世纪中后期则增添了乡土的地域文化色彩，变身为乡间劳动妇女，虽然青春消逝容颜衰老，可不变的仍是对俄罗斯古老东正教传统的虔诚信仰，她们是俄罗斯新时期的圣徒，是对俄罗斯民族伦理道德的执着坚守者。然而面对20世纪末的苏联解体的动荡，城市的崛起，乡村土地的荒芜，现代化进程中对西伯利亚资源的过度攫取与生态破坏，古老的文化传统似乎已经对现实无能为力，在实用主义与拜金的西方思维下，俄罗斯传统文化精神遭遇否弃。睿智的老妇人形象在走向衰亡的同时，哀叹世风日下的俄罗斯未来出路在何方。因世界的翻天覆地的变化所遭遇的人生变故，更使老妇人们感到迷惘与无助。

一 老妇人形象叙事的女性崇拜文化根源

与西方的基督教相比，俄罗斯人一直推崇的东正教饱含着东斯拉夫地域色彩，由于基督教本土化过程的曲折性与文化的闭塞性而导致基督教与原有的多神教混合，构成了新型的东方正教，而自古以来对大地母亲和母性的多神教崇拜与圣母崇拜的重叠形成了界限并非分明的模糊体系，这一体系可视为俄罗斯哲学家提出的女性崇拜观念的根源。

遥远的古代崇拜体系催生了俄罗斯文学的女性形象叙事。在基督教引入前，公元6—10世纪期间俄罗斯人与东斯拉夫各民族均信奉多神教（язычество）。多神教信奉表现出在生产力极度不发的古代人对于宇宙的观念。古代罗斯人始终认为有超自然的神灵存在，因此他们往往通过一些仪式祈求这些神灵的护佑。多神教最早出现的女性神是贝列格尼（Берегиня），她们被人们尊崇为一些常常给予人们帮助的善良女神。此后古斯拉夫人由游牧转为定居的农业，为祈求丰收而转向对罗德神和罗热尼扎女神的崇拜：罗德（Род）是掌管生命的神，罗斯人最早崇拜的生命的始祖；罗热尼扎神有两位，即母亲和女儿，他们掌管着庄稼的成熟与丰收。公元980年，基辅大公弗拉基米尔试图改革多神教，将多神教中的六位主神请进万神庙，莫科什作为大地之母，掌管农业耕作、收获和健康位列第六位。多神教中并没有女性神所出现的完整的历史链条，正如梁赞诺夫斯基所说，"东斯拉夫的异教缺少精致的组织和制度上的发展"①，但女性神都与一个统一的大地母亲形象联系在一起②。在斯拉夫神话中都会出现母亲神的形象，她是万物之母，生育与护佑着大地上的一切，以深刻的母性爱护着自己的儿女。在古代斯拉夫人的观念中大地与母亲是永远联系在一起的。罗斯基督教化以后的相当长的时间里，俄罗斯民众并不真正了解基督教的教义与精神主旨，在罗斯大地上出现了双重信仰（двоеверие），弗拉基米尔大公靠武力强行推行基督教，试图立刻结束罗斯大地的信仰多元的状况，但是在"几个世纪的时间里这一新宗教只在表上面赢得了民众，在真正的信仰和日常生活中，他们仍然顽固地坚持异教信仰，把许多古老的迷信并入基督教"③。罗斯接受基督教后，基督教的圣母形象因与斯拉夫多神教中古老的罗热尼扎功能最为接近而获得罗斯人的接受，在人们的信仰中将

---

① [美]尼·梁赞诺夫斯基、马·斯坦伯格：《俄罗斯史》（第七版），杨烨、卿文辉译，上海人民出版社2007年版，第48页。
② Шахматов, А. А., *Повесть временных лет*, Петроград: Археогр. комис., 1916, С. 95.
③ Шахматов, А. А., *Повесть временных лет*, Петроград: Археогр. комис., 1916, С. 95.

两者融为一体,"多神教遗产中女性起源的观念与基督教传统中的圣母形象相遇、融合、渗透,最终凝聚为对一神教圣母的崇拜"①。可以说,在罗斯人的圣母崇拜中融入了多神教的元素,逐渐构成了以大地-母亲-圣母崇拜体系为核心的女性崇拜观念。

东正教的圣母马利亚在俄罗斯占据至高无上的地位,圣母的庇佑对俄罗斯民族也至关重要,对圣母像的敬拜是罗斯人宗教崇拜的重要特征。东正教的圣母从本质上有别于西方的天主教,最重要的分别为圣母同圣子一样具有"神人二性",圣子耶稣的人性也承袭自圣母,人们通过圣母崇拜接受基督的神性与人性的双重指引。圣母的神性功能使罗斯文化的母性功能得以发挥,"俄罗斯文化特别强调圣母的母性作用"②,圣母是全人类之母的观念深入东正教徒的内心,在他们的认识中,圣母是为人类而祈祷的纯洁心灵、是为人类的苦难而伤痛的悲悯情怀、是庇佑世人的救世精神。20 世纪初期的白银时代是俄罗斯宗教哲学复兴时期,索洛维约夫的"永恒女性"思想与梅列日科夫斯基的"新宗教意识"都在探索圣母对俄罗斯的拯救,"美拯救生活"的观念进一步得到深化,永恒女性之美曾幻化为象征主义诗人笔下多姿多彩的女性形象。东正教思想中的圣母崇拜表现在俄罗斯文学作品中,便出现了对女性形象的圣母性幻想,激发了文学家的大地崇拜意识,在 19 世纪与 20 世纪的俄罗斯文学中塑造了一系列纯洁善良、高贵娴雅、牺牲包容、忍苦傲世的丰富多彩的女性形象,她们是深厚的宗教文化传统的折射。因而女性形象多以永恒女性为原型,以东正教圣母崇拜的思想作为道德伦理叙事的根基。

二 老妇人形象叙事的历史文化传统

基于俄罗斯哲学思想中的女性崇拜传统,俄罗斯文学作为文化的厚重载体以诗歌小说等各种体裁塑造了令人目不暇接的女性形象。在 19

---

① 梁坤:《俄罗斯文学传统中女性崇拜的宗教文化渊源》,《中国人民大学学报》2006 年第 3 期。

② 梁坤:《俄罗斯文学传统中女性崇拜的宗教文化渊源》,《中国人民大学学报》2006 年第 3 期。

世纪上半叶的黄金时代到 20 世纪初期的白银时代，大量俄罗斯经典文学作品中的女性形象仿佛构成了优美的画廊，同时也形成了发展的链条。秉承着传统的文化精神的俄罗斯妇女经历了黄金时代的灵魂和谐、肉体与灵魂的苦难救赎和俄罗斯心灵信仰的坚守与重塑，经历的灵魂成长与苦难锻造的女性形象更加坚定地屹立于俄罗斯大地，在 20 世纪后半叶成为大地母亲的体现者。正是因为有这样圣徒般的道德价值观的女性，依靠俄罗斯女性的爱心、忠诚与忍耐，俄罗斯历史才能在 20 世纪的战争与革命的动荡中得以延续发展，"俄罗斯女性是生活的主体"[①]，如玛丽娅·戈尼切娃所说："正是俄罗斯妇女将拯救俄罗斯人民。"[②] 作家们通过塑造优秀的女性形象表达俄罗斯精神中的和谐之美与涉过苦难终获救赎的本质信仰，她们俨然成为思想载体，成为俄罗斯民族精神与文化自信的表达所在。

（一）和谐美好的俄罗斯女性形象

俄国 19 世纪"黄金时代"普希金的诗歌开辟了一个时代，他的创作代表了那个时代的贵族文化精神内涵。他最具代表性的长诗《叶甫盖尼·奥涅金》中的达吉雅娜形象被奉为俄罗斯妇女的精神美德的典范，被后世所敬仰与效仿。普希金生活的 19 世纪前期是俄罗斯民族意识觉醒与民族性形成的关键时期，古老的俄罗斯传统尚存，西欧的民主思想进入俄国，恰达耶夫的书简仿佛巨石，在渴望民主自由的俄罗斯人心中激起了阵阵涟漪。达吉雅娜正是在社会改变的震荡中进入俄罗斯诗歌中，成为作家笔下俄罗斯女性的代表。

从精神实质上，达吉雅娜与奥涅金同样属于当时贵族生活中的"多余人"，他们同样无法适应贵族奢靡且百无聊赖的生活，心灵相通，同样追求自由与平等，他们同样热爱俄罗斯，善良博爱，平等待人，同情农奴，应该说，他们的精神本质相似。然而这两位多余人却没有收获爱情的果实，走上了悲剧性的人生道路。奥涅金来自彼得堡贵族家庭，贵

[①] Гачев, Г. Д., *Русский Эрос*, Москва: Интерпринт, 1994, С. 251.

[②] Ганичева, М. В., Кашелева, В., *Самые знаменитые красавицы России*, Москва: Вече, 2002, С. 6.

族的出身与上流社会堕落生活让他感到生活无聊，他的忧郁症是贵族的寄生生活的结果，同时也是无声的反抗。但是远离俄罗斯民族精神的根基的贵族没有自救与拯救别人的力量，奥涅金仿佛一棵无花果树，在他彷徨无所作为的人生中注定无法结出丰硕的果实。他本企望以获得达吉雅娜的爱情来拯救自己的灰暗人生，遭到拒绝后陷入痛苦的深渊。达吉雅娜身为乡下贵族家的小姐，却看不惯贵族无聊的生活，在家里仿佛是个外人，因为她拥有一颗真诚且和谐的俄罗斯心灵。俄罗斯的自然与家乡木屋、与农奴乳娘的亲密相依、充溢心灵的俄罗斯民间故事、俄罗斯古老又迷信的风俗，这些仿佛赋予了达吉雅娜土里土气的村姑特征，掩盖了她所拥有的真纯的俄罗斯心灵，可悲的是奥涅金并没有发现这颗尘世中的珍珠。正是达吉雅娜生于斯长于斯的俄罗斯农村赋予了她和谐的俄罗斯灵魂，避免了她被首都上流社会的污浊影响。成长于乡间，内心具有坚定的传统俄罗斯精神信仰的达吉雅娜走进奥涅金的书房，阅读主人遗留的书籍，猜测着这是一颗怎样复杂难解的心灵，多次的造访与阅读，终于使她解开了奥涅金心灵的秘密，领会到纠结矛盾的价值观在奥涅金内心的撞击与杂陈，顿悟到奥涅金的灵魂中的痛苦和面对现实的无奈，她终于理解了奥涅金的彷徨，并释然了他对自己爱的拒绝。这一理解的过程也是达吉雅娜精神升华的过程，或者说也是她在精神上超越奥涅金的过程，"精神上的高度和谐"使她鄙视上流社会物欲横流的生活，避免陷入上流社会的污浊，培育了她出淤泥而不染的灵魂，高贵的公爵夫人身份地位与富足奢华的贵族生活无法改变她那颗俄罗斯心灵。达吉雅娜形象代表俄罗斯文化传统中最为珍贵的民族性中的宽广的爱的力量、人道的美德与自我牺牲精神，也正是因为像达吉雅娜那样的具有和谐的俄罗斯灵魂的理想女性的存在，俄罗斯传统的美德与文化精神得以保持。在后来的十二月党人的妻子追随被流放于西伯利亚的丈夫的事实中，我们似乎看到达吉雅娜的形象的延续和俄罗斯传统美德在贵族妇女身上的折射。

（二）灵魂救赎的女性形象

俄罗斯人的心灵自东正教成为国教以来便打上信仰的印记，神圣罗斯的思想与苦难成圣意识已经在俄罗斯人的意识中根深蒂固，而俄罗斯女性则是信仰的坚定践行者。这种观念源自《约翰福音》（第二十章第十一节）中耶稣复活的章节中抹大拉的马利亚在耶稣的棺木旁哭泣，这一节中突出表现以她为首的妇女是勇于自我牺牲的耶稣的真正追随者。俄罗斯人对圣母的崇拜反映在某些作家女性形象的塑造上，这些女性仿佛成为圣母精神的载体，"文学作品的正面女主人公或多或少都带有神圣女性的特征"[①]，她们也依靠着东正教信仰拯救男性的堕落，拯救着俄罗斯。从陀思妥耶夫斯基笔下的索菲娅、托尔斯泰笔下的玛丝洛娃形象中以及帕斯捷尔纳克的拉拉形象中，无疑可以看到承受苦难拯救自己与他人的坚毅女性。

陀思妥耶夫斯基笔下塑造过的女性形象各异，却有一个共同存在的宗教特征，尤为突出的是《罪与罚》中的索菲娅形象。作家并没有把索菲娅塑造成倾城的美貌女性，然而读者却从这位默默无闻、贫寒卑微的女性身上看到了灵魂的美。她为了家庭生计不惜牺牲自己的肉体，受辱的苦难并没有玷污她灵魂里的洁白，她仍然坚定地恪守着基督徒的信仰，福音书是她的精神支柱，这一形象既包含了罪感又表现出神性，仿佛在用自己的忍耐苦难来洗涤世间的罪，以图早日回归上帝乐园。她曾几次将福音书送给拉斯科尔尼科夫，后者与其说最终皈依东正教，不如说是被索菲娅的所作所为与灵魂的伟大博爱精神所感动，认识到了自己的思想中的谬误，从而走上向灵魂救赎的道路。索菲娅的形象中体现了基督徒的苦难意识，禁欲苦修的圣徒精神，而在索菲娅看来，承受苦难则是自己皈依上帝的方式，因而她会毅然决定随拉斯科尔尼科夫远赴流放地承受艰辛生活的考验，期望通过受苦和虔敬来赎罪。陀思妥耶夫斯基在索菲娅形象中寄托了东正教的永恒女性思想。[②] 托尔斯泰在《复活》中写出了天真纯洁的少女玛丝洛娃如何因地主少爷的荒唐爱情而堕落，又因少爷希望通过自己的牺牲赎罪来挽救堕落天使的故事。故事情节看起来非常不可思议，其中则蕴藏着托尔斯泰的女性观念，在作家看来，玛丝洛娃是满怀爱的天使，因为她身上带有的是圣母般的博爱特征："她用她那贞洁清白的爱情不但爱他，而且在爱所有的人和所有的

---

① 梁工：《基督教文学》，宗教文化出版社2001年版，第282页。
② 刘锟：《东正教精神与俄罗斯文学》，博士学位论文，黑龙江大学，2004年。

东西,也不但是爱世界上所有美好的事物,而且还爱她刚才吻过的那个乞丐。"① 可以说,聂赫留朵夫身上精神的人的复活正是因为他感受到玛丝洛娃天使般神圣的爱因自己的行为遭到了毁灭,他试图使这堕落的天使复活,恢复自身的神性,即玛丝洛娃的内心所蕴藏的圣母性是拯救这一切罪的原初力量。玛丝洛娃走向流放地,在流放地她恢复了灵魂应有的样貌,救赎曾经堕落的灵魂。

在陀思妥耶夫斯基和托尔斯泰塑造的一系列女性形象多笃信上帝,具有自我牺牲精神,带有崇高圣洁之美,她们是苦难的化身与拯救的力量。正是因为在俄罗斯古典文学中女性形象的传统的奠基,在20世纪的俄罗斯文学中才再次出现了《日瓦戈医生》中的拉拉形象。拉拉经历了少女时代被诱奸、战争的困顿、丈夫的抛弃、颠沛流离的人生等苦难,已经不再是女性个人苦难的代表,她所经历的正是俄罗斯女性在20世纪所经历的苦难的集成,帕斯捷尔纳克将其隐喻为俄罗斯母亲的苦难,俄罗斯大地之母遭受的践踏。然而,面对这一切的逆境,拉拉表现出俄罗斯女性勇敢坚韧的个性特征,她内心永恒的人性善的信念从未动摇,始终践行着良善行为,她并不信仰宗教,但她的所作所为却契合着基督教的拯救圣母的思想。拉拉与日瓦戈的爱情是超越了凡俗的精神之恋,他们的精神上具有共性——在纷乱的历史中始终保持的人道主义热情,对生命的怜悯与爱,并以此拯救灵魂。正是这种精神使他们走在一起,她最终为日瓦戈料理后事,整理日瓦戈的手稿,喻示着对传统的俄罗斯精神的传承。

从普希金的达吉雅娜到帕斯捷尔纳克的拉拉,我们仿佛看到了俄罗斯青年女性形象的优美的画廊,她们或温婉娴雅或美丽动人的千姿百态的形象变迁中唯一不变的是均秉承着传统的俄罗斯宗教精神,以自我牺牲的道德美德与拯救力量荡涤着世界的丑恶,她们都走过悲剧性的人生,经历过流放的流离之苦,被放逐到穷乡僻壤,这些优雅的女性褪去了年轻的容颜与华丽的古典服饰,在作品中变身为乡间随处可见的普通妇女,然而亘古不变的俄罗斯传统宗教精神与伦理美德仍驻扎于她们心间。

---

① [俄]列·托尔斯泰:《复活》,汝龙译,人民文学出版社1985年版,第77页。

三 老妇人形象叙事的传统文化瓦解

西伯利亚文学三套车之一的乡村小说作家瓦·拉斯普京执着于道德主题，塑造一系列洋溢着浓郁西伯利亚乡土气息的虔诚善良、勤劳质朴、睿智豁达的"老妇"形象，借助这些形象作家将关注的目光转向村庄及其古老的文化传统，以怀旧的格调唱响乡村日益消失的传统文化之歌。"老妇"作为俄罗斯传统宗教文化的承载者，对文化之根的坚守之于60—70年代社会城市化过程的精神生态的健康发展具有重要意义。拉斯普京笔下的西伯利亚老妇们是传统的守望者，她们满怀着民族历史文化的记忆，遵循传统的宗教道德规范。不能否认，蕴含在老妇们灵魂与血液中的对传统文化的认知是俄罗斯民族赖以发展的动力源泉。

（一）"老妇"的圣徒形象

20世纪60年代的《玛特廖娜的家》是苏联乡村小说的代表作，小说中蕴含着俄罗斯民族宗教文化的核心精神传统之一的圣像崇拜。在苏联文化语境中，索尔仁尼琴以隐喻方式显现主人公马特廖娜形象中的神圣色彩，而这一特性也被后来的乡村小说作家传承，成为"老妇"人形象的重要特征之一。

马特廖娜形象中的神圣性中带有一定的古代俄罗斯信徒的特征，这由圣像画可见一斑。圣像画在俄国被视为"是在理解诸如耶稣的道成肉身和上帝创世等基督教的基本教义的过程中最勇敢和最有效的尝试之一。在封建割据时代，圣像毕竟为没有受过教育的普通大众提供了舍此就无法获得的信息与教育"[1]。民众在面对圣像的祈祷中形成具体可感的宗教体验，甚至没有圣像，俄罗斯人便不知该怎样向上帝祷告[2]，东正教的圣像因神学思想而保持着中世纪的规范，圣像画给人以抽象、简约的视觉感受，人物"身体看来不成比例，面部表情甚至形容枯槁，这

---

[1] 郑伟：《圣像之殇与人的复活》，《俄罗斯文艺》2014年第2期。
[2] 曹悦：《俄罗斯东正教绘画》，云南大学出版社2009年版，第9页。

是东正教禁欲主义和苦难的直接体现"①,或者可以理解为,这些圣像画借由抽象的线条构成教义的理念描述符号,引领人们的精神透过表象直达本质——克服自身欲望经历苦修最终达到理想的天国。圣像画则往往遵循原初的教义,对圣徒的形象做出细致的规定,"俄罗斯东正教圣像画继承了拜占庭的艺术规范和传统,建立了一整套神圣性的视觉公式,比如色彩的含义、圣徒形象的特征、手势和姿态等甚至圣像面容上的额头、嘴唇等细节都具有象征性的含义"②。《马特廖娜的家》细致勾勒了老年女性的面部表情、皱纹,身材,手脚状态,服饰等等,老妇人饱经沧桑的面容及并非体面的衣着镜像般映照出圣像本质。马特廖娜面部表情和穿着的描写则更符合中世纪圣像画的特点,她病态的发焦黄的面颊,很少露出微笑的面容,不修边幅的邋遢穿戴都会使人联想到圣像。索尔仁尼琴的创作所具有的深厚宗教积淀来自久远的基督神学传统,他在创作中将"崇拜人民思想与崇拜神明"③思想密切结合在一起,从根基主义的立场塑造现代版的俄罗斯女圣徒形象。伊格纳季奇曾经极力捕捉马特廖娜的微笑,因为她很少微笑,有时微笑转瞬即逝,"她那充满喜悦的微笑使我不知如何是好。……她用两只暗淡的蓝眼睛宽厚地望着我……"可见马特廖娜脸上洋溢着的微笑充满真诚,毫无矫饰,令人感动,但同时她的笑容又是非常少且克制的:"对我来说,她椭圆的脸上露出的这种笑容更珍贵一些。"④ 俄罗斯文学研究者乌尔曼诺夫认为,"谁要参透马特廖娜脸上奇怪微笑的谜团,就应该去读古代俄罗斯文学作品和行传,因为那里有俄罗斯精神的原型。马特廖娜拥有同圣谢尔吉同样的微笑"⑤。《行传》中这样描述圣谢尔吉的微笑:他微笑时,总是带有伟大的纯真与克制。马特廖娜与圣谢尔吉的节制的笑容流露出作为虔诚信仰者对快乐的参悟,那是经历过苦难的灵魂对欢乐的

---

① 郑伟:《圣像之殇与人的复活》,《俄罗斯文艺》2014 年第 2 期。
② 郑伟:《圣像之殇与人的复活》,《俄罗斯文艺》2014 年第 2 期。
③ 陈新宇:《俄罗斯当代乡土小说研究》,浙江大学出版社 2017 年版,第 111 页。
④ [俄]亚·索尔仁尼琴:《伊凡·杰尼索维奇的一天》,斯人译,人民文学出版社 2008 年版,第 122 页。
⑤ Урманов, А. В., *Творчество Александра Солженицына*, Москва: Флита и Наука, 2009, С. 76.

毫不贪恋的表达，也是对一切世俗欲望的悲悯情怀。

拉斯普京笔下塑造的一系列"老妇"人带有西伯利亚地域的信徒色彩，她们突出的自我牺牲与禁欲忍耐精神也表现在形象塑造中。《农家木屋》中阿加菲娅的形体进一步体现出一位新时代女圣愚特点。她"个子很高，人很干瘦，脸庞很窄，一双大眼睛却炯炯有神"[①] 的样子更像圣龛上的画像。又瘦又高往往是拉斯普京描述老年女性的标志，她们为西伯利亚严酷的生存环境所累，战争过早地夺取了丈夫的生命，女儿未婚生子与酗酒，兄弟战死，妹妹远嫁等生活苦难使阿加菲娅由于伤心和劳累而过早地憔悴了，衰老了，她孤身一人住在祖屋里，家族只剩下她一个人了，她形象上的瘦削说明物质生活匮乏，而俄罗斯圣徒的干瘦形象体现着经受苦难方获得拯救的宗教内涵。阿加菲娅的病也颇有深意——过度紧张，这种纯粹的精神系统疾病迫使她在医院躺了整个夏天。应该说，医生的判断带给阿加菲娅的是更深程度的折磨，她无事可做因而"更瘦了，脸上除了那双目光锐利的眼睛，似乎什么都没剩下了，那两个胳膊就像细树枝一样"[②]。阿加菲娅不承认自己有很多病，对于医生的说法不以为然，她认为医院使人生病，"我去那里的时候只有一种病，可在那里却躺出了十种病来"。"我们是些不用治病的人。就像马儿一样。"阿加菲娅的病几乎与马特廖娜时常腰痛有异曲同工之妙，均表现出老妇人们孤独无助的悲苦日子和过重的生活负担带给她们的岁月伤痕，同时她们排斥医院的态度流露出对科技理性的排斥与保守的讳疾忌医的特点。阿加菲娅对女性性别的自我否弃表现出宗教的禁欲主义特点。阿加菲娅早已经忘记了自己是女人，她不修边幅，不打扮自己，"她老是穿一双自家缝制的矮帮黑皮鞋，夏天也不脱下来，冬天则套一双高筒毡靴。无论冬天还是夏天，她都穿着那件棉背心"[③]。她对女性间惯有的对男人的抱怨从来不屑一顾，"她很早就抛弃掉了自己身上的

[①] [俄] 瓦·拉斯普京：《幻象——拉斯普京新作选》，任光宣、刘文飞译，人民文学出版社2004年版，第326页。

[②] [俄] 瓦·拉斯普京：《幻象——拉斯普京新作选》，任光宣、刘文飞译，人民文学出版社2004年版，第327页。

[③] [俄] 瓦·拉斯普京：《幻象——拉斯普京新作选》，任光宣、刘文飞译，人民文学出版社2004年版，第326页。

女人味和那些敏感的烦恼，她不喜欢听女人们之间那些关于负心汉的交谈，她的眼泪一次就流干了"。阿加菲娅坚持着自己的单身状态，她记得人们谈论单身女人的话："你会被自己的痛苦噎死的。"然而过去的一切回忆都蕴藏在她的心灵中，构成了"深受无休止的不幸与混乱折磨的"忧伤，拉斯普京在独白中赞美这份忧伤，提出忧伤更有益于健康："没有任何东西能比忧伤更甜蜜，更强大，忧伤和忍耐一起，在我们身上塑造出了非同寻常的坚韧。"[①] 这种历经劫难的俄罗斯心灵或许是阿加菲娅们能够克服一切苦难的原因，她形象中的禁欲与忍耐在西伯利亚乡下老妇人身上极具代表性。

（二）土地与家族的媒介者形象

拉斯普京创作中西伯利亚乡村老妇形象是土地与家族密切关联的媒介，同时她们承载着传统民族文化精神，因为这些老妇的存在，子辈与祖先的联系得以维系，民族精神根系得以保存。老妇们珍视土地以及大地带给人们的一切，从先辈手中继承的土地房屋是神圣的，需要爱惜对待与保持，而不是随心所欲地任意处置。《告别马焦拉》中收土豆和割草等农事活动便带有某种民族传统的神圣意味甚至节日氛围。在作家笔下勤恳劳作是维护家园生生不息的可贵品质，是宗教信徒的基本生活方式。田间劳作化为聚会与节日狂欢，劳动带来回归故土的欢乐与宗教意义上的聚合性（соборность），使人们重新成为一个整体，如《告别马焦拉》中割草季节到来时，劳作了一天的人们在"就寝之前到街上聚在一块儿"。在《马特廖娜的家》中，主人公马特廖娜只有在劳动中获得心灵的快乐，与森林的交流带给她心灵的愉悦。这种勤劳的品质也在拉斯普京的《告别马焦拉》、《最后的期限》和《农家木屋》等作品中得以呈现，作家塑造了一个个性格相异却勤劳质朴的"老妇"形象，她们经历过战争年月失去父兄丈夫的悲剧，在战争年代与战后饥荒中坚韧地承担起农民的责任，她们勤劳质朴、珍惜生命、亲近自然的乡土品性来自代代相传的古老俄罗斯宗教文化传统，她们与统一的大地母亲形象联系在

[①] ［俄］瓦·拉斯普京：《幻象——拉斯普京新作选》，任光宣、刘文飞译，人民文学出版社 2004 年版，第 335 页。

一起①，在 20 世纪后半叶老妇形象成为大地母亲的体现者。俄罗斯正是因为有圣徒般的道德观的女性，依靠她们忘我的劳动、爱心与忠诚，历史才得以延续发展。老妇人们守护土地家园，如大地母亲一样守护儿女和祖国，她们是新时代的圣徒。

《告别马焦拉》中的达利娅成为是先辈与子辈间沟通的媒介，在她与祖先对话的幻想中构建了自身与大地和家族的联系。达利娅在村中年长、德高望重，身体高大壮实，"腿脚利落，手听使唤，操持着力所能及却又并不算轻的家务"，"整个庭院里、菜园里的事务都落在她身上了。院子里有母牛、母牛犊、去年冬天才生的小公牛、猪、鸡、狗。"②拉斯普京尤其关注到她的一双手是"干瘪的、瘦骨嶙峋、久经劳动磨炼的"。她在不停的劳动中走过了一生，即便高龄也记着父辈的遗训："要活着，要干，好使我们跟人世连得更紧，在我们曾经生活过的世界上扎下根子。"③ 在达利娅看来，守护祖祖辈辈耕种的土地与房屋是维系家族根基的重要责任，而老人所守护的不正是俄罗斯民族与俄罗斯国家赖以发展的根基吗？当达利娅得知土地与房屋就连坟地也要被湮没时，她感到对祖辈深深的罪孽感。她向儿子与孙子多次提出迁坟想法，但都没能最终达成心愿。此时，这位年逾八旬的老人在无法守护家园的无奈中决定为房屋做最后一次粉刷，对生命的强烈尊重与对祖先的愧疚使达利娅决定为房屋送葬。作品的描述中大量表现出基督教送葬仪式习俗，房屋此时已经不仅是物性存在，它隐喻着一个具有精神性的传统生命。达利娅对房屋的打扫、清洗、粉刷、装饰等活动更似虔诚基督徒在为死者送葬，房屋在此具有象征意义。她借助这些仪式体现自己恪守祖先的嘱托，表达对传统与信仰的坚守。与达利娅形象相对立的是年轻人，如她的孙子安德烈，他代表那些离开农村的根多年、对农村的生活与故土的感情已经淡漠的青年，他在割草季回到家乡，却已经不会干农活了，失去了农村人质朴自然的生活观念，期待可以在未来的水电站就业，从而

---

① Шахматов, А. А., *Повесть временных лет*, СПб.: Археогр. комис., 1996, С. 95.
② ［俄］瓦·拉斯普京：《告别马焦拉》，董立武等译，外国文学出版社 1999 年版，第 241 页。
③ ［俄］瓦·拉斯普京：《告别马焦拉》，董立武等译，外国文学出版社 1999 年版，第 262 页。

摆脱乡村身份，加入工业化大军行列。达利娅对孙子的行为感到失望，对俄罗斯的前途感到担忧。

《农家木屋》中阿加菲娅形象中同样带有上述特点，她曾自豪地说"我就是家神"。西伯利亚森林与大河旁的繁重农活磨炼了阿加菲娅坚强乐观、勇敢强韧的品行。阿加菲娅可以干农村里所有男人的活计，如捕鱼、织渔网、耕地、堆干草、搭牛棚等重活，甚至在安加拉河上的撑船比赛中超越男人两次获得第一名。阿加菲娅是典型的农民，她对于家乡的土地的热爱与对丰收的渴望如此强烈，"田地里的每个凹坑，每个鼓包，阿加菲娅都知道得一清二楚，超过对自己身上的胎记和伤疤的了解"。阿加菲娅因为被迫移民而感到愧对祖先留下的土地，在慷慨馈赠的土地面前她感到自己像一个逃兵，内心深处受着良心的谴责。离开故土，唯一剩下的便是那栋祖辈生活过百年的已经衰朽破败的木屋，此时房子成为种族和乡村的象征[1]，成为对历史的纪念，重建这座木屋便是努力延续家族在大地上的历史，她成为家园的守护者。阿加菲娅更加无法丢弃的是木屋中的回忆，住在这里她似乎便有了灵魂的栖居之所。[2]她拖着病弱的身体搬迁自己的旧屋，其中所经历的艰苦劳动与数不清的困难似乎正是自己的苦修的必经阶段。拉斯普京所塑造的阿加菲娅形象过着苦行僧般的劳动生活，摒弃世俗欲望以劳动为美的阿加菲娅一定要活在同村的自己人中间，她一定要坚持把木屋搬迁到新村的行为隐喻着对传统的俄罗斯乡村回忆的挽留。即便在木屋的主人过世后，木屋虽然无人打理，但是却一直保持着屹立不倒，神采奕奕地保持着尊严，"木屋仍在使出最后的力气，保持着自己的尊严，端庄、崇高地站在那里"[3]，阿加菲娅的灵魂似已化作保护神守护着这所木屋，拉斯普京赋予了老妇人与她们的房子以神圣的光环。拉斯普京塑造的《告别马焦拉》中的达利娅与《农家木屋》中的阿加菲娅具有的共同特点是，她们是故乡土地与家园的眷恋者与守护者，尤其是老妇们世代居住过的木屋变成了家园的精神载体，对木屋的守护过程十足地体现了作家将其神圣

---

[1] Турков, А. М., *Фёдор Абрамов: Очерк*, Москва: Советский писатель, 1987, С. 26.
[2] 陈新宇：《俄罗斯当代乡土小说研究》，浙江大学出版社2017年版，第116页。
[3] ［俄］瓦·拉斯普京：《幻象——拉斯普京新作选》，任光宣、刘文飞译，人民文学出版社2004年版，第323页。

化的叙事内涵。

（三）世界完整性理解的智慧形象

乡村小说中的老妇人常常被描绘为村中的长者，在乡亲中具有极高威望，而这威望的由来除却年龄的因素外，概因这些老人具有对世界的完整性理解，睿智的心灵早已借助信仰参透生命的奥秘。老妇人对俄罗斯民族与西伯利亚乡土历史的记忆仿佛一座智慧的宝库，融合朴素的具有多神教意味的东正教思想形成了独具特色的民间生活智慧，列伊捷尔曼指出："这种智慧是对民间和对世界的和谐统一关系的理解。"[①] 在西伯利亚这些老妇人身上体现着对世界的完整性的理解，这更多的得益于思想中的泛神论观点，即将多神教（甚至萨满教）与基督教有机结合而生成的一种宇宙观念[②]，由此形成了老妇人对人的生命循环、对死亡、对人与人的关系的独特意识。俄罗斯民间文化中有大量迷信，其中对死神形象的描绘并非恐怖的陌生人，而常常表现为已经去世的亲人。布兰诺夫认为，俄罗斯人的死神形象来源于古代斯拉夫人的"死神新娘"观念，上帝会奖赏虔诚的信徒，让其与自己的死神达成"轻松离世"的共识。[③] 承接基督教理念中人灵魂不朽的观念与多神教的万物有灵论，老妇人认为人的死亡并非一切结束，而是另一种生命形式的开始，在人类摆脱了肉体的束缚后，便摆脱了人世间的苦难，走向彼岸世界，这在她们看来生命是永不消亡的循环。因而在面对死亡来临时，老妇人心态从容，如《最后的期限》中安娜便平静地迎接大限到来。老妇人对丧葬习俗的重视同样表现在对宗教教规的一丝不苟地执行，重视丧葬仪式的细枝末节都表达了信徒对神的崇敬。在"黄金时代"正是在俄罗斯的亚洲地区分布着地球的精神地带，西伯利亚被认为是"原始宗教"的发源

[①] Лейдерман, Н. Л., Липовецкий М. Н., *Современная русская литература: 1950—1990-е годы В двух томах. (Том 1)*, Москва: ACABEMA, 2006, С. 76.

[②] Королева, С. Ю., "Образ праведника в «Деревенской прозе» В. Распутина", *Вестник пермского университета*, 2009, №1, С. 84.

[③] Буланов, А. М., "О судьбе одного мифологического мотива в литературе", *Русская литература и фольклорная традиция: сб. Науч. Ст.*, Волгоград, 1983, С. 113.

地。① 基督教、萨满教与民间迷信三者的界限在西伯利亚地区民间文化中并不清晰，甚至相互融合构成了农民生活中具有代表性的泛神论理念，在农民世界中正是这些观念使他们产生对世界的完整性认识，成为支撑他们面对一切困境仍能保持内心和谐的力量。拉斯普京的创作中引入民间神话学理念强化了老妇人精神上的和谐与完整性，在作品中具体表现为神话手段与民间俗语的大量运用。

《最后的期限》中老太太安娜面临死亡，她的儿女赶回村子来送葬。安娜因为儿女返回而拖延着生命，儿女们却因她不能立刻离世而借故离开。表面看来，这部小说似乎是一部道德小说，谴责着安娜的孩子们忘记母亲，忘记故土，忘记自己的根。然而，如果我们从安娜和其子女对死亡的态度来看待这部作品，则会发现这部小说具有深刻的哲理性，充分表现了两种世界观的冲突。安娜面对即将到来的死亡并没有恐慌，她以平静心态走向死亡，在此过程中安娜迟迟不肯离去的原因似乎是对儿女的生活状态的担忧，她不放心地一再叮嘱，交代女儿如何哭泣以及送葬的过程等等，这种对仪式感的追求恰恰说明她从儿女身上已经发现：传统即将消亡，回忆不会延续。安娜的形象无疑代表传统的俄罗斯女性，她希望儿女们可以将祖辈遵循的传统继续下去。她的智慧与拉斯普京早期的《唉，老太太》中的托法拉尔老太太极为相似，是建立在西伯利亚民间萨满教思想之上的，或者说《最后的期限》是以《唉，老太太》的情节为基础的。两位老妇人都面对死亡，她们依据民间智慧认为，死去的人的灵魂可以与活人继续交流，它们可以附着于某些生灵身上体现为另外一种生命形式。安娜说："这里是我们的根，我哪里也不会去，你们要在我跟前坐一坐……我会打发小鸟告诉你们的。"② 在老太太看来，她已经履行了自己的职责，即将离去，而她的根还在，后代还将是她生命的可靠延续。在这些老妇人的形象中我们可以感受岁月沧桑，她们是在保持着精神的完整性的情况下从容离开这个世界的，如评论家库尔巴托夫所说："主人公死亡的悲剧性被光明的幻象和拟人化的

---

① ［俄］伽·柳比莫娃：《西伯利亚新型宗教教义中的生态伦理原则》，吴斐译，《俄罗斯文艺》2018 年第 2 期。

② Распутин, В. В., *В ту же землю*, Москва: Вагриус, 2001, С. 51.

死亡取代了。"① 安娜的儿女们则是以另外的唯理性的方式面对死亡的，他们认为的死亡就是虚无，他们放弃了俄罗斯传统的灵魂不灭的思想。由安娜的儿女们行为我们仿佛看到一个晦暗且杂乱无章的世界，其中充斥着对未来的不确定性认识。这正是俄罗斯在20世纪70—80年代加快城市化进程带来年轻一代思想上的断裂，城市的繁华与人际的冷漠使安娜的儿女们淡忘了滋养自己长大的农村之根，也不愿再遵循老旧的传统。在舒克申的一系列短篇小说中也同样塑造了这一类典型的城市女性形象。

老妇人的智慧也同样表现在《告别马焦拉》《女人间的谈话》《伊万的女儿，伊万的母亲》等作品中。《告别马焦拉》中作家叙事中运用了大量西伯利亚民间俗语，这些带有浓郁地方特点的智慧语言生动幽默地阐释了农民的生命观，如在嘲笑拆迁后面积小得可怜的菜地时说："百分之一点五俄丈——连母鸡都要发笑了。"② 在庄稼没有收成后只得补种苜蓿的时候说："绵羊虽长癣，不无一撮毛。"更多的俗语出现于老妇人的交谈中，对于破坏生态终将自食恶果，达利娅说："那骑着树杈砍树杈满不在乎的人，也自以为了不起啊。"拉斯普京运用大量的民间俗语充分展现了安卡拉河边的农民生活以及即将失去的故土历史中积存的引以为傲的智慧。《女人间的谈话》中祖母试图以自己的人生经历说服孙女回归传统的人生观念，她回忆自己的一生中两次婚姻，展现了经历残酷战争年代考验的普通俄罗斯妇女的高尚情操，叙说夫妻之间健康的爱与怜惜，试图为孙女指明真正的爱的道路。祖母对于第二任丈夫的感情与其说是爱，不如说是带有俄罗斯女性传统特点的悲悯的母性之爱，这种博爱显然超越普通的爱情，是带有自我牺牲的同情之爱。而孙女作为新的现代女性的代表，表现出女权主义的特征，即冲破男权的压制与束缚去做"领军人物"。祖孙两代人的谈话正表现了现代俄罗斯社会中两种不同的女性观的冲突。

---

① Курбатов, В., *Валетин Распутин: Личность и творчество*, Москва: Советский писатель, 1992, С. 38.
② ［俄］瓦·拉斯普京：《告别马焦拉》，董立武等译，外国文学出版社1999年版，第278页。

四 老妇人形象叙事的精神虚无

20世纪80—90年代苏联在戈尔巴乔夫的新思维实践中进行着自上而下的改革，这次改革造成最为严重的后果是世界上第一大国一夕解体。苏联解体对俄罗斯整体的文化和民族意识都产生了重大的影响，因政治解体而瞬间出现的信仰真空使俄罗斯人的文化空间混乱起来，加之经济崩溃、政治动荡、管理混乱、工业停滞、农业衰退，整个的俄罗斯社会仿佛进入了末世。"末日论"思想来源于基督教，认为基督的二次降临对世上的人展开末日审判。末日论曾经在19世纪末的俄国喧嚣一时，表现在白银时代的作家的诗歌、戏剧与散文创作之中。"整个俄罗斯形成了一种浓厚的启示录情绪。在这种世界末日来临、反基督王国降临的感觉背后，可以发现一种整整一个历史时期要终结、旧世界要毁灭的感觉。"[①] 20世纪末因国家解体和社会动荡引起了人们世纪末的恐慌，在文学创作中，尤其诗歌创作中再度表现出"末日论"[②]的思潮，甚至到21世纪在新生代作家的创作中仍然存在。

后苏联时代拉斯普京塑造的老妇人形象大多陷入对过去价值的否弃和生存困境中无法自拔。在20世纪90年代俄罗斯文坛日益多元化创作背景下，拉斯普京在90年代出版了多部短篇小说，作家仍然坚持以批判现实主义的笔触对当下俄罗斯的社会问题予以关注，仍然视文学的教化功能为作家的使命，甚至加大了批判的力度，期望复兴俄罗斯传统道德，匡扶俄罗斯民族性。作家通过揭露苏联解体后俄罗斯普通民众生活中种种问题，显现人与人关系的变化，在《下葬》中作家通过老妇人巴舒达送葬表现个人的孤独无援的困境。

死亡主题是拉斯普京创作中的一种极限主题，他常常将主人公置于这样的人生境地，在无可选择中通过回忆人生过往探索人存在的价值，叩问生命的哲理内涵，正如存在主义哲学家雅斯贝尔斯所言："死亡是

---

① 耿海英：《别尔嘉耶夫论俄罗斯文学的末日论意识》，《中州大学学报》2008年第4期。
② Крохина, Н. П., "Комогония и эсхатология софии в поэтии серебряного века", *Известия ВГПУ*, 2010, No4, С.154.

生存得以实现的条件。"① 拉斯普京在 20 世纪 90 年代同样写作了死亡主题的作品《下葬》，与过去的死亡主题作品相比，这部作品具有重要的划时代的意义。作品中主人公巴舒达的母亲去世，作家对这位年老的农村妇女并没有过多的描述，但是从作家对母亲家乡的简要描述里我们看到这位老妇人的悲凉处境，母亲所居住的农村在苏联解体后成了无人管理的废弃之地，本应住在农村的她离开了土地住在城市女儿家中，因而她失去土地，死后也无法回到故乡安葬。可是城市的高昂的丧葬费用却使她的女儿巴舒达无法按照东正教习俗给母亲送终，巴舒达给母亲送葬的每一个步骤都与东正教习俗相悖，这令这位苏联时期一度是先进人物的女工倍感困惑与尴尬。由此引发了已经年老体弱贫病交加的巴舒达对世界的追问。巴舒达以比喻方式对城市中人与人间的冷漠与隔离做了极为形象的说明："人们像一帮狗熊，在严冬的威逼下各自钻进了熊穴，除非十分必要，很少探出头来。因此，人人都有过错，人人都纵容邪恶，对之视而不见。无论是那些认为自己有过错的人，也无论是那些认为自己无过错的人都不由自主地这样做。"② 她作为社会底层的小人物，无钱无权，在母亲去世时才发现"没有任何一位相处得近的人。谁都不到她家来"，巴舒达对自身陷入的尴尬处境进行反思时，对当前的社会也进行着思考，她在追问，这是自己性格的孤僻还是所有步入老年行列的人的共同遭遇？我们认为当然是后者，在物质利益和金钱至上的城市生活中，老年人被不断边缘化是不争的事实，巴舒达们似乎已经随着苏联的解体正在逐步退出历史舞台，她们那个时代所遵循的道德观念与赋予她们的使命感也同样随之淡化。面对巴舒达的困惑，她的朋友斯塔思的回答似乎在努力揭开这谜题，"他们是用卑鄙无耻和残杀手足兄弟的手段来征服我们的。他们找到了对此束手无策的人民"。"可如今来的这帮人……这些人——是教授！院士！人道主义者！哈佛大学毕业生。"③ 导致俄罗斯人的性灵不再淳朴、发生扭曲的原因是文化的死亡，苏联时

---

① 徐崇温：《存在主义哲学》，中国社会科学出版社 1986 年版，第 278 页。
② ［俄］瓦·拉斯普京：《幻象——拉斯普京新作选》，任光宣、刘文飞译，人民文学出版社 2004 年版，第 158 页。
③ ［俄］瓦·拉斯普京：《幻象——拉斯普京新作选》，任光宣、刘文飞译，人民文学出版社 2004 年版，第 193 页。

期的大清洗摧残了人与人间的兄弟般博爱精神，接着西方物质文化的大举入侵更加剧了俄罗斯传统精神的覆灭。小说结尾处，巴舒达平生第一次走进了教堂是因为过去的无神信仰对这位普通的劳动者的影响巨大，而巨大的社会变迁令她对现实失望，对个人与国家的前途迷惘，她需要力量拯救已经坍塌的精神支柱，试图通过信仰获得救赎。巴舒达伸出手艰难地画十字这细节描写传神地表达了巴舒达对母亲的愧疚，其并非熟练的祈祷动作暴露了内心的游移不定，她哆嗦颤抖着双手点亮蜡烛的行为表现了她在信仰上的转向，对现实与过往的否弃。

后苏联时期乡村小说中老妇人的形象叙事在思想上得到了富有哲学意义的发展，面对多元化世界的混乱与社会生活的逆转，老妇形象叙事被渲染了悲剧性色彩，她们在对前途不断的担忧中趋向死亡末路，甚至以极端手段反抗可悲的命运。扎哈罗夫的《天堂的钟声》与拉斯普京的《伊万的女儿，伊万的母亲》分别塑造了世纪末情绪中的老妇人的悲惨形象。

阿列克赛·扎哈罗夫的《天堂的钟声》是苏联解体后的作品，20世纪末俄罗斯农村发生的巨大变化激发了作家的创作热情，乡村小说再度回归读者阅读视野。《天堂的钟声》展现的是苏联解体后农村逐渐衰败的现实。从赫鲁晓夫时代起，俄罗斯已经加快了城市化的进程，一些村庄搬迁与合并，自然村落因为后继无人，常十室九空，土地荒芜。到90年代苏联解体时期，村里年轻人多数移居城市，"多半的房子成了无人照管的孤儿"，村里的老人在逐渐去世，青壮年劳动力大批地进入城市，有很多人选择城市生活，留在故乡的往往是一群失去了劳动力的老人。托玛就是这样一位留守老妇人，她孤独地守着老屋住在乡下，儿子死后，她与儿媳和孙女几乎没有联系。她很想念孙女，想去城里探望她，但是总是不能成行，"要么是扔不下家里的事情，要么就是生病躺在床上哪里也去不了"。在托玛孤寂的生活中陪伴她的是忠实的小狗米什卡，同村的老人克斯加内奇与托玛比较谈得来，两人时常聊天度日，他们向往着可以一起等到听"天堂的钟声"的那一天。然而，托玛发现自己的病情日益加重，她只好求助于孙女，孙女获得了托玛的房产，变卖后却把她送进了养老院。在看似简单的故事中最为动人心魄的是托玛得知自己的祖屋已经被变卖，而孙女婿冷酷暴力地拉扯托玛要把她塞进汽车的情景，托玛不愿离开自己的房子，她的手紧紧抓住床边，她的哭嚎流露着对祖屋的眷恋、对将在陌生的地方了此残生的恐惧，更是对孙辈的欺骗、背叛、掠夺与抛弃的控诉。托玛的形象表达了无力保护自己的老妇对现实的无奈。

《伊万的女儿、伊万的母亲》中的主人公塔马拉·伊万诺夫娜来自农村，在城市多年生活，她认为自己一直是幸运儿，如愿地嫁给老实的当司机的丈夫，儿女双全，她自己也因为始终坚定地固守传统的人生信条从而获得幸福生活，感到满足。然而，伴随着苏联改革与解体，汹涌的经济大潮席卷了西伯利亚的小城，生活中一切都变了样，俄罗斯文化日益被商品化与消费化。塔马拉努力抗拒着一切对自己家庭的侵袭，尽力守护着家庭中孩子的安全与健康。女儿被外来的高加索人强暴成为她的人生转折点，此前对社会变化中产生的种种愤懑不平与对前途的茫然失措使塔马拉常常陷入无助悲凉的情绪，她用女人的哭泣纾解抚慰痛苦的心灵。女儿的事仿佛引燃了导火索，在正常的诉讼无法将罪犯绳之以法的情况下，她在检察院办公室亲手杀死强暴者为女儿复仇，这个举动颠覆了她一直以来所信奉的价值观和宗教观，以暴力对抗暴力是一位母亲在无力保护后代时的极端之举，是对当时俄罗斯法治陷入黑暗的极大嘲讽与控诉。小说中多处可见塔马拉对解体后的俄罗斯现实所表现出的极端情绪。个性火爆的塔马拉砸掉了家里的电视，"随着自由生活的来临，电视就像魔罐一样，源源不断地涌出乌七八糟的东西，而阻止它们四处泛滥的话语却被人们丢失了"[1]。与拉斯普京的《谢尼亚上路了》中同样为电视节目要去莫斯科告状的谢尼亚相比，塔马拉对于电视节目传递的西方文化糟粕毒害青年一代而感到义愤填膺，甚至已经到了无法忍耐的程度。"无法躲避这嚣张至极的滚滚浊浪，塔马拉·伊万诺夫娜总是动不动就哭。"[2] 苏联解体后形成的文化真空期中，西方消费主义文化中的低端成分沉渣泛起，充斥了生活的角落，塔马拉面对俄罗斯畸形的

---

[1] ［俄］瓦·拉斯普京：《伊万的女儿，伊万的母亲》，石南征译，人民文学出版社 2005 年版，第 46 页。

[2] ［俄］瓦·拉斯普京：《伊万的女儿，伊万的母亲》，石南征译，人民文学出版社 2005 年版，第 47 页。

发展时常困惑不已，她经常回忆安加拉河边的故乡、母亲、外祖母，回忆父母关于上帝的言论，在与记忆中的父母对话甚至争辩中暴露她当下的困惑与不安，"她总是回想起这些话，这些话又深深刺痛她。哪里有什么镜子？哪里有什么保护、救治？"①塔马拉感到自身就站在生活的悬崖边上，现实生活给她带来的经济上与精神上的压迫感正在使她心中稳固的世界不断崩解，"如今什么都没有剩下，周围的一切已经化作断石残岩"②。面对着倾覆成一片废墟的世界，塔马拉深知重建的必要，她呼唤着有序的社会生活的到来。在危如累卵的社会精神生活中，塔马拉出于母性的本能要守护自己的孩子们的灵魂。尚未成年的女儿遭受到高加索人强暴事件成为压倒母亲精神的最后一根稻草，她寄希望于依靠法律获得公正，这一理智想法随着检察官的营私舞弊行为而消失。塔马拉选择从肉体上消灭犯罪者以求精神上的解脱，可见对俄罗斯法治的失望甚至绝望使一位年近老境的母亲走上了歧路，选择极端方式为自己家庭讨回公道。逼迫一位手无寸铁的母亲拿起了枪的并非仅仅是一个高加索商人，而是一个失却公平正义的社会。拉斯普京展示俄罗斯改革初期混乱的社会秩序，彰显母亲绝望的极端行为，其背后印证存在的悲剧性。

第三节 传统文化从破坏到重构：
房屋意象的叙事变迁

　　房屋意象始终贯穿于所有乡村小说创作中，成为家园形象的重要象征之一。在俄罗斯文化中，房屋具有深广的内涵，不但指人们赖以栖身的居所这一物质概念，而且还可以指居住于房子中的人们。房屋的外延涵义指涉家园，它可以扩展为整个俄罗斯民族，象征着俄罗斯大地。③

---

① ［俄］瓦·拉斯普京：《伊万的女儿，伊万的母亲》，石南征译，人民文学出版社 2005 年版，第 50 页。
② ［俄］瓦·拉斯普京：《伊万的女儿，伊万的母亲》，石南征译，人民文学出版社 2005 年版，第 51 页。
③ Алехина, С. Н., *Идея дома в русской философии*, дис. канд., Курск: ТГПУ, 2004, С. 13.

在俄罗斯农村生活中，房屋作为家园的载体常常由众多的不同形象表现出来，因而各种物件借喻加深了文本内涵，使某些司空见惯的日常用品蕴含了文化意义，如木屋、茶炊、炉子等等物件。房屋已经超越了物质外壳，成为家园传统精神的象征，乡村房屋保存时代的记忆和家族变迁的过程，房屋形象的叙事是作家的美学思想与精神追求的显现。

20世纪60年代到后苏联时期，在乡村小说中出现的房屋叙事实际上通过借喻承载着家园母题，正如黑格尔所认为的，家园感是人的精神寄托，是民族的文化根基。"家园最重要的是建立于血缘关系基础上的家族代表着人类最基本的文化心理情结和精神价值认证，是个体、家庭乃至整个国家建立生活秩序和运作机制的基础，更是人类社会得以存在和延续的保障。因此，家园情结逐渐积淀成人类的集体无意识，在中西方文化中借助文学得到浓缩和升华，成为文学创作的经典母题。"[1] 乡村小说中房屋意象作为家园的核心载体，记录了对和谐美好的旧日家园不在的惋惜和感伤以及重建家园的艰难，借此艺术地书写着俄罗斯改革中人的精神空间经历的文化丢弃与重构过程。

一 背弃文化传统的房屋意象叙事

从20世纪50年代开始乡村小说转向描写真实的俄罗斯农村生活，即"写真实"，展现农村生活中的问题并寻求解决方式，该时期的大量作品涉及对农民世界中的重要物质和精神依托——房屋的描写，对过去乡下房屋及其周围美妙自然的向往、对亲人的回忆和村庄搬迁与对房屋的人为破坏构成了俄罗斯自然村庄逐渐消失的象征，隐喻在加速的城市化进程中古老的俄罗斯文化根基的毁坏，对传统文化的丢弃表征为村庄的衰败、房屋的无人修缮甚至破坏。索尔仁尼琴、阿勃拉莫夫和拉斯普京等乡村小说作家分别选取了各种表达房屋破坏的叙事，传递真挚的家园情结。

索尔仁尼琴的《马特廖娜的家》作为60年代乡村小说的开创作品一直备受关注，文学评论更多专注于对马特廖娜这一人物形象的分析，

---

[1] 高红霞：《福克纳"家园"情结的新时期中国之"在"》，《甘肃社会科学》2012年第1期。

却忽略了该小说的另一个中心——"家"的意象书写。事实上,索尔仁尼琴对于马特廖娜居住的房屋诉诸了大量笔墨,通过小说中"我"的视角观察,将整个房子的构造、房间内的家具布置、为数不多的摆设、炉灶、招贴画、圣像、壁纸,甚至橡皮树、瘸腿猫、老鼠与蟑螂等等细节均不惜笔墨地做了细致描摹,营造了一个贫困又极度善良的老妇的居住环境,所有的这些物件都富含深刻的象征意蕴,表达着居住者的世界观,显现马特廖娜的信仰。实际上马特廖娜房屋的构造以及屋内的一切都参与了房屋形象的塑造,一方面借助房屋形象传达的象征意义强化了人物的人道精神内涵;另一方面房屋中某些物件以及来到房子里的人物与马特廖娜间又塑造了两个对抗的世界,一个是光明的,另一个则是黑暗的。

在《马特廖娜的家》中,作家从"我"的视角叙述,因而多是"我"的内心感受,而对马特廖娜的内心叙述几乎没有,她的思想则是依靠环境与周围的人们关系来表现的,因而房屋意象便在表达马特廖娜的精神世界中起到重要的叙事作用。马特廖娜对人世间一切事物的爱与悲悯便从她对自己家中的一切可见一斑,如她从不养猪,却养一只小山羊。村里人对此议论颇多,均认为她不善持家,而事实上是她不愿自己亲手喂养过的动物会在某一天遭遇屠杀,这是极为善良的马特廖娜所无法容忍的。就连对生活于房子中的草木、小动物乃至有害的昆虫,马特廖娜也显示出悲悯情怀,如在房屋的炉子着火冒出浓烟时,马特廖娜最先做的是把橡皮树放倒在地上,避免树被熏死;猫在俄罗斯人的观念中具有浓重的象征意义,往往被视为家神的负载体,瘸了腿的猫被马特廖娜捡回足见其人道的悲悯情怀。

如果将马特廖娜房屋里的一切视为一个整体的空间,则房屋的门槛之外的世界是另一个本质上相对立的异质空间。乌尔曼诺夫·阿·瓦认为,马特廖娜家的大门隔开的两个世界,一个是属于光明的,另一个则是属于黑暗的"魔鬼"世界,亦或称为恶世界。巴赫金的空间理论中尤其强调的门槛形象也在小说中频繁出现,巴赫金认为:"在文学中门槛总是有隐喻象征色彩的,其形式有时是开放的有时又是隐含的。"[1] 俄

---

[1] Бахтин, М. М., *Литературно-критические статьи*, Москва: Художественная литература, 1986, С. 280—281.

罗斯神话诗学传统中，认为门具有象征意义，带有过渡性和"间性"。当马特廖娜的未婚夫法捷意外生还，发现自己昔日的恋人已经嫁给自己的弟弟时，"他站在门口"，恶狠狠地说，"如果不是我的亲弟弟，我会杀了你们两个的。"① 在故事的叙述中，有一个细节不可忽视，即"她转身对着门，像对活人说话似的"，正是由于这个动作，增添了读者对于门口及以外世界的关注，那里代表了另外一个世界，作家也试图暗示这一点，因而文中提道："从她那紧张害怕的样子，我能够生动地想象得出，他如何站在那里，黑糊糊的，堵住昏暗的门口，对马特廖娜挥动斧子。"② 这里作家将门口用"昏暗的"一词来形容，带有明确的象征色彩，门外的世界是与门里相对立的"反世界"（антимир）。此外，小说中数次提到的法捷这位马特廖娜昔日的恋人，作家对他的外貌描述也不乏隐喻色彩，作家用更多的黑色来形容他，他的衣服、手杖、头发和胡子均为黑色，暗喻着他的本质上来自黑暗王国，"他外貌中大量的黑色显露出他的魔鬼本质"③。也正是在法捷的一再要求下，在马特廖娜活着的时候就拆掉了她的正房。小说中还描述了很多来到马特廖娜家里的人，包括穿着体面的大衣的脸上线条"刚毅"的农庄主席的妻子，来通知马特廖娜必须去集体农庄上工。马特廖娜的亲妹妹，她们称姐姐为自己的"保护人"，实际上则惦记的是她的房产。这些人均来自房子外部，对房子造成了入侵般的挤压，他们与"六百年前出现于圣谢尔吉身边的魔鬼具有本质上的类似，他们试图将圣徒从俄罗斯大地上排挤掉，使其改变自己的信仰"④。

马特廖娜与房屋中的一切已经融合为一个整体，因而房屋的拆毁便象征着马特廖娜的世界的坍塌，她赖以支撑俗世生命的精神世界的消亡。房屋的破坏者法捷丝毫不考虑马特廖娜的心理感受与精神失落，在

---

① ［俄］索尔仁尼琴：《伊凡·杰尼索维奇的一天》，斯人译，人民文学出版社 2008 年版，第 135 页。

② ［俄］索尔仁尼琴：《伊凡·杰尼索维奇的一天》，斯人译，人民文学出版社 2008 年版，第 135 页。

③ Урманов, А. В., *Творчество Александра Солженицина*, Москва：Флинта. Наука, 2009, С. 81.

④ Урманов, А. В., *Творчество Александра Солженицина*, Москва：Флинта. Наука, 2009, С. 81.

他的一再催促下,马特廖娜陷入痛苦无奈的深渊,"马特廖娜两天没合眼,下决心太不容易了"。她对一切物质的东西都不那么在乎,然而这承载着她一生的记忆的房子就要在她活着的时候被拆毁,"她在这里住了四十年了,一旦把它拆掉,她觉得太可怕了","对于马特廖娜来说,这等于整个要了她的命"①。法捷并不考虑马特廖娜还要在房子里住下去,而是"狂热地把它拆得七零八落"。法捷这一人物成为马特廖娜的镜像,并且与马特廖娜恰好相反,房屋在法捷的眼中是纯粹的物质而非某种精神的载体,"所有人都拼命干活,像疯了似的,只有想赚大钱或贪图招待的人才会这样干"②。被物质欲望左右的人们已经麻木不仁,无法意识到房屋对于马特廖娜的意义是对过去人生的记忆,对俄罗斯传统的人道主义文化精神的守护。被拆毁的房屋表现出自己可怜的受尽凌辱的面貌:"房屋本身和截短了的木板台用薄木板暂时围起来。他们在墙上留下一道道缝隙。"③ 可见,人们并不考虑寒冬这些缝隙怎么办,作家独白:"这一切都表明,拆房子的人与建房子的人不同,他们没有考虑马特廖娜还要在这里长久住下去呢。"④ 索尔仁尼琴也正是借被拆毁的房屋的形象表明失去了对古老的传统记忆的人们对和谐精神世界的破坏,这种破坏正是对于物质的无节制追求造成的。

在拉斯普京的小说中,对房屋的破坏更呈现出鲜明的人为性,破坏来自人类,是科技进步所带来的无奈之举,在万般不舍的田园生活与科技理性时代要求面前,乡村的人们似乎无法与历史的大潮抗衡。《告别马焦拉》与其续篇《火灾》中的房屋以更为残酷的方式被毁灭。马焦拉——Матёра这个名字具有母亲的涵义,用来命名一个安卡拉河上的岛屿,岛上人们世代耕种的和谐田园生活突然间就要因修建水电站而打乱了,这个岛会被水淹没,所有的房屋包括祖先的坟地都要沉入水下,马

---

① [俄]索尔仁尼琴:《伊凡·杰尼索维奇的一天》,斯人译,人民文学出版社 2008 年版,第 137 页。
② [俄]索尔仁尼琴:《伊凡·杰尼索维奇的一天》,斯人译,人民文学出版社 2008 年版,第 138 页。
③ [俄]索尔仁尼琴:《伊凡·杰尼索维奇的一天》,斯人译,人民文学出版社 2008 年版,第 137 页。
④ [俄]索尔仁尼琴:《伊凡·杰尼索维奇的一天》,斯人译,人民文学出版社 2008 年版,第 137 页。

焦拉仿佛俄罗斯的"亚特兰蒂斯",在滚滚而来的科技革命浪潮到来时注定无法逃脱悲剧性的命运。岛上的房子均要付之一炬,所有人要搬迁到别处。青年人欢迎现代的更为方便舒适的新生活的到来,而以达利娅为首的老人们则不舍世代居住的家园,怀着深深的眷恋之情告别故土,同时也告别传统的农民生活方式。她担心到了新村的楼上居住会从楼梯上摔下来,会没有地方点茶炊喝茶,自家养的鸡无处安放,由此可以感受到老一辈对新的生活方式的保守认知与年轻一代对现代化房屋的追求间的巨大差距。小说以对比的方式表达了人们对于家园即将遭到沉没的不同态度,既包含着年轻人间的对比,也有老人间的比较。对于马焦拉岛的破坏既来自外部也来自内部,外部是来自"上头"的命令,是不容置疑的斩钉截铁的且需要立即执行的行政命令,烧房者是这一命令的外部表现;内部则是岛民中对马焦拉失去感情的一部分人。持有保守主义立场的拉斯普京将这种对于土地的抛弃和家园的破坏看作是对民族之根的背弃,也是俄罗斯人与祖辈的精神联系的割裂。小说中大段的独白与心理描写均表达出作家的强烈批判思想。

《告别马焦拉》的主人公达利娅面对即将被毁掉的家园,她内心产生的是对祖辈的愧疚之情和罪感意识。"他们是会来向我问罪的。他们会问:你怎么就敢那样不负责任,心思都用到哪儿去了?……要遭大水淹,好像也是我的罪。我以后死了入土跟他们不在一块也是我的罪。"[①]达利娅记得父亲的嘱托:"要活着,要干,好使我们跟人世连得更紧,在我们曾经生活过的世界上扎下根子。"[②] 这段话从农民的朴素的世界观阐发了传统的道德观念,即不能忘掉自己的根,这也正是乡村小说作家群体创作的目标——复兴传统的价值观念。作家在叙事中采用了大量的神话诗学方式,大量充满神秘色彩的传说、预言、迷信、预兆、幻想、梦境等等与现实相互交织,构成了亦真亦幻的叙事氛围。在农村生活的现实世界中,有很多事物与房屋关联,作家在叙述到叶戈尔和娜斯塔霞搬迁中不得不丢下的农村生活家什时,毫不吝惜笔墨地列举,如数

---

① [俄]瓦·拉斯普京:《告别马焦拉》,董立武等译,外国文学出版社1999年版,第262页。
② [俄]瓦·拉斯普京:《告别马焦拉》,董立武等译,外国文学出版社1999年版,第262页。

家珍,"鸡笼、板凳、俄式炉子……这些东西都是父辈和祖辈传下来的"。在古老的神话中,茶炊被视为一个家庭重要成员甚至一家之主而成为家的象征,"自古以来,公认一家有三主:一家之长、俄式炉炕和茶炊"①,农村妇女还保持着对茶炊的尊重,因而在叶戈尔夫妇搬家时茶炊仿佛家庭成员一般要打扮得干净整洁,搬迁新居时不能像对待普通物件那样对待茶炊,不可以打包,按照古老的迷信,为求吉利,要让茶炊认得去新居的路。达利娅在坟地与祖先的对话促使她为即将被破坏的房屋送葬。在老人看来,淹没这个岛以及祖坟,无疑是在淹没她与家族的一切,是在割裂了她与祖辈的联系。因未能守住祖屋而对祖辈深深愧疚,恍惚中她感到祖先的启示,幻想中仿佛来到祖先的队列中受到严厉的审判。小说借达利娅的思考道出了一个亘古难解之谜,即人为什么活着,这个看起来充满了存在主义意识的命题在这位老妇心里似乎找到了最为浅显易懂的回答,"就为了生命,为了儿女,儿女再留下儿女"。对生命的强烈尊重与对祖先的愧疚促使达利娅决定为房屋送葬,她拖着老迈无力的身躯亲自烧石灰制作涂料将墙壁、百叶窗粉饰一新,擦拭地板、隔扇、窗台、炉炕等等,甚至不忘要用冷杉来装饰房屋的屋顶与门口。在做这一切时,老迈的达利娅已经筋疲力尽,但是她感到"有一种独立的、特殊的附加力量,输入她个人那衰弱的体力"②。这无疑是为完成祖先的叮咛而赋予自己的精神力量,它支撑着达利娅走向希望,代替世人对马焦拉所犯的罪孽寻找赎罪的希望。

　　对马焦拉的破坏中,火是作为一种魔鬼般破坏力量的形象出现的,在村中普遍的木屋中,火成为木屋的对立的甚至充满邪恶的力量吞噬一切。而唯一的能够与之抗衡的是岛上巨大的树王。人们认为,树王用根将马焦拉岛牢牢固定在安加拉河底,象征着俄罗斯民族之根,更象征着穿越历史的永恒生命,它庞大的身躯和横着伸出的枝干记载民族存在的历史,因为树王的存在,人们保持着对过去的回忆。每逢节日来临,人们给树王上供的习俗也表达了岛民最朴素的自然观和生命观。在这种源

---

① [俄]瓦·拉斯普京:《告别马焦拉》,董立武等译,外国文学出版社1999年版,第317页。

② [俄]瓦·拉斯普京:《告别马焦拉》,董立武等译,外国文学出版社1999年版,第422页。

于自然的雄伟生命力面前，人类所运用的汽油、火、斧子、油锯都甘拜下风。在凭借科技的先进而自我感觉已经成为一切主宰的人们面前，理性的"二二得四"并没有成功，树王依然屹立不倒，隐喻着自然生命力的神秘与伟大难以被理性的力量征服。除了树王，岛上多数房屋都遭遇着火的侵袭。彼得鲁哈亲手点燃自己的木屋，为了一笔钱财他毫不心疼祖先的家园，即便母亲的痛苦也无法让他回心转意。彼得鲁哈是在马焦拉岛上长大的，对这座母亲岛却没有应有的感情。来自城里的年轻人燃烧了磨坊，而磨坊在农村人的心目中是丰收的象征，是勤劳的劳动者的象征。外来人围观磨坊之火，把这火看作生命中的一场狂欢，在爬上树杈的小伙子与狗的对唱中，我们可以看到人性中恶的显现，在相应的外部条件下魔鬼的一面公开地暴露。在作家看来，这股破坏一切的恶的火焰并不仅限于马焦拉，而是在向世界蔓延，世界仿佛要被来自地狱之火吞没，"似乎这场疯狂的大火会猛然拔地而起，腾空飞去，沿着安加拉河飞行，去威吓万民，去欢庆这魔鬼的盛大喜事"[①]。

  如果说《告别马焦拉》描写的是对物质性的房屋家园的破坏，那么同时我们看到了这破坏背后所显现的是人们在精神上的衰败。离开土地的年轻一代深受科技时代思想熏陶，在狂热的"人类中心主义"的蛊惑中失去了对自然的崇敬，在向自然母亲的过度索取中忘记了自己的根基也产生于自然，正如拉斯普京在文中的一句民间俗语所言"坐在树杈上锯树杈"，谁会遭遇灭顶之灾呢？在对物质与名利的追逐中，丧失了民族文化传统，失去了扎在大地上的根，变成浮萍或蒲公英。这在村中的无业游民彼得鲁哈和达利娅的孙子安德烈形象中表现得尤为明显。彼得鲁哈代表着那些游手好闲且市侩气息浓重的年轻人，他们不愿意再为土地付出一生时间，他们到处钻营打探，目的是捞取更多好处，"过上好日子"，彼得鲁哈认为，母亲过去的生活是苦难的，因而他再也不愿扎根土地。这种观念的产生自有苏联发展过程中对农业经济过度掠夺的深刻历史根源。而安德烈则代表着新时代的年轻人，他们在时代的浪潮中深深感到人改造自然的力量之巨大，"现在是这样一个活跃的时代……

[①] ［俄］瓦·拉斯普京：《告别马焦拉》，董立武等译，外国文学出版社1999年版，第383页。

所谓一切都在运动中"。在安德烈建功立业的梦想与追求中恰恰要参与马焦拉的上游水电站的建设，也就间接参与放水淹没马焦拉，而他对马焦拉的存在无所谓的态度与达利娅形成鲜明对比。在祖孙三代人雨天谈话中，我们看到的是精神的断层所引起的互不理解的尴尬，因而这场谈话显得"离心离德"，相互无法说服，我们看到时代滚滚浪潮冲击着旧的思想，老人们所秉承的精神传统在新人看来已经过时。

二 传统文化重构的房屋意象叙事

20世纪70年代末期苏联人的生活相对富裕后房屋修建成为生活中的大事，文学作品中房屋形象的思考便成为乡村小说叙事的重要部分，从阿勃拉莫夫的四部曲中的最后一部《房子》到90年代拉斯普京的《农家木屋》，再到阿列克谢·瓦尔拉莫夫的《乡下的房子》都体现房屋形象的重建叙事，显然此时的房屋已经不再是物质空间，而是精神家园。重建房屋无疑是在走向精神家园的重构，是对俄罗斯传统文化的挽留。苏联解体造成的信仰真空、道德失范与社会混乱促使有良知的知识分子试图回归土地来汲取精神力量，重建俄罗斯文化的精神家园。

阿勃拉莫夫曾号召自己的同乡们回归祖辈的家园，四部曲《普利亚斯林一家》中的第四部作品《房子》中就描述了普里亚斯林兄弟姐妹们在新的社会条件下的房屋。米哈伊尔、丽扎和老宅的命运是小说的核心。他们周围还有很多村民都在为建房和拆房而奔走、争吵，表面看来人们重建的是物质上的房屋，而本质上则在建设的是精神之屋，是人们的精神生活赖以栖居的家园。这些房屋既建在土地上，也建在人们的心灵间。别卡申诺村在70年代得到了重建与翻新，人们的生活富裕起来，在这一片秩序井然的富足中，村民的文化与精神生活则陷入低谷，人们不再关心心灵的问题，村庄里的人们也没有了当初的劳动热情，按维克托·罗佐夫的话来说是"吃饱的考验"[①]，人们面前的是一盘散沙样的集体农庄。米哈伊尔到城里的妹妹家里做客，妹妹家的阔气的房子让人

---

① Лейдерман, Н. Л., Липовецкий, М. Н., *Современная русская литература：1950—1990-е годы*，Москва：академия，2003，С.19.

产生了仿佛进入了共产主义的感觉。米哈伊尔也盖了新房子，对生活心满意足。在普里亚斯林的兄弟姐妹中只有丽扎还在坚持着昔日的风俗，她却无力保护父辈的老宅。在六个兄弟姐妹中，有四个都住在城里，过上了城市生活，兄弟姐妹间的过去的亲情变淡了。当兄弟姐妹回到曾经居住过的父母之家时，回忆过去与拜祭父母先祖的墓地让他们意识到了自己的生活的根基就在这里，每个人都似有所悟。《房子》这部小说向人们提出了在社会发展中的个人与国家之间的关系问题，即是否可以在不关心个人的情形下建设国家，以及是否可以在中断和国家与社会这个大家庭的联系的情况下建设自己的小家。① 《房子》是一部发人深省的社会哲理小说，深入反思了苏联农村面临的问题，以房屋建设为表象，引申了农民精神世界所遭遇的破坏，可以认为，阿勃拉莫夫比别的作家更早发现了农村原有精神性的丢失："拥有几千年历史的旧农村今天已经不存在了。而这意味着——几百年来的习俗被毁掉了，那几百年来的土壤正在消失，就在这些土壤上形成了我们的民族文化：文化伦理与美学，民俗与文学，神奇的语言。"② 这种破坏的因素来自多个方面，既有来自国家政权政策的，也有来自民族心理的。阿勃拉莫夫认为造成这些后果的因素是"不守法纪、知识分子消失、缺乏教养、民众社会思维不发达和统治集团的自私，以片面解释和口号式宣传代替文明与文化，装腔作势与虚与委蛇代替劳动与才华优势，于是产生了后果——酗酒、淡漠、智力休眠、心肠变硬"③。恰恰来自对物质欲望的渴求，正如小说主人公米哈伊尔所说："别卡申诺的生活已经几十年沿着这条平坦的轨道前进啦。挣钱，把家里塞得满满的，购置摩托车，安排好孩子，当然还有喝光酒……勤快人们还要什么呢？"阿勃拉莫夫号召同乡们回归农民祖辈建起的农村，他将农民世界的复兴与人民精神的复活、重建房子与罗斯的复兴联系起来，认为重建房屋意味着重建罗斯，也意味着以

---

① Российская Академия наук Институт русской литературы, *Русская литература XX века Там 1*, Москва: изд. Олма-Пресс Инвест, 2005, С. 9.
② Абрамов, Ф. А., *Я пишу о Севере, Собранное сочинение в 6-х томах（Том 5）*, СПб.: Худ. литература, 1993, С. 10.
③ Абрамов, Ф. А., *Я пишу о Севере, Собранное сочинение в 6-х томах（Том 5）*, СПб.: Худ. литература, 1993, С. 11.

理性智慧、善和人们间的和谐之道德律令重建生活。

到了20世纪90年代，乡村小说中房屋意象仍是作家笔下的重要形象，所不同的是，作家面对的是苏联的解体与改革的混乱，拉斯普京写于20世纪90年代末的短篇小说《农家木屋》便是以农村的整体搬迁合并为背景的重建家园主题。主人公阿加菲娅虽然是孤单瘦弱的女人，却下决心要将老屋搬迁到新村去，阿加菲娅的木屋所在的村庄已经有250多年的历史，过去木屋里的生活回忆时刻温暖着她，父辈留在木屋里的故事仿佛还在耳边回荡，可见农家木屋已经超越自身空间意义，化身为家园情结成为支撑阿加菲娅的精神支柱，房屋的重建在后苏联时代也获得了更深层次的象征性——俄罗斯的重建。作家不厌其烦地描述阿加菲娅独自建造木屋的艰难过程，也正是依靠这个重建的过程，阿加菲娅把自己与祖先的精神融为一体，她感受到逝去的亲人似乎就在身边，在冬季的暴风雪来临之际，她对着窗子自然地说："你别害怕，妈妈，我来得及，我能行。"①阿加菲娅自己造好了木屋，她用虔诚的劳动赋予了木屋以灵魂，她认为："如今，我就是家神。"②小说中加入神话元素，梦境与幻觉、拟人等手法进一步强化了木屋的审美内涵。阿加菲娅死后木屋似乎获得了阿加菲娅的精神，尽管忧伤却还像从前一样僵立在那里。木屋是阿加菲娅这样的圣徒为人们构建的传统的精神财富。

新生代作家瓦尔拉莫夫在20—21世纪之交关注20世纪60—80年代的乡村小说的传统，《乡间的房子》是运用象征性笔法对农村主题的叙事。③作家以新根基主义思想呼唤人们关注行将消失的农村，关注那些保存俄罗斯传统的人们。瓦尔拉莫夫从思想上继承了陀思妥耶夫斯基思想中突出的"人民性"，从新的角度提出了"上层"与"下层"的和

---

① ［俄］瓦·拉斯普京：《幻象》，任光宣、刘文飞译，人民文学出版社2004年版，第353页。

② ［俄］瓦·拉斯普京：《幻象》，任光宣、刘文飞译，人民文学出版社2004年版，第353页。

③ Вильховский, И. И., "Повесть А. Н. Варламова «Дом в деревне»: особенности художественного осмысления основ национального бытия в русской реалистической прозе конца XX в", Язык. Культура. Коммуникации, 2016, No2//https://journals.susu.ru/lcc/article/view/372/524.

解，认为城市与乡村的敌对更进一步造成了乡村的凋敝与落后，对苏联时期的集体农庄进行反思的同时讴歌了农民智慧、乡村自然之美、民间情感的质朴。与以往的乡村小说作品不同的是，瓦尔拉莫夫并没有将乡村生活与农民理想化，而是真实描写文化上的落后造成的农民的愚昧，展现俄罗斯民族性格中野蛮、极端化的特点。小说从莫斯科作家的"我"在荒僻的北方购买木屋开始，最后因盖农村澡堂与农民产生误会而结束乡下生活。小说的结构象征知识分子怀着对人民的理想憧憬与爱而来，而在乡村里的各种经历则迫使他意识到自己永远只能是"外人"，无法真正融入农民生活，更无法扭转农村消亡的趋势。作家在村中的一切活动都围绕着房子这个中心展开，可以说是房屋意象的心灵故事（小说的副标题又称心灵的故事）。瓦尔拉莫夫不厌其烦地列举农村木屋里原有的生活用具：老式织布机、酿啤酒的器具、做鞋用的楦头等等几十种物件，有些根本叫不出名字的东西，"我"置身于其中，对这些用具充满好奇，"就像考古学家站在被发掘出的古代文明的废墟上一样"，这些农村器具充分展现了自给自足的农村生活场景，也同时映照出古老农村的与现代城市文化间巨大的差异。因为修理木屋使"我"与瓦夏爷爷、娜佳奶奶成为亲密的忘年交，"我"在乡下购买房子并且居住的初衷是寻觅可以让心灵平静思考之地，购买木屋也与父亲的思想有千丝万缕的关联。与瓦夏爷爷的相遇更使"我"常常想起自己的父亲，虽然他们从未谋面，一个是莫斯科的高级知识分子，为真理报检查稿件，另一个则是久居乡下、只有小学文化却热爱俄罗斯、关心国家发展的农民，但是他们却在精神上表现出共性，"生活都没能把这两个人压倒，没能使他们堕落，也没能迫使他们背叛信仰的东西"，"同样这生活也在某个重要的方面把这两个人搜刮空了"[①]。父亲的思想促使作家希望能够进一步了解与接近这些农民。作家甚至进一步认为，父亲虽然死于白血病，但真正的死因是对现实的绝望，思想不再被需要导致父亲选择了死亡。在作家看来，父亲如果了解到自己的思想恰是瓦夏爷爷能够接受的，"如果我的父亲和瓦夏爷爷能够见面，能够在他们年迈时好好谈谈，

---

① ［俄］瓦尔拉莫夫：《乡间的房子》，余一中译，《生——瓦尔拉莫夫小说集》，外国文学出版社 2002 年版，第 127 页。

那么父亲大概不会急着这么快地离开我们,并且会换一种眼光看待生活"①。"我"仿佛在瓦夏爷爷上找到了"血缘般"的关系,这种联系建立了瓦夏爷爷、父亲和作者"我"间的代际关系。父亲与我代表着不同时代的知识精英,瓦夏爷爷则代表了亘古不变的农民阶层。在此知识分子与农民的联系真正的建立似乎就在小说中"我"回到村中居住,并向农民学习的过程中,陀思妥耶夫斯基的和解思想跨越时代复活了,"我"在村中居住仿佛回归了父辈的精神家园。"我"虽然被村里有头有脸的地位高者迎为上宾,却不愿与之为伍。"我"喜欢与老人们在一起喝茶聊天,与年轻人则无话可说,我更愿意同老人妞拉去采蘑菇浆果,在这些饱受生活苦难折磨却仍然乐观豁达、超乎常人忍耐的老人那里,"我"的精神大为震动,"妞拉身上有种令人惊奇的生命力与坚强,这些在我们身上是没有的"②。在反思苏联的历史中"我"把妞拉与俄罗斯联系起来,认为俄罗斯也是坚强地忍耐了无数灾难,但是如同妞拉一样,俄罗斯也具有顽强的生命力。"我"将牵挂与同情之爱寄于这个荒僻的乡村、乡村的山水与善良可爱的村民,"我看着她们,心里想,这就是我的人民——受尽了折磨,受尽了屈辱,受尽了抢掠,然后被国家和教会扔到一旁听天由命的人民"③。甚至希望自己可以在死后长眠于此。改革使农村快速地改变了,国家加快的农村合并与城市化进程促使乡村人口快速缩减,年轻人不愿回家,乡村被遗忘了,作家在小说中随处可见的插笔使小说染上感伤的色彩:"如果这些村庄干脆消失、死掉,不再用他们无声的责备使任何人厌烦,政权就会感到格外轻松。"④ 小说中的房屋形象还与其周围的大自然紧密相连,"我"对村庄周围的湖泊、河流、森林了如指掌,了解程度甚至使当地村民感到吃惊,在作家对自然美景的细致描摹中可以看到对俄罗斯文学经典的传承,即以描写自然

---

① [俄]瓦尔拉莫夫:《乡间的房子》,余一中译,《生——瓦尔拉莫夫小说集》,外国文学出版社2002年版,第129页。

② [俄]瓦尔拉莫夫:《乡间的房子》,余一中译,《生——瓦尔拉莫夫小说集》,外国文学出版社2002年版,第165页。

③ [俄]瓦尔拉莫夫:《乡间的房子》,余一中译,《生——瓦尔拉莫夫小说集》,外国文学出版社2002年版,第137页。

④ [俄]瓦尔拉莫夫:《乡间的房子》,余一中译,《生——瓦尔拉莫夫小说集》,外国文学出版社2002年版,第155页。

作为叙述民族性的开端，这些自然风景几乎童话般传递"俄罗斯心灵"[①]之美。在对秋诺泽罗湖的描写中"我"将自己的命运与湖泊的存在联系起来，对大湖的每一次的造访就是"我"的人生大事的汇报。主人公试图将自己的命运与这个远离莫斯科的小村庄合并起来，"我"已经从内心深处将自己的新房子或新家置于人民的生活之间，房屋与景色的描述密切相关。对房屋的建造者的回忆更进一步强调了过去的历史、代际的联系，对于理解民族存在的根基来说尤为重要。因而房屋作为一个联系的媒介成为历史的见证。也正是这些对过去回忆，瓦尔拉莫夫如同拉斯普京等乡村小说作家一样，关注到农村的人们还没有失去与自己民族根基的联系与祖辈的记忆。

然而，当精神的满足与现实的残酷遭遇时，精神世界也变得不堪一击。村里人根深蒂固的对外来者知识分子的怀疑暴露了多年形成的城乡对立积弊，对农民来说，城市人永远是他者，是无法真正融入农民生活中的异质。小说中表现出乡下人对城市人的仇视从侧面说明农民世界的狭隘落后，也折射出从历史深处走来的农民一再被掠夺与伤害的面貌，而如今不再被需要的农村则承受被抛弃的命运。因为"我"为了修建浴室弄到几块砖头而产生了与村民的嫌隙，继而面临尴尬处境，"我"的好心与村民的狭隘之间仿佛是一道永远也无法越过的鸿沟，这是俄罗斯知识分子与村民间很难跨越的文化鸿沟，村中不断发生的灾难事件最终将"我"推离了寻觅很久的"故乡"家园。主人公或许只能在精神世界中才能回归真正的家园。

从《房子》、《农家木屋》到《乡间的房子》近20年的历史进程，苏联与俄罗斯已经发生翻天覆地的变化，作家借助房屋意象的叙事寻觅与构建精神家园，也正是这融入血脉之中的复兴农村故园的家国情怀是维系俄罗斯走向复兴的希望。

[①] Вильховский, И. И., "Повесть А. Н. Варламова «Дом в деревне»: особенности художественного осмысления основ национального бытия в русской реалистической прозе конца XX в.", *Язык. Культура. Коммуникации*, 2016, №2//https：//journals.susu.ru/lcc/article/view/372/524.

第 四 章

乡村小说中的零聚焦叙事向内聚焦叙事演变

热拉尔·热奈特在《叙事话语》中根据叙述者与人物的关系提出了三种聚焦，分别为零聚焦、内聚焦和外聚焦。零聚焦指全知全能的叙事，叙述者大于人物。内聚焦指叙述者仅说出作品中某一个人物的所知信息，叙述者等于人物。外聚焦则指叙述者比人物所知信息要少，叙述者小于人物。从叙事角度来看，相比20世纪50年代的农村题材作品而言，苏联20世纪60年代的文学作品中，多种叙事视角杂糅现象逐渐兴起，70—80年代的乡村小说大量展现内聚焦叙事特点，这种趋势也延续到苏联解体后的传统派的创作，成为不容忽视的叙事特色之一。

第一节　内聚焦叙事的产生

20世纪60年代乡村小说内聚焦叙事兴起是伴随着苏联文坛历史沿革发生的，白银时代初露端倪的多种叙事聚焦因苏联文学的一元化叙事方式的出现而中断。文学解冻时代来临后，苏联文坛再度重视文学艺术性的表达，内聚焦叙事在这样文坛语境中应运而生。

一　俄国文学史上零聚焦叙事传统与内聚焦叙事的转换

在欧洲文学中，早在19世纪就已经提出了"作者退场"的主张，作家开始排斥全知视角的叙事方式，20世纪作家更为积极倡导

"内视点"①叙事。俄罗斯文学则与西方文学在叙事上走了不同的发展道路。19世纪俄罗斯现实主义文学大多采用全知视角叙事，即零聚焦叙事。这种叙事策略的选择由作家创作目的决定。在全知视角叙事中，叙述者是无所不知的，因而凌驾于作品之上，其作用是把握全局，在必要的时候可以随时对作品中人物的思想行为进行评判与解释。这种传统写作中作者介入颇多，更有利于作家在作品中表达自己的批判性思想，在俄国19世纪的批判现实主义文学中表现尤其明显，如托尔斯泰的小说常常出现直抒胸臆的议论便是鲜明例证。正是因为经典作家的创作影响，零聚焦叙事一直被现实主义文学奉为圭臬。俄罗斯文学的白银时代以诗歌勃兴引起了散文、戏剧、音乐、绘画等等文学艺术领域的深刻变革，创新思潮几乎覆盖了文学艺术所有领域。别尔嘉耶夫认为，白银时代是俄罗斯的精神复兴或者文艺复兴，"这个时代之前是十九世纪俄罗斯古典文化（以理性主义、实证主义哲学为主导）和文学（以现实主义为主流）时代"②，白银时代的来临开启了俄罗斯现代主义文学的大潮，各种现代主义思潮先后崛起的同时，老一辈现实主义作家的创作仍在持续，新一代的现实主义作家走进文坛，"非现代主义思潮、流派和作家，与同时期的现代主义并驾齐驱"③。作家的创作受到时代影响，传统的现实主义文学与现代主义碰撞交融中形成了新现实主义，从叙事手法来看，原有的现实主义写作中融入了现代主义元素，如布宁中短篇小说、高尔基的三部曲、库普林的短篇小说、谢拉皮翁兄弟等作家的创作中都不同程度地展现出时代赋予的美学与诗学特点，作家在叙述视角上的变化作为艺术实验创新手段备受瞩目，应该说，此时期创作已经出现一定程度的内聚焦叙事。

二 苏联时期文学零聚焦与内聚焦叙事的转换

伴随着苏联的建立，苏联政权关注文艺的发展并在20世纪30年代

---

① 石南征：《明日观花——七八十年代苏联小说形式、风格问题》，社会科学文献出版社2007年版，第30页。
② 汪介之：《远逝的光华》，福建教育出版社2015年版，第4页。
③ 汪介之：《远逝的光华》，福建教育出版社2015年版，第5页。

初期确定了统一的创作思想——社会主义现实主义。全知视角的叙事长期以来作为主要的苏联文学创作角度，有其历史的必然性。苏联与西方在意识形态上的对抗也反映在文学领域，西方所倡导的现代主义写作恰好是苏联所抗拒的。年轻的苏联文学从诞生开始，就以文学的任务是教育民众为文艺目的，文学作品多以歌颂社会主义的优越、新的生活、新的英雄人物等题材为中心，反映历史发展进程的宏大叙事作品要求全知视角的写作方式，这种方式有利于更为直接地表现作家思想，作家作为叙述者成为社会思想的代言人，而"个人心理经验为基础的内视点则容易招致嫌疑"①。全知叙事视角服务于社会主义现实主义创作方式，在文坛占据主流地位，与此同时，虽然有一些自传性作品从第一人称叙事角度表现了心理的内视性，但此时期的文学更多重视文学的思想价值与教育功能，为此而引入的史诗性宏阔叙事便难以展开，所以第一人称叙事往往也会自觉或不自觉地向全知叙事靠拢。这种全知视角叙事统领文坛的局面持续到50年代。乡村小说的前期作品主要以暴露农村问题的奥维奇金流派的创作为主，叙事更多采用零聚焦，作家们不再将农民生活理想化，而是真实描述农民在战后重建过程中的贫困生活、不合理的农村政策、官僚主义与腐败横生的官场状况、主客观原因给农业生产造成的损失等。这种揭露性的文学描写对象往往是农庄主席、区委书记等基层领导人，揭露他们在解决农业问题过程中出现的种种问题，关注的重点则是对农村问题的解决方式等，较少对人物内心的思想状况的深入透视，有时仅限于故事情节的简单勾勒。在叙事中运用零聚焦叙事以全知全能的视角总揽全局，能够更有利于呈现问题及对问题的处理，这一类的作品又被称为"问题小说"或"农村特写"，如《区里的日常生活》《一个农艺师的札记》《杠杆》《伊万·楚普霍夫的堕落》等。50年代中后期到60年代乡村小说逐步兴起，此时作家的创作不再满足于仅仅暴露农村问题及寻求解决的途径，将描写的重点转移到对农民心理、农村文化、农民个人与集体的关系等等深层次的社会问题，将这些矛盾放置于国家层面来观察与思考。50年代已经发生了对全知视点叙事的质疑

---

① 石南征：《明日观花——七八十年代苏联小说形式、风格问题》，社会科学文献出版社2007年版，第30页。

以及对内聚焦叙事的探索性创作,"创作界开始越来越多地把目光投向内视点叙述方式"[①],最具代表性的是内聚焦叙事作品《一个人的遭遇》。该时期苏联文坛对30—50年代所奉行的社会主义现实主义的文学术语展开了讨论,作家们反省读者已经厌倦文学充当宣传工具的现实,西蒙诺夫在1956年提出,如果把社会主义现实主义作为文学创作的方法,则"限制了艺术家各种不同风格的可能性"[②],更多的作家在讨论中坚持认为,艺术方法不应该在写作前规定而是形成于写作过程中。此间文坛对于创作方法的讨论一直没有明确的结论,但是已经开始强调关注作品的艺术性,减少作品政治宣传的意识形态色彩,如1959年苏联第三次作家代表大会展开对苏联社会主义现实主义创作的深入讨论。索尔仁尼琴的小说《马特廖娜的家》是乡村小说的开创性作品之一,具有明显的自传性,小说的叙事角度便呈现内聚焦叙事色彩。70—80年代,内聚焦叙事被更多的乡村小说作家所接受,成为一种创新叙事方式,其中第一人称与第三人称的叙事尤其运用广泛。

第二节 第一人称叙事:从展现事件到内心独白

一 第一人称叙事特色

乡村小说的第一人称叙事与以往的零聚焦叙事相比,一方面,从功能上强化了对真实情形的主观判断,故事的可靠性似乎因第一人称叙事而增强;另一方面,第一人称叙事运用内心独白表现叙述者心理,将内心复杂多变的情感纤毫毕现呈现于读者面前。第一人称叙事具有悠久的历史,在18世纪的欧洲文学中早已开始运用这种叙事视角,普遍认为,这种叙事可以表现更大的真实感以及更有效地揭示人物的内心活动。苏联20世纪五六十年代的乡村小说中已经开始了第一人称叙事的探索,

---

① 石南征:《明日观花——七八十年代苏联小说形式、风格问题》,社会科学文献出版社2007年版,第32页。

② 吴元迈、邓蜀平:《五六十年代的苏联文学》,外语教学与研究出版社1984年版,第43页。

一方面反映出创作界一定程度上放弃以往全知型叙事的尝试,另一方面也表现出作家们寻求展示人物的内心状况的途径。在自传性作品中,选择第一人称叙事是具有某种"强制性"的,但第一人称叙事并非完全等于内视点叙事,因为"第一人称叙事可以包括很多视点类型,但是它与内视点的关系最近"。① 60 年代的乡村小说作品中,第一人称的叙事视角往往并非通达整篇小说,表现为较为明显的片段性,与其他视角混合形成多层视角叙事的结构。索尔仁尼琴 60 年代的小说《马特廖娜的家》通篇由一个叙述者"我"来讲述马特廖娜家里发生的故事,故事内容都是由通过叙述者的观察与从别人那里得到的信息构成,"我"作为故事的参与者与主人公马特廖娜同处于故事之中,因而叙述者并非从外部聚焦而是从内部叙述与感知,构成与全知叙事相对立的内聚焦叙事。第一人称的叙事视角策略的选择为小说赢得了故事的真实感,同时突出了作者内心独白,着墨并不太多的独白性议论成为小说的点睛之笔,引导读者对生活琐事的沉思,提升了作品的思想内涵与美学价值。

　　第一人称叙事的内聚焦叙事与全知型零聚焦叙事有多方面的差别,其中首要的差别在于零聚焦叙事者与作品中人物往往没有关联,他们存在于两个不同的世界,而第一人称的内聚焦叙事者则往往是故事的参与者或叙述者,他往往参与故事的过程中,因而他所述具有较强的可信度。零聚焦叙事的叙事者是无所不知的,他可以随意进入任何一个人物的世界感知一切,不受束缚地了解任何历史时间与空间中的一切信息,另外叙事者也不会与故事中人物有任何的接触互动,更无法与人物对话,只能是旁观者。第一人称的内聚焦叙事中叙述者则往往进入故事情节,充当某一角色,有时成为故事的主人公,有时并非故事的主人公,却在切近的距离对主人公进行观察,其所得信息均来自观察所得或来自故事中人物的讲述。这种叙事视角拉近了叙述者与人物的关系,叙述者所知道的信息往往少于人物。这种近距离的观察与感受大幅度提高了作品所述故事的真实性,使人读来具有较高的可信度,易引起读者的共鸣,这也正是零聚焦叙事与内聚焦叙事在艺术表现上的差别。《马特廖

---

①　石南征:《明日观花——七八十年代苏联小说形式、风格问题》,社会科学文献出版社 2007 年版,第 32 页。

娜的家》中，叙述者"我"回忆曾经居住过的俄罗斯腹地的一段经历，构成第一人称的事后叙事。"我"以一名教师的身份租住在马特廖娜家中，从而得以近距离观察马特廖娜的生活，而叙述者"我"的特殊经历与马特廖娜的迥异于其他村民的人生际遇构成了一个特殊的精神场域。"我"真实感受到来自马特廖娜心灵深处的圣徒精神的影响，而这种影响也仅仅是作为叙述者的"我"能够感受到的，对于同在故事中的其他村民来说，它几乎荡然无存。这种感受正是借助于第一人称叙事视角得以实现。故事中的"我"在经历了十年的牢狱之苦后孑然一身，试图隐姓埋名寻觅到一个真正的俄罗斯的地方居住，"我"希望远离现代文明，因而要远离铁路与无线电广播，"幻想到俄罗斯一个幽静角落的愿望"①使"我"来到塔里诺沃村，这个具有悠久历史的古老村落正是"我"寻觅的地道的俄罗斯。文中并没有立刻交代"我"为什么一定要如此选择——远离大城市居住偏僻的农村，而是通过"我"租住马特廖娜的房屋及从马特廖娜家日常生活的细节中逐渐透露信息，从而回答读者的疑问。这种叙事方式具有引人入胜的艺术效果，同时也营造真实的氛围。第一人称的叙事不可避免造成的信息空白，在制造悬念的同时也激发读者的想象，从而参与故事解读，引导读者自己寻找结论。作家在文本中以这种方式创造真实的生活，因为小说中对于马特廖娜的生活细节的展示往往非常客观，通过"我"这个有限视角的叙述者观察，将其生活中的点滴细节以中立的方式推出，读者看到的便是马特廖娜真实的生活。通过"我"的视角，读者得知马特廖娜每天都要干很多农活，农庄主席老婆严厉地命令马特廖娜到集体农庄做并非她分内活计；了解到马特廖娜分文不取帮助女邻居收获土豆，生病时孤苦伶仃不吃不喝，以及她用自己舍不得吃的昂贵食物慷慨招待雇工；同时马特廖娜的言语也使"我"感受到她的传统信仰、对科技时代到来的抵触、对俄罗斯民族音乐的热爱等等，借助"我"的观察与感受使马特廖娜的农民形象与其折射的精神跃然纸上。小说中提到马特廖娜为了养老金而四处奔忙而常常碰壁，"我"只是用"马特廖娜遇到许多倒霉事"及"不公平的事"作

---

① [俄]索尔仁尼琴:《伊凡杰尼索维奇的一天》，斯人等译，人民文学出版社2008年版，第117页。

为平淡简洁的评价,其后便历数自己观察所得到的信息,如马特廖娜如何去办理自己的养老金:"她花两个月的时间从一个机关跑到另一个机关,不是为了一个句点,就是为了一个逗号。每跑一趟就得花上一天。……于是第二天再跑一趟。……第三天还得跑。而第四天还得去。"① 作家以这种近似白描的方式展现马特廖娜生活中遇到的备受屈辱的不平对待,但并没有对其发表任何议论,作家试图展现的只是事实,而不愿把主观想法透露给读者,来左右读者的看法,这是第一人称叙事这样有限的视点能够带给文本的真实性特点。对于事件的过多议论与评价会突出作者声音,从而在一定程度上冲淡读者的真实感。笔者认为,索尔仁尼琴采用的第一人称叙事是在竭力以真实感证明在俄罗斯农村中尚存马特廖娜般的农民,她们仍在保持的传统俄罗斯精神是村庄、城市乃至世界存在之根基。

二 第一人称叙事的内心独白

内心独白是第一人称叙事中的不可或缺的部分,作者借助这一部分抒发心曲,构成文本中画龙点睛之处,从而提升这个小说的思想境界。内心独白作为作者声音的表达,借助人物棱镜表达自我主体意识②,使读者深入领会到小说的内蕴。乡村小说多选取农民生活中的琐细小事为对象,并不关注表层的社会现实,更注重对农民世界观中传统精神道德的挖掘。强调对农民生活的"深刻的体验和顿悟"③,而这种内心的思想活动则很难依靠全知视角呈现,内视化倾向的表达更为突出与直接的方式表现为叙述的独白性。在《马特廖娜的家》中,内心独白所占比例并不很多,篇幅不长,短小精干的语句却是作家立场的表达,事件的叙述达到一定节点时往往会出现内心独白语句。这些语句并非仅仅是作者

---

① [俄]索尔仁尼琴:《伊凡·杰尼索维奇的一天》,斯人等译,人民文学出版社2008年版,第123页。
② Кожин, А. Н., *Введение в теорию художественной речи*, Москва: Наука, 2013, C. 159.
③ 石南征:《明日观花——七八十年代苏联小说形式、风格问题》,社会科学文献出版社2007年版,第52页。

内心情感的表达，还蕴含作家深刻的思考、对可憎现实与人物的极尽嘲讽、对生活本质的哲理提炼，因而隐藏丰富的俄罗斯文化精神内涵。"我"的工作最初安排的地点在高田，作家由衷赞叹："光听这名字就够让人开心的了。"后来看到高田的美景，满意的心态跃然纸上："能在高田这个地方过一辈子，死也不枉人生一世了。"[①] 然而"我"最终还是离开高田另择去处，原因是"这个地方不生产面包。任何吃的东西都不卖"，可见这里并非是"我"要寻觅的理想俄罗斯的地方，因为"我"要去的是俄罗斯的深处，要去寻觅包含俄罗斯古老的传统民风与伦理道德的精神家园，而高田则隐喻着远离世俗生活的天堂般的美景之地，这里是很难感受到真实的俄罗斯生活的。"我"的饭食都是由马特廖娜做好，面对并不卫生的寒酸饭食，"我"抒发自己的人生观："人生的意义不在于饮食。"[②] 在"我"工作时，总是听到老鼠与蟑螂发出的海涛般的哗哗声，然而我对这些令人讨厌的东西的态度却是："这声音没有任何恶意，也没有什么虚假的东西。"[③] 作家借助这些独白表达的是心灵深处的对生活和世界的看法，看似平常的生活细节经过这种独白话语的点睛之笔，带来了富有深刻哲理内涵的思考，因为对于一位曾被拘禁十年的知识分子来说，社会中的"恶意"与"虚假"是要比那些害虫更令人生厌的毒瘤，由此我们窥探到作家内心对人与人间真诚与善意的渴望，对摒弃物欲的崇尚精神追求的向往。可以说，正是这种独白话语增强了内视性的倾向与艺术效果。

类似的第一人称内聚焦叙事作品在70—80年代的乡村小说中开始大量出现，如《我的生活》（1974）、《初嫁》（1978）、《六十只蜡烛》（1980），后苏联时期瓦尔拉莫夫的《乡间的房子》中同样采用第一人称的内聚焦叙事。这些作品中，叙述者作为其中的人物闪现于作品中，同

[①] ［俄］索尔仁尼琴：《伊凡·杰尼索维奇的一天》，斯人等译，人民文学出版社2008年版，第116页。

[②] 石南征：《明日观花——七八十年代苏联小说形式、风格问题》，社会科学文献出版社2007年版，第122页。

[③] 石南征：《明日观花——七八十年代苏联小说形式、风格问题》，社会科学文献出版社2007年版，第120页。

时强化的叙述者的内心表现,他成为"一切感觉的主体"[①],因而更有益于真实揭示人物的内心动态及增强对现实问题的思考。

第三节　第三人称有限视角叙事

20世纪70年代乡村小说进入繁荣时期后,第三人称的有限视角叙事大量增多,在作品中表现为第三人称有限叙事与多种人称叙事的融合,其丰富的叙事视角为揭示农民的丰富内心世界提供了可能,对当时更为复杂的农村现实问题进行深入道德思考与哲理探究提供了多维的视角。

一　第三人称内聚焦叙事的哲理探索

乡村小说由对农村问题的批判和揭露转向对俄罗斯民族传统文化的探究。乡村小说作家认为,农村是俄罗斯民族文化的发源地,在日益现代化的城市发展背景中,农村和农民中还保有俄罗斯的传统文化,因而作家关注的焦点转向农村的农民,力图全面展示农民心理与精神追求。60—70年代是苏联科学技术革命和社会经济改革的转型阶段,大规模的城市化促使自然形成的原始村落发生了人为的合并,一些农村甚至整村消失,科技革命促进了农民生活水平的提高,同时也带来了大量的社会问题。该时期的大量乡村小说作品深入探索在社会转型过程中农民的心路历程,以及人与人、人与自然如何保持和谐发展的道德问题,在对农业集体化的错误进行反思的基础上也对人的存在进行哲理性思考。70年代的代表性乡村小说创作有:《最后的期限》(拉斯普京,1970)、《前夜》(别洛夫,1972)、《活下去,并且要记住》(拉斯普京,1974)、《告别马焦拉》(拉斯普京,1976)、《鱼王》(阿斯塔菲耶夫,1976)、《农夫与农妇们》(莫扎耶夫,1976)、《房子》(阿勃拉莫夫,1978)、

[①] [法]热拉尔·热奈特:《叙事话语　新叙事话语》,王文融译,中国社会科学出版社1990年版,第234页。

以及舒克申的短篇小说,这些作品关注传统文明与现代科技碰撞中农民的生活,突出表现农民对传统道德与文化的守护,以及在古老文明即将失去和现代文明备受推崇的两难选择间复杂的心路历程。因而70年代的乡村小说在哲学与美学领域具有更深入的探索,其叙事手法也更趋多样化,叙事的视角也更趋丰富。多视角叙事展现内心世界的多重结构,表现情感的复杂性。20世纪70年代苏联文学中第三人称视角成为常见叙事方式,它并非全知视角,而是一种有限的内聚焦叙事。第三人称内聚焦叙事借助作品中人物的视角观察生活情境,增强情节的真实感与事件的可信度,创新了看待世界的角度,因而强化艺术美感。作品中人物心理状态可以借助这个视角以内心独白等方式予以展现,人物的思想与情绪均易获得读者接受,引导读者深入思考作品的内涵。

二 拉斯普京小说的第三人称内聚焦叙事

在拉斯普京的小说《活下去,并且要记住》和《告别马焦拉》中第三人称内聚焦叙事的出现较以前的作品大幅度增加,重点表现为《活下去,并且要记住》中的不定内视点与《告别马焦拉》中的内心独白与全知叙事的灵活转化。19世纪的俄罗斯文学中第三人称的内聚焦叙事已经有所运用,但是具有史诗性叙事传统的经典文学中,这种叙事方式往往仅出现于大量的全知叙事之中,"处于散乱的片段状态,并缺乏严格的形态"[①]。在现代主义文学兴起的白银时代,内视化的叙事增多,直接展示人物内心状态的叙事有助于描述意识的散乱、跳跃,从而更真实描述人物的心理状态。正是因为具有第三人称叙事的传统,在20世纪70年代该视角获得了较大程度的发展,尤其在乡村小说创作中,第三人称的内聚焦叙事"对题材的新的思索,对人物和事件的新的构想"[②]均具有重要的作用。

《活下去,并且要记住》中,拉斯普京主要运用第三人称内聚焦叙

[①] 石南征:《明日观花——七八十年代苏联小说形式、风格问题》,社会科学文献出版社2007年版,第75页。

[②] 石南征:《明日观花——七八十年代苏联小说形式、风格问题》,社会科学文献出版社2007年版,第86页。

事从妻子纳斯焦娜和丈夫安德烈两个人的视点转换构成小说的主体。过去的农村题材作品中更多的是对农民的理想人物形象的描写，往往通过对比的方式突出典型人物的典型形象，其中不乏政治性口号，人物的道德品质评价等，这一描写模式往往确定为全知外聚焦叙事，外聚焦叙事能够全面突出主人公形象的高大，有利于讴歌英雄形象。拉斯普京打破了以往对人物形象的简单化和理想化叙述，作品中所塑造的人物均善恶交织，美德与恶行并置，往往善与恶的转换仅在一念之间，体现了人物心理的变化多端、人性的复杂和人的心态的非理性特点。作家之所以采取内视点叙事，作家寄希望于读者对作品的理解，通过内聚焦叙事揭示人物心理，读者直面人物的内心，生动而隐秘的内心世界袒露于读者面前时，艺术性增强，具有强烈的震撼力与感染力。如在《活下去，并且要记住》中作家的善恶观与过去的文学有明显的不同：善恶均有因，世间没有绝对的善与恶，当恶获得忏悔，则可获得宽恕。在《活下去，并且要记住》中纳斯焦娜的第三人称叙事最多，分别出现在第1、3、5、6、7、9、11、17、19、22节，安德烈的第三人称叙事虽然数量较少，但几乎与纳斯焦娜的叙事交替出现，在第4、6、8、12、13、15节，在纳斯焦娜死后，叙事视点改为全知叙事。不定内视点促使情节在两个主要人物的视角转换中得到推进，从而使读者获得了直接面对故事人物和情节的逼真感受，读者仿佛通过这些第三人称叙事者窥见人物的心理活动的细微变化，这是全知型叙事无法给予的。在交替的视点中，安德烈形象在纳斯焦娜形象之后出现，可以说安德烈形象是对纳斯焦娜的有力陪衬与对比，在这种映衬中突出了纳斯焦娜的勤劳、善良、勇敢、自我牺牲、强烈的责任感、贤惠温情等俄罗斯农村女性的美德。纳斯焦娜深深感觉自己对丈夫逃跑之事是有过错的，"她也是有责任的。是不是主要是她，把他拉回家来的？"① 因为自己，丈夫安德烈才会做了逃兵，因而她无法置丈夫于不顾。自从得知安德烈逃跑，纳斯焦娜便陷入痛苦的两难境地，愧对乡亲的思想与私心里希望丈夫活下去的念头折磨着她，使她万分痛苦。在与丈夫会面后，纳斯焦娜感到"心好像被人抓住，并攥得紧紧的"，"感到心房紧缩，腹内翻腾，苦甜相交，刚尝到一

---

① [俄]瓦·拉斯普京：《告别马焦拉》，董立武等译，外国文学出版社1999年版，第56页。

丝甜意,咸味就把它冲掉,接着痛苦就传遍全身一直渗透到骨头"①。纳斯焦娜的矛盾痛苦心理通过第三人称叙事的心理感受直观描摹,她的痛苦使读者也产生切肤之痛的共鸣。安德烈形象是善与恶的交织,他作为普通农民参战中有害怕牺牲的心理,对自己的不幸命运的抱怨与怨恨促使他心理扭曲,在他的性格中更多体现了自私、冷血、缺乏公民责任感,但是他同样也有善的一面:对亲人的想念,对家乡的眷恋,前线作战中对战友的忠诚和勇敢。安德烈对医院长官的安排不满:"至高无上的天主随便做出的决定,别人就得服从。可他是活人啊,为什么不能替他想想呢?"②这段话中既有对安德烈逃跑前的心理准备的铺垫,也暗含着叙述者的批判声音,同时也透露出安德烈个性中自私的一面,可见第三人称的内聚焦叙事更好地揭示了人物心理状况,同时也能够激发读者对历史的反思与农民悲剧性命运的思考。

在拉斯普京的《活下去,并且要记住》《告别马焦拉》以及舒克申的70年代短篇小说如《私生子》(1970)、《委屈》(1971)、《没良心的人》(1970)等作品中都出现较多第三人称的内聚焦叙事,即间接引语的表达方式。麦克黑尔的话语叙事理论的七级模仿叙事包括故事概要、不够纯的故事概要、内容的间接解述、部分模仿的间接引语、自由间接引语、直接引语、自由直接引语③,其中部分模仿的间接引语和自由间接引语在作品中的运用都在一定程度上加重内视性,内视化的情境有所增强。二者可以类比为间接内心独白,表现出第三人称内聚焦叙事的特点,部分模仿的间接引语和自由间接引语均有一定的运用,如《告别马焦拉》的段落中:

> 达丽娅想要解决而又未能解决一个非她所能解决的难题:也许理当如此?她避开了这个问题,试图为一个较为容易的问题找到答案:什么"理当如此"?她所想的是什么?所追求的是什么?但这些她也不知道。度过这漫长而苦难的一生,使她终于承认:她这辈

---

① [俄]瓦·拉斯普京:《告别马焦拉》,董立武等译,外国文学出版社1999年版,第55页。
② [俄]瓦·拉斯普京:《告别马焦拉》,董立武等译,外国文学出版社1999年版,第25页。
③ [法]热拉尔·热奈特:《叙事话语 新叙事话语》,王文融译,中国社会科学出版社1990年版,第223—224页。

子什么也没弄明白。①

这段话中出现了三段部分模仿的间接引语，明显的标志是引导语和冒号，俄语原文中则表现为无连接词复合句。"也许理当如此？""什么'理当如此'？她所想的是什么？所追求的是什么？""她这辈子什么也没弄明白。"这些话语是人物的内心话语，以引用的方式表现出来，因其模仿性而使叙述者声音与人物的声音汇合，人物的内心声音展露读者面前，在此以反问的方式加强语气地表达自己的观点，内视性意味非常浓厚。在达丽娅送别儿子巴维尔过程中，她的思绪飘散开来："她于是沉痛、厌倦地思量起来：不，巴维尔自己做不了主。倒也不是索尼娅支配他，这他是不会答应的——他们俩都不过是随波逐流，被往什么地方冲走了，冲走了，头也不回……而今独立迈步前进的人少有。"② 这一段中更清晰地表达了达丽娅思考中的内心声音，并伴随着思索得出自己独立的观点，即人们都在随波逐流，真正有自己的见解并坚持自己思想的人已经很少了。最后一句具有明显的叙述者声音意味，但是因为前面的话语内视性浓度很高，导致最后一句话似乎顺理成章地成为人物的结论，从而提升了作品本身的思想探索的层次，使其带有哲理化叙事的特征。

三 舒克申小说中第三人称叙事

在舒克申短篇小说《委屈》中间接引语的表现更为灵活：

> 他打定主意等这个穿风雨衣的人出来。说说道理。怎能这样呢？倒要问问：还要助长这种蛮横无理的行为到哪年哪月？还有，他凭什么蹦出来拍马逢迎？什么作风？什么玩意？可恶透顶，一心巴望讨好蛮不讲理的售货员，官老爷，简直可以说是恶棍——千方

---

① [俄] 瓦·拉斯普京:《告别马焦拉》，董立武等译，外国文学出版社 1999 年版，第 273 页。
② [俄] 瓦·拉斯普京:《告别马焦拉》，董立武等译，外国文学出版社 1999 年版，第 376 页。

百计去讨好他们!这岂不是我们自己使得这些恶棍越来越多!是我们自己!①

这一段落中主要部分是人物萨什卡的第三人称内心独白,应该说是自由的间接引语,从"怎能这样呢?"这一句开始便已经是人物的内心声音,反问句在其中占据大量篇幅,控诉的腔调明显表现萨什卡内心的愤懑与求告无门的苦闷状态。俄罗斯文学中思索型人物具有悠久的传统,对思索型人物的塑造与他们所传递的作者声音包含着真理的探索和人生际遇思索,使文学作品跳出具体的事件逻辑,走向抽象的真理思考,跃升道德探索与哲学层面。这一传统延续到苏联文学中,"连续的问句常常出现在七八十年代许多作品的内心独白中,因此它也可以看作这一时期相当一批思索型人物的心态的象征"②。在"可恶透顶"之后的思绪便逐步加入了叙述者声音,甚至到最后出现了第一人称的叙事的直抒胸臆的表达。"我们"在文本中事实上是全知全能的叙述者,也是可以洞悉一切的叙述者,并非指具体的人物而是代表每个生活于苏联社会中的人。在这种自由间接引语第三人称内聚焦与零聚焦的自由切换中,叙事者的主观评价增强,其中有人物的内心声音,使读者感到思想的真实可靠,而零聚焦叙事的出现水到渠成地提出了作家要点明的道德主题,引起读者对社会现实的思考,对作品中哲理分析具有画龙点睛的作用。

---

① [俄]瓦·舒克申:《舒克申短篇小说选》,外国文学出版社1983年版,第286页。
② 石南征:《明日观花——七八十年代苏联小说形式、风格问题》,社会科学文献出版社2007年版,第101页。

第 五 章

乡村小说中的写真实向假定性叙事的拓展

  由于苏联在20世纪50年代出现的文学的"解冻"潮流以及苏联政坛更迭的影响,50年代中期至60年代的苏联文学发生了重大的变化,乡村小说正是这一变化的开拓者和代表者。从50年代的奥维奇金流派的崛起开始,乡村小说的写实化倾向日益得到文坛与官方的认可与推崇,逐渐成为文学的主流倾向。60年代苏联文坛对社会主义现实主义这种当时唯一通行的创作方式不断争论,同时西方文学译介作品与文艺理论著作不断涌入,苏联文坛对社会主义现实主义术语的内容数次更改,艺术方式上的创新与美学追求促使文坛推陈出新,从70年代开始文学创作风格日趋多样化,虚拟性或者称假定性叙事越发得到文学家的青睐,很多乡村小说作品中不同程度地出现假定性叙事的表征。可以说,乡村小说从叙事手法上经历了从写实性向假定性叙事的拓展,原有的现实主义创作中作家不同程度地引入了假定性叙事手段,在增强了作品的艺术感受力的同时也深化了作品的哲理内涵。

  假定性(условность)是美学与艺术术语,来自梅耶荷德提出的戏剧的假定性传统[1],众多研究者对这一概念说法不一,大体来看,假定性运用于文艺创作中,以虚构的艺术思维方式表达现实生活。20世纪60年代苏联文学中出现的浪漫主义倾向中就已经伴随着假定性的叙事手段,如索洛乌欣、帕乌斯托夫斯基、艾特玛托夫、阿斯塔菲耶夫等作

---

[1] Вендровская, Л. Д., Февральский А. В., *Творческое наследие В. Э. Мейерхольда*, Москва: ВТО, 1978, С. 84.

家，他们或现实主义与浪漫主义结合，或以完全的浪漫主义方式运用"虚拟、夸张、象征"等手法塑造人物形象。基于对苏联作家创作中的假定性研究，石南征认为苏联文学中的假定性形式上包括"象征、隐喻、寓言、梦幻、神话、拟人、怪诞、变形、幻像、魔幻等等"[①]。以上种种分类在文学创作中并非界限完全分明，常会出现相互重叠运用的现象。乡村小说因各自的主题与艺术创新程度的不同，对这些假定性手法在运用中存在不同程度的取舍，但是即使假定性叙事运用程度最大的作品，仍保有现实主义文学的底色，创作主旨则由对农村存在问题的思索转而探寻俄罗斯传统道德对于文化的意义与价值。

第一节　乡村小说中假定性叙事的产生

在俄罗斯假定性叙事具有深厚的历史文化传统，早在19世纪普希金、果戈理等作家创作的黄金时代就已经有所表现，但在苏联20世纪30—50年代由于政治对文学的钳制而"无冲突论"盛行的时期，假定性叙事传统一度在主流文学中断，这些手法或者被视为浪漫主义倾向，或者被认定为有抹黑苏联政权的倾向而遭到当时政权与主流文学的排斥。很多擅长假定性叙事的作家无法发表作品，如左琴科、布尔加科夫、普拉东诺夫等。20世纪60年代苏联文学"解冻"时期，假定性叙事又开始在文坛重现，70—80年代文学中，假定性叙事艺术发展为一种重要趋势，尤其在乡村小说中，假定性叙事使作品的艺术性得以增强，成为作家常用的表现手段。

一　写实性叙事与道德探索

20世纪50年代文学"解冻"潮流的兴起使苏联文学重新关注普通人的命运和个人的价值，文学由原来的粉饰性转向揭露性和分析性，文

[①] 石南征：《明日观花——七八十年代苏联小说形式、风格问题》，社会科学文献出版社2007年版，第120页。

坛重新提出"写真实",文学创作的写实性是该时期的重要特点。奥维奇金的农村特写开风气之先,率先将农村生产生活中的问题披露出来,而这些问题是当代作家无人敢于涉及的。在其后,苏联官方号召作家要写真实的人与事,赫鲁晓夫在苏共二十大的报告中提到"反对对苏联现实不真实的描写,反对粉饰现实的企图"[①],二十大报告以及其后对个人崇拜的批判促进了奥维奇金流派的产生与发展,涌现了大批描述农村社会生活中各种问题的作品。这些作品最初的描写重点大多是农村的农庄主席等基层的领导,主要针对他们的工作作风,很多作品针对领导层的官僚主义、弄虚作假、文牍主义等等展开批判,对真正为农民生活水平提高而工作的区委书记和农庄主席等人物的行为加以褒扬。由于这些作品要展现真实的农村生活和现实的矛盾,因而"写实性"便成为50年代农村散文最为明显的特点。从创作的体裁来看,该时期很多作品为特写,其中包含大量数据、新闻、采访笔录等等真实情况的穿插等,更真实地表现了现实生活,分析农村存在的问题,并且关注这些问题的解决。《区里的日常生活》这篇特写中对农村问题的描述与解决方案甚至成为某些村庄基层的指导性读物,田德里亚科夫的《死结》暴露农村一团糟的局面,同时也不加粉饰地描写正直的人们的形象。正是因为作家试图揭露问题的存在,于是问题便成为作品的核心,很多作家为了充分展现问题而忽视了对人物形象的真实刻画,对人物性格的描述表现为刻板单一,人物心理的描写有失精细。对于该时期作品的真实性的评价,克拉莫夫给出了非常中肯的看法,揭示了人们对表现问题作品的饥渴态度:"只要作品来自生活、来自现实,人们就象久旱逢雨一般感到满足。"[②] 他从侧面说明读者对真实性的推崇,对虚假作品的摒弃。

随着对农村问题探索的深入,50年代末期到60年代苏联农村小说中对人的精神道德的探索倾向有所增强,人道主义思潮的勃兴促使作家的创作中交织着时代问题。在人道主义的思想下,政治和哲学、道德和文艺结合起来,构成了农村题材作品从揭露农村社会政治和经济问题向

[①] 中国社会科学院外国文学研究所苏联文学研究室:《苏联文学纪事》,生活·读书·新知三联书店1979年版,第55页。

[②] 吴元迈、邓蜀平:《五六十年代的苏联文学》,外语教学与研究出版社1984年版,第119页。

人的道德精神层面求索的特点。于是问题不再是描述的核心，人物形象的塑造代替了问题。作家坚持以现实主义创作方法选取农民日常生活为写作背景，寻找普通农民为描写对象，在农民日常生活情节中展现农村存在的问题，提出道德与哲理问题。对于人物形象的塑造来说，很多作品中出现较多对事件与故事情节的自然主义描写及对人物心理的刻画，如，田德里亚科夫的《审判》《三点、七点、爱司》等作品在真实描写农村现实的基础上突出了道德主题，描述了主人公在道德良心和现实面前的内心挣扎；雅申的《杠杆》《沃洛格达的婚礼》《孤儿》等50—60年代的作品塑造了具有丰富内心世界的乡村人物；阿勃拉莫夫的长篇小说《兄弟姐妹》的前两部作品以自然主义笔触描写战争时期农村困顿现实以及战后重建中农民面对的大量困难与困惑；舒克申的短篇小说在描述农村现实基础上深入农民的精神领域探索造成农民生活悲剧的落后意识。

二 现实主义创作中的假定性叙事与哲理化趋势

20世纪70年代，乡村小说经历了十多年的发展已经进入最为繁荣与成熟时期，苏联文坛涌现了一批以描写乡村见长的作家，如，别洛夫、阿勃拉莫夫、拉斯普京、舒克申等，他们坚持现实主义写作传统，在写作中融入了大量的假定性叙事元素，以象征、寓言、幻想、梦境等等手法表现人物的主观意识，凸显主人公对个体价值的内心追问。假定性在60年代的苏联文学创作中已经有所运用，往往被认作浪漫主义手法。30—50年代社会主义现实主义被视为苏联文学的官方承认的唯一方法，而随着文学解冻的来临，文学领域围绕社会主义现实主义是创作方法还是创作原则展开大量争论，曾对该术语进行了数次修改。此后又展开理论批评中的"人道主义、正面人物、现代精神、写真实、自我表现、艺术革新等"[①]问题的争论，苏联文学创作也因争论而表现出意识形态领域的活跃。50年代中期以后苏联文坛的活跃部分原因在于解冻

---

① 吴元迈、邓蜀平：《五六十年代的苏联文学》，外语教学与研究出版社1984年版，第526页。

后对西方的开放，苏联开始同西方进行大量文化交流，从 1958 年起，对外交流的文化合作逐年增加，介绍外国文学作品的杂志成为苏联作家了解西方文学的媒介，"向西方文学吸收了有益的成分，特别是借鉴一些艺术表现手法"①。70 年代苏联文学进一步放开了社会主义现实主义术语的界限，马尔科夫的社会主义现实主义开放体系的理论表明当时的苏联文坛的创作状况，此时已经把 60 年代时而出现的浪漫主义手法纳入开放体系之中，苏联文学所认为的浪漫主义表现手法具有"幻想性、虚拟性、特异性、主观性等特点"②，可见假定性叙事早已是浪漫主义中的一部分。70 年代很多乡村小说作品呈现出假定性叙事的特点，最具代表性的拉斯普京的《告别马焦拉》和阿斯塔菲耶夫的《鱼王》叙事中表现出整体象征性和局部神话嵌入特点，阿斯塔菲耶夫的散文集《树号》中抒情短篇散文也呈现了鲜明的寓言性。假定性叙事作为一种内涵丰富深邃的艺术手段也一直延续到后苏联文学的写作，其中坚持传统派创作的瓦尔拉莫夫《房子》《生》和拉斯普京 90 年代创作的《农家木屋》等作品也同样具有明显的象征性。

　　苏联文学理论家认为扎雷金、阿斯塔菲耶夫等很多作家"把假定性看作是提高小说的思想容量和哲理性的主要手段"③。70 年代以后的文学作品因各种假定性叙事手法的参与而深化了作品的思想内涵，引导读者进行历史反思和抽象的哲理思考。苏联文学从 60 年代以社会道德问题为主过渡为七八十年代的假定性叙事哲理小说为主，创作手法的多样化均没有脱离现实主义的界限，或者说在现实基础上对社会问题的分析转向形而上的哲思与人的道德良心的反思才是当时文学的终极目标，因而哲理化成为该时期文学的主导性趋势，故事情节内容则遭遇淡化，更多的哲理思考型叙事占据突出地位。70—80 年代在物质生活相对富裕的苏联，人们的精神生活却发生了不同程度的退化，作家表现出对人的精神领域探索的兴趣，描述的重点从国家社会问题转向揭示与定位人与

---

① 吴元迈、邓蜀平：《五六十年代的苏联文学》，外语教学与研究出版社 1984 年版，第 529 页。

② 吴元迈、邓蜀平：《五六十年代的苏联文学》，外语教学与研究出版社 1984 年版，第 339 页。

③ 黎皓志：《当代苏联小说中的假定性艺术》，《苏联文学》1990 年第 3 期。

人、人与自然的关系，对人的存在及自我意识和个体价值进行哲理性思考。60年代以写实性为主的创作手法似乎难以完成70—80年代小说创作的哲理化转向。在70年代，作家也因对作品创作理念的更新而进一步关注哲理主题，如艾特玛托夫所认为，70年代的苏联文学创作应该加大哲理性叙事的比重，即使题材非常吸引读者，但是"哲理性的比重小，时过境迁，就会索然无味"[1]。乡村小说作家的作品已经在悄然改变千篇一律的思想宣传与固定模式的理想人物塑造，缺乏艺术美感的现实主义手法引起读者的审美疲惫。为了加强作品的艺术性与审美价值，同时也可以从新的角度展现俄罗斯农民形象和俄罗斯农村的传统民族精神。作家运用艺术想象创造形象，这些富有想象力的形象着力表达人的内心世界，象征、寓言、变形、拟人、夸张等等假定性叙事手段将艺术美感与哲理思索巧妙融合，使读者通过种种文化联想和比拟方式感受俄罗斯民族文化精神内涵，映射俄罗斯历史的反思及人类永恒价值的精神探索。石南征提出俄罗斯文学中假定性的艺术手段可以分为三个系列：第一，象征、隐喻、寓言；第二，拟人、怪诞、幻想等；第三，神话等。[2]苏联乡村小说中假定性叙事则覆盖着上述所有艺术手法，只是在运用的频率与强弱上有一定差别。乡村小说中假定性叙事手段的运用并没有明显的界限，如，第一系列主要以象征寓言为主，但是也会出现拟人和幻想的运用，同样第二系列亦如此。虽然有相互重合的现象，但是每部作品则表现出几种最为重要的假定性叙事类型。乡村小说叙事重点表现出第一系列的象征性叙事和第二系列的变形化叙事特点。

第二节 乡村小说中的象征性叙事

20世纪70—80年代的苏联乡村小说将道德要求作为文学创作的核心，人道主义精神重点体现于文学中普遍出现的对人性的深入探索，而

---

[1] Айтматов, Г. Ч., "Всё касается всех", *Вопросы литературы*, 1980, No12, С.15.
[2] 石南征：《明日观花——七八十年代苏联小说形式、风格问题》，社会科学文献出版社2007年版，第122页。

这也是俄罗斯文学人文主义精神的重要表现。象征以具象之物联想并抽象出作家的哲理性沉思，象征更经常用于描绘这个世界的善恶美丑，表达创作者的人道情怀。乡村小说中出现频率最高的假定性叙事手法是象征。它通过采取类比联想的思维方式，以某些客观存在或想象中的外在事物以及其他可感知到的东西，来反映特定社会人们的观念意识、心理状态、抽象概念和各种社会文化现象。[①] 作为艺术手法，象征透过某种形象表达自己的思想，其中需要人们的联想，而这些联想并非天马行空，而是基于一定的民族文化心理方得以产生。70—80 年代的乡村小说借助与象征联系密切的隐喻、寓言等艺术手法引起读者的联想、追寻文本的言外之意。象征引导读者走向深邃的哲理世界。在乡村小说中象征按照类型分类，重点表现为内涵式象征和整合式象征。

一　拉斯普京创作中的内涵式象征

拉斯普京的小说中大量运用内涵式象征。内涵式象征在 20 世纪 70—80 年代的乡村小说中运用最为广泛，它将一些具有不同性质的象征性形象引入小说，包含于情节之中，"象征形象扮演一定的情节角色，同情节具有更多的表层联系"[②]，通过联想的方式传递俄罗斯乡村文化信息，这些信息与俄罗斯民族集体无意识对事物形象的感受相互作用，用以反映乡村农民思想意识与心理状况。在《告别马焦拉》中，出现了大量的象征性形象。在象征体系中，小说名字中的马焦拉在俄语中与"母亲"的词根相同，因而马焦拉象征着母亲。小说中开篇交代马焦拉是安加拉河上的岛屿，岛上唯一的村庄也叫马焦拉，该名赋予岛屿以大地母亲的象征意义，小说篇名表达在科技革命来临之际村民即将离开母亲般的故乡走向未知的新城。小说中象征手法的运用有两个特点：其一，在大的象征背景之下所有情节都围绕着搬迁的主题，其中写实的情节中穿插着一系列具有象征意义的事物和形象，而这些事物与形象构成

---

① 瞿明安：《论象征的基本特征》，《民族研究》2007 年第 5 期。
② 石南征：《明日观花——七八十年代苏联小说形式、风格问题》，社会科学文献出版社 2007 年版，第 129 页。

了"符号和意义的复合体"①。小说中的象征符号有老房子、茶炊、炉子、火、岛主、树王、白桦树等等,这些象征符号处于象征体系的表层,它们的象征意义则是俄罗斯传统文化所凝聚的密码,其中包含着从历史中传承下来的俄罗斯人的世界观。当意识到这是象征事物的意义层面,读者也进入了作品的意蕴深层,因而也就进入了象征体系的深层结构。《告别马焦拉》的情节性并不强,将这些象征物交织在情节之中,通过情节吸引读者发现表层象征事物的本质内涵指向,也就将象征这种假定性手法的作用表现出来,接下来的独白中作家带领读者脱离情节,走向人物心理深层揭示人的意识中非理性隐秘。象征体系的作用无疑是将俄罗斯传统文化的深层展露给读者,引起人们对其重视与反思。其二,《告别马焦拉》中象征体系的构建是复杂多层次的,在大的象征体系中还内嵌有魔幻、传说、幻想等其他的假定性手段,其象征意义因此逐渐深入。小说中设专章描述岛主巡视岛屿的魔幻故事、树王的真假参半的传说。拉斯普京毫不吝惜笔墨引入魔幻故事和传说,将古老的精怪故事写得近乎真实,尤其对树王的故事描写中掺杂着对真实历史的再现,其目的在于将读者导向象征层面的真实,从而认同象征所传递的意蕴,促使人们的意识升华为对时代以及文化传统失落的哲理反思。

二 阿斯塔菲耶夫创作的整合式象征

阿斯塔菲耶夫的作品则表现出整合式象征特点,整合式象征又称为寓言式象征,"指作品的整体情境获得象征意义"②。作为一种假定性手段的整体象征占据了作品的核心地位,象征所引起的自白性叙事成为主要内容,而人物形象与情节则退居次要地位,呈现出情节淡化与碎片化的特点,从而构成了象征与情节的全面叠合。《鱼王》的主题是人与自然的关系,作家运用象征等假定性手法促使主题的意义得到升华,即思考人类对自然的掠夺中人性的丧失、道德的探索和人的精神生态的拯

---

① 瞿明安:《论象征的基本特征》,《民族研究》2007年第5期。
② 石南征:《明日观花——七八十年代苏联小说形式、风格问题》,社会科学文献出版社2007年版,第133页。

救。阿斯塔菲耶夫为作品能够跃升至哲理思考层次在叙事中独辟蹊径，创造出别样的叙事风格。在阿斯塔菲耶夫的《鱼王》中，象征表达与情节密切交融，并在其中层层插入神话、传说、拟人等等假定性手段，构成了整合象征体系。在象征的浅层表现人与自然的生态关系，而象征的深层则过渡为人性堕落以及人的精神生态拯救等问题。作品中假定性叙事主要表现为象征体系的整体性，即淡化的人物形象、情节描写的碎片和粗线条往往让位于存在的永恒问题之思考，由象征引导的哲理主题得以强化，以自白性议论成为文本核心。

首先，在淡化人物形象与情节描写的模糊性叙事基础上，以浅层象征叙事表现人对自然的掠夺，人的贪欲对生态的破坏激起自然之神的反抗，作家通过象征体现人与自然和谐关系问题。《鱼王》这部中篇小说中，出现的人物几乎没有形象的描绘，甚至连人名都是模糊不清的，作家只是仿佛在不经意间以日常生活的口吻提出了"伊格纳齐依奇"，对他的兄弟也同样不做具体的形象描写，甚至在小说的推进中以"渔夫""人"来代替的主人公的名字。这种淡化人物的家族属性的方式使读者跳脱人物的具体细节的追问，去追寻更普遍的内涵。小说中还粗线条地描画土著居民和外来劳动人员组合，越过了具体描摹而直接叙述人物性格，以白描手法凸显伊格纳齐依奇的"宽宏大量""有求必应""爱钻研""不酗酒""有分寸"等等类似褒扬的特点，其中尤其以拟人与夸张的方式描写伊格纳齐依奇驾驶的快艇马达"用心满意足的清脆响亮的音调唱着自己的歌儿"[①]，接着又夸张地把马达声比喻为长笛和悠扬悦耳的乐器。直到对鱼王的捕杀遇到困难时，伊格纳齐依奇的内心独白才表现了他具有强烈物质贪欲的本质特点。对鱼王的外观描述极为细致，其中象征性写作尤其明显，如"鱼大得离奇，而且外形类似古生动物"，体型庞大，加上长相怪异且浑身类似蜥蜴的鳞甲，赋予了这条大鱼神奇之物的象征性，同样也让伊格纳齐依奇立刻想起了有关爷爷讲的鱼王的传说。接着对鱼的叫声、呼吸的动作等细致描写表现这条大鱼是不祥之兆，甚至让他想到"我不怕

---

① ［俄］维·阿斯塔菲耶夫：《鱼王》，夏仲翼译，广西师范大学出版社2017年版，第260页。

神,不怕鬼,只相信冥冥之中有一种力量"。从鱼的眼睛"盯着人看,隐含着某种深意"中赋予鱼超越普通生物的神性色彩,"深意"似乎只有人的眼神才可以具有,河流之王的眼神使整篇小说立刻渲染了象征色彩,开拓读者想象空间。这些富有象征意蕴的假定性叙事占据大量篇幅,远远超越了写实情节,引起读者的思索,并将这种思索引入人与自然的哲理性主题。伊格纳齐依奇无视爷爷曾讲过的鱼王传说,并有意背叛了祖辈的传统习惯,在物欲至上的思想控制下,他已经顾不得鱼王禁忌和传说,向大鱼举起斧子。此时人对自然的破坏的寓意似乎达到顶峰,同时自然对人的报复开始,大鱼用力将人拖入水中,使人与鱼一起处于生死边缘。这一情节明显喻示着人对自然的破坏实际上逼迫人走入绝境的哲理内涵,足见人类的贪欲导致自然的破坏,最终也将是人类自身的毁灭。

其次,深层象征体系将哲理性思考引导到对人的道德伦理和自身的精神生态的反思。人在与鱼的搏斗过程中展开一系列回忆,此前主人公感到无关紧要的生活细节乃至生命体验都回归到人的意识之中,并促使主人公对生命意义进行反思。这种思索是依靠象征的意蕴完成的,即在伊格纳齐依奇被大鱼拍落水中后,在面临着生死绝境的情形下,他对自己一生中罪过进行了反思。这种反思便是主人公生命将尽前的忏悔,情节已经完全同自白和象征引起的想象融为一体,作品写实性弱化,鱼王的举动染上了神性色彩。在大鱼向船体靠近时,他想到"一切有生之物总喜欢紧挨着点儿什么"[1],此时鱼已经不再只是他捕猎的对象,而是被视为生灵,主人公对其已经产生怜悯之意。接下来的叙述中出现鱼的拟人特征,如,"他似乎觉得大鱼咯吱咯吱地砸吧着大嘴和腮帮,正在慢条斯理地把他活生生嚼下肚去"[2]。鱼贴近他胸口并嘶叫的细节引起了他的通感般联想,他觉得"内脏好像被吸进了那湿漉漉的、张得大大

---

[1] [俄]维·阿斯塔菲耶夫:《鱼王》,夏仲翼译,广西师范大学出版社2017年版,第276页。
[2] [俄]维·阿斯塔菲耶夫:《鱼王》,夏仲翼译,广西师范大学出版社2017年版,第276页。

的鱼嘴，就像落入了绞肉机的料口一样"[①]。以独白方式用更长的段落思考了鱼的举动，提出"河流之王和整个自然界之王一起身陷绝境。守候着他俩的是同一个使人痛苦的死神"[②]。伊格纳齐依奇已经转入了生死哲理问题的思考。其后列举了主人公伊格纳齐依奇记忆中因为捕鱼而葬身河水的渔民，引发读者对生命的意义的思索，如，他想象自己有可能葬身河底："有谁会知道：他在哪里？是怎么死的？受了多少罪？"[③]他与鱼的对峙中，想到自己从来没有按照爷爷的嘱咐对待自然生灵，也从来没有在家里供过圣像，他万分懊悔自己的渎神行为，功利性地想到"即使为以防万一，哪怕就是为了眼前这种怪事，也应该供个小圣像"[④]，在他的反思中，想到自己可以获救的希望——弟弟。在他的意识流动中推翻了此前现实世界的一切认识，原本他不相信爷爷关于鱼王的话，因为捕鱼，他与弟弟关系冷淡甚至相互仇恨，原本他从不认为鱼是有性灵的生命，在对自身罪过的反思中他逐渐打破原有观念，感受到大鱼似具有人类的灵性。他的灵魂获得了洗礼和救赎。在大鱼把自己的腹部贴在主人公身上时，其动作的象征意味再次强化，大鱼的举动更像是女性在保护孕育生命的身体，并且在对鱼的嘴巴、眼珠、鳞甲、目光的描述中逐步将其认定为"会变形的精怪"，"在鱼王甜滋滋的痛苦中有着某种罪恶的、人性的东西"[⑤]。主人公因对鱼的奇怪神情观察进入了对道德伦理与贪欲的反思，甚至反思自身如何形成了对大自然的贪欲。"竟然为了这么一条鱼，连应该怎么做人都忘了!"回忆到爷爷的遗训时，他意识到"赎罪的时刻来临了，忏悔的钟声已经敲响!"祖辈流传的咒语和让他遇到鱼王一定要放生的回忆事实上是俄罗斯民族与自然和

[①] [俄]维·阿斯塔菲耶夫：《鱼王》，夏仲翼译，广西师范大学出版社2017年版，第276页。

[②] [俄]维·阿斯塔菲耶夫：《鱼王》，夏仲翼译，广西师范大学出版社2017年版，第276页。

[③] [俄]维·阿斯塔菲耶夫：《鱼王》，夏仲翼译，广西师范大学出版社2017年版，第278页。

[④] [俄]维·阿斯塔菲耶夫：《鱼王》，夏仲翼译，广西师范大学出版社2017年版，第276页。

[⑤] [俄]维·阿斯塔菲耶夫：《鱼王》，夏仲翼译，广西师范大学出版社2017年版，第281页。

谐相处的秘诀。在人与自然的生生不息的生命繁衍中，这种和谐表现俄罗斯人的自然生态伦理，人们认为打死鱼王是"伤天害理，最犯忌的"，正是这种自觉的伦理意识维持着人与自然之间生态的平衡，同时也维持着人对待自然的道德底线和精神生态的健康。有时，在象征的本体意义和象征意义之间联系并不紧密，因为遇到鱼王而联想到爷爷曾经的训诫，尤其对自己的处境的反思。主人公回忆自己年轻时的伤天害理的勾当，想起了曾经被自己凌辱过的姑娘格拉哈。他把格拉哈踢入冰冷的河水中时，格拉哈的身体也像这条大鱼一般在"浅水里挣扎"。作家对大鱼在水中翻滚的本体特点的描绘，引导读者产生联想，由河流之王的女性特征想到对大自然的掠夺，又通过对格拉哈的回忆过渡为对人的罪孽的思考。在作家大段的独白中，将对自然的思考上升为信仰问题的议论，作家将自然与女性相互比照，有意将两者放置一处构成象征体系，两者相互印证，表现人类生生不息的力量之源所遭遇的厄运。人类本应爱惜对待这一源泉，却一直对自然与女性予取予夺，女性作为自然的象征遭受凌辱。在作家看来，"女人是上帝所造的生物，为维护她而设的审批和惩罚也是独特的"，"大自然也是个女性！你掏掉了它多少东西啊？""每个人都有自己的名分，而上帝分内的归上帝安排。"[1] 这些思考推进了对自然的认识，推动人探索自身精神陷入贫瘠的原因，对任何物质的贪欲最终都将会导致人的精神异化、堕落与空虚，使人失去存在的本真，堕入庸俗的狭隘。在人与人关系中，呈现的不再是包容与爱，而是自私与冷酷。这在伊格纳齐依齐与女友和弟弟的关系中可见一斑。整合性象征叙事更巧妙的淡化情节加强了作者的内心情感的流露，强化作家将主体思维与创作想象相互关联，从而"使外在图像与主体理想融合"[2]，真正做到了将创作思想附着于象征物象之上，并得心应手地驾驭象征体系，借助象征物将作家思想传递给读者，使读者透过现象参悟本质，即"在假定性的艺术表象中发现客观世界的彼岸性"[3]。主人公的肉体与精神终于在忏悔中得以解脱，意识到生活的意

---

[1] ［俄］维·阿斯塔菲耶夫：《鱼王》，夏仲翼译，广西师范大学出版社 2017 年版，第 287 页。

[2] 黎皓志：《当代苏联小说中的假定性艺术》，《苏联文学》1990 年第 2 期。

[3] 黎皓志：《当代苏联小说中的假定性艺术》，《苏联文学》1990 年第 2 期。

义并不在于物质，而在于精神世界的和谐，有信仰的生活则将带给心灵平静。

　　乡村小说中的象征叙事是苏联20世纪七八十年代小说叙事的重要特征之一，批评家奥普恰连科认为，"七十年代下半期，道德探索的趋势汇集到更宽广的哲理探索的发展方向上来"①。象征叙事揭示故事背后隐藏着的广阔的哲理意蕴世界，苏联作家努力摒弃对生活现象的表面化描写，努力挖掘人对"社会、历史、人生、自然、宇宙诸因素的本质认识，去充实作品永恒的道德原则"②。提升人的精神世界的品质，作品的美学价值和思想深度均体现文学创作的发展与创新，同时我们也可以发现，无论这种象征叙事的结构怎样推陈出新，其作品思想的最终指向仍然回归到俄罗斯文化传统的保持，作家关注的重点仍是蕴藏于俄罗斯农民身上的传统民族精神。

第三节　乡村小说的变形化叙事

　　变形是一种较为宽泛的艺术概念，原本指文学作品的形象改变了原有的形态。文学中变形艺术早已产生，如，果戈理的《鼻子》《外套》、卡夫卡的《变形记》、吴承恩的《西游记》等等。这些富有怪诞变形色彩的艺术作品的产生原因是多方面的，究其本质变形艺术是对现实生活描写的突破，"通常的艺术方法不足以表达特定情境和态势下人物的思绪、体验、情感时，才诉诸变形手段"③。变形在俄罗斯文学中被广泛运用，在现实主义作品中也常见各种变形，如形象变形、色彩变形、性格变形等。20世纪70—80年代的乡村小说中同样运用了大量变形手段，这些手段融合于现实主义作品中构成了变形化叙事，在具体艺术手法上以拟人、怪诞和幻想等为主，艺术手法的运用在效果上促进了作品的道德——哲理化倾向生成。正是因为变形化叙事的采用打破了写实，

---

①　石南征：《明日观花——七八十年代苏联小说形式、风格问题》，社会科学文献出版社2007年版，第125页。

②　黎皓志：《20世纪俄罗斯文学思潮》，北京大学出版社2006年版，第313页。

③　黎晧志：《当代苏联小说中的假定性艺术》，《苏联文学》1990年第2期。

远离生活的常态，艺术虚构便得到更为充分地表现，借助幻想性的形象超越具体的事件在思想上获得更深沉的意蕴，读者经由这些怪诞形象和幻想的情节获得艺术化的感受与感情感染，感悟作品哲理内涵。在阿斯塔菲耶夫、舒克申和拉斯普京作品中均有变形的叙事手法的运用。

一 乡村小说的人格化叙事

拟人是修辞学的修辞手法之一，也是假定性艺术的重要手段，以物拟人又称为人格化。在拉斯普京《告别马焦拉》中，岛主的拟人手法为这一形象披上神秘外衣，从而为大自然赋予了灵魂，在岛主的神性与人之间产生了关联。作家借自然之物引起读者对世界与人的存在的沉思。阿斯塔菲耶夫《树号》运用人格化叙事给自然万物以生命形态，甚至赋予它们以人的思维，人的思想与自然的灵性合为一体，物我同一，天人合一。人作为自然的部分，感受着与自然融为一体的愉悦自由，自然展示出某些人类无法参透的神秘力量与品格。作家以自然的品格的揭示进行道德伦理的思考、人生哲理的探寻。

《告别马焦拉》第六节中对岛主的描写便具有鲜明的拟人特点。岛主本是类似于猫的兽，但作家从开篇便赋予了它神性色彩，"任何人也不曾碰到过它，任何人也不曾想到它的存在"[①]，它每天都巡视自己的岛屿，在与村子的人和大地的接触中，岛主被人格化，重要的表现便是它具有人的动作与思想。它在巡视岛屿时"流露着从容和关切的神态"，它知道村子里发生的一切，文中多次用"预感到""意识到""知道""想到"等表达人的思维的词汇表明岛主具有超越于兽类的功能。小说运用拟人方式将岛主的预感公布出来：村子马上要发生一场剧变；死神将在这里，把鲍戈杜尔抓走；闻到了彼得鲁哈的房子在末日将近时散发的腐朽发苦的味道。甚至因为岛主的活动而调动了自然界中的其他事物的人格化，当岛主把身体贴在木房墙壁上时，"木房呻吟着"，"当岛主靠近哪一座时，哪一座就发出一阵悠长而耐心的叹息，表示它什么都知

[①] ［俄］瓦·拉斯普京：《告别马焦拉》，董立武等译，外国文学出版社1999年版，第282页。

道，什么都感觉得到，对什么都准备好了"①。岛主甚至感受到老太太们做的噩梦。这些拟人手法的运用，赋予岛主神性色彩，借岛主的神性功能暗示着未来可能发生的悲剧，也就给予了小说以想象的空间与意蕴，在叙述末尾作家提出令人深思的哲理命题：在木屋的呻吟声中，它仿佛意识到终于完成自己的使命，"世上生存着的一切都只有一个目的——服务。而任何服务都有个终了"②。在老人们的梦中，可以感受到"有血有肉、言谈生动的死者时常来找他们询问真情，以便把它传得更远，传给那些他们还记得的人"③。可见在梦境中人们获得比醒着的时候更为真切的情感，当人梦醒后，往往忘记了久远的记忆以及其中的真情。作家试图通过这些富有哲理性的话语，提示人们对祖辈的传统的记忆与维护，暗示属于过去的东西终将离去，因而人们就只能"为刚刚隐去的那些虚无的幻影寻思些意外的谜底"④。这种拟人实际上赋予了形象以神秘性，将作家思想隐秘地通过形象表达出来，构成了具有梦幻与神秘美感色彩的表达效果，因而小说在艺术表达上更具有耐读性和引人入胜的深思效果。

《树号》（«Затесь»）是阿斯塔菲耶夫写作了40年的散文作品，其功能类似于作家的思想日记，随笔短小精美，多数带有抒情色彩，又被学界成为抒情哲理散文。《树号》是作家人生中的心灵感悟的"树号"，为记录这些由大自然生灵所引发的生命感悟，阿斯塔菲耶夫采用抒情散文叙事方式，从生态主题出发进行道德——哲理的阐述。该作品并不仅仅是对生态问题的关注，还通过隐喻获得了更为深刻的哲学意蕴。这些看似随性而作的文章却是集抒情与哲理于一身，融讽刺与批判为一体的颇为严肃的隽永力作。《树号》以人与自然、道德伦理以及呼唤和平为核心主题，竭力提倡人们对生态、良心、道德、伦理的关注。人与自然主

---

① [俄] 瓦·拉斯普京：《告别马焦拉》，董立武等译，外国文学出版社1999年版，第286页。
② [俄] 瓦·拉斯普京：《告别马焦拉》，董立武等译，外国文学出版社1999年版，第286页。
③ [俄] 瓦·拉斯普京：《告别马焦拉》，董立武等译，外国文学出版社1999年版，第287页。
④ [俄] 瓦·拉斯普京：《告别马焦拉》，董立武等译，外国文学出版社1999年版，第287页。

题在其中占大量篇幅，反映了阿斯塔菲耶夫创作的鲜明叙事艺术特点——人格化的叙事，这种创新方式的运用增强了审美陌生化，拉长了审美感受的时间，赋予了最为平凡的自然事物以深层的隐喻意义，在达到动人的艺术感受的同时促使人们反思历史、反思生活。《树号》中大量的抒情短篇散文都表现出浓郁的人格化叙事特点，如《不屈的黑麦穗》《叶飘零》《忘情遐想》等作品中对植物的人格化书写，《大地刚刚苏醒》《羽毛留下的思念》《古老的、永恒的》中对动物的人格化描写。《树号》是抒情与哲理融合、生态问题与哲学探索相互交织的毕生之作，体现作家一生的哲学理念。作家将人性精神内涵置于核心位置，以其对自然的行动与态度来反证道德水准的高下。《树号》中大量篇幅展示人性弱点，表现作家对人类前途与命运的忧虑。《叶飘零》对一片白桦树叶的人格化描写中引用了"欢笑嬉戏""有恃无恐，嚣张猖狂"等人类才拥有的动作和情感："为了使一小片树叶从默默包紧的芽苞里破绽而出……白桦树究竟耗费了多少精力？……可是邪恶却仿佛轻而易举，天经地义，它有恃无恐，嚣张猖狂。"[①] 作家选用白桦树这一具有俄罗斯民族文化内涵的事物为描写对象，写一片弱小的白桦树叶的飘零，白桦树象征祖国母亲，一片小白桦叶则是她的儿女，母亲为新生命倾尽心力。作者的抒情笔锋由对白桦树生命礼赞的善迅速转入对恶的批判，引导读者进入对善与恶的永恒问题的思考。经由白桦树叶这个大自然精灵的柔弱飘落展示了人世间善者弱者的无告与孤苦，反衬恶者的恃强凌弱，道德沦丧。在作家的生态观念中，自然与人是一个密不可分的整体，因此自然往往被作家奉为作品的主角，人在其中似乎是一个见证人、观察者，人与自然的平等地位使自然获得了某种人性，因而拟人化比比皆是。阿斯塔菲耶夫运用拉长审美感受的陌生化手段，更是超越了以往同类作品在生态叙事中的惯常写作，尤其对于隐喻的修辞手段的运用，作家善于构建不同事物之间奇特的联系，如《大地刚刚苏醒》中对水鸭的描写，"甚至可以猜测到它正在对自己轻佻的丈夫诉说些什么"，"我仔细观察着勤劳的母鸭，它的担子真不轻哩！她的丈夫确实是个蹩

[①] ［俄］维·阿斯塔菲耶夫：《阿斯塔菲耶夫散文选》，陈淑贤、张大本译，百花文艺出版社2009年版，第62页。

脚的帮手，极端的个人主义者，不仅穿戴像个花花公子，性情也很轻狂"①。在我们看来对公鸭与母鸭的这段描述既符合两者的个性特点又远离人们惯常的思维想象，引起读者去寻觅鸭子与人类之间的内涵意义映射。从作品的叙事角度，阿斯塔菲耶夫的创作独辟蹊径，营造抒情诗般艺术美的意境。在情节的碎片化基础上，以抒情笔触展现事物形象，寓情于理，调动读者情感引发读者深思。在阿斯塔菲耶夫的作品中，很少见到长篇累牍的说教，但是透过情景交融的文字，作家深重的历史责任感与俄罗斯民族前途的忧患意识跃然纸上。

二 乡村小说的怪诞叙事

怪诞是离奇古怪，是对现实生活的一种变形，属于俄罗斯文学假定性变形化叙事中的一种方式。怪诞作为美学范畴的重要文学表现手法之一，受到西方与俄罗斯文艺理论学界的普遍关注。对于文学中怪诞的理解至今也没有统一的概念，而是依据不同时期的具体文本中的怪诞类型与怪诞风格来揭示其特点与哲学本质。应该说俄罗斯文学中所出现的怪诞具有其独特的传统文化本质特征。在乡村小说中，怪诞叙事以怪人、傻子和丑角形象和狂欢式风格显现于拉斯普京的《告别马焦拉》《最后的期限》和舒克申的《妻子送丈夫去巴黎》《怪人》《鸡叫三遍之前》《出洋相》等小说中。通过塑造怪诞形象，作家要表达的是与官方意识对立的民间诙谐文化，它体现为狂欢感受与精神本质，巴赫金提出，"怪诞风格的本质性目的就在于超越现存世界和现行制度的虚假唯一性、不可争议性和不可动摇性，揭示另一种世界秩序和生活的可能性，以不同的手段和形式表演着向理想的乌托邦大地的回归"②。笔者认为，狂欢感受是对权威的消解，对一切人与事物平等的呼唤，乡村小说作家借用怪诞的假定性手法揭示并对抗世界被异化，提示还存在着另外的生活形态，进而希冀更为和谐多元世界的来临。

---

① ［俄］维·阿斯塔菲耶夫：《阿斯塔菲耶夫散文选》，陈淑贤、张大本译，百花文艺出版社2009年版，第54页。
② 韩振江：《论巴赫金的怪诞现实主义》，硕士学位论文，河北师范大学，2003年。

在小说《告别马焦拉》中的怪诞叙事表现在对鲍格杜尔的形象塑造上，也出现在富有俄罗斯民间生活形态特点的情节描写中。作家通过一系列外貌描写和行为特征的概括烘托了鲍格杜尔的怪人形象，甚至给他的形象增添了"圣愚"性特征，这样也就确立起来一个与主流意识相对立的形象。艾娃·汤普逊认为："圣愚作为人物或人物原型出现在文学中。"[1] 拉斯普京在鲍格杜尔的形象中赋予其圣愚的形象特点。人们对鲍格杜尔身份的猜测给这个流浪者涂抹上神秘色彩，老人们传言他"是个流刑犯"[2]，他习惯的流浪生活表明脱离世俗的正常家庭的特征，他的"以物易物"的货郎生意只是维持生命混饱吃喝，他无意积累财产表现了对物质生活的否弃，他总是"在一个老太太家住一个星期，在另一个老太太家又住一个星期"的寄居生活说明他乞讨性质的生活状态。以上这些特征均与俄罗斯历史上的圣愚生活相似。拉斯普京对鲍格杜尔形象的描绘也赋予了他圣愚性外貌特点："头发蓬乱得足以供麻雀筑巢的大脑袋"，"总是光着脚"，人们认为他的形象没有变化，"好像上帝立意使一个人度过几代人的时光似的"[3]，村里人对他的嫌弃恰好与老太太们对他的欢迎构成对比，这些笃信宗教的虔诚的老太太们视鲍格杜尔是"降临到受苦受难的人间，乔装成罪恶的乞丐模样来试探人心的上帝"[4]，因而对他格外殷勤接待。俄罗斯历史上的圣愚几乎是上帝意志在人间的代言人，因而曾经备受尊重，他们摒弃世俗的一切到处流浪与苦修，并时而发出具有警示性的预言。可是，鲍格杜尔这位颇具圣愚色彩的人物在苏联时期却失语了或者进一步说是无语了，他很少说话，最常说的是骂人话，却包含着明确的态度。人们本期待着可以指点迷津的人物却只以骂人来表达自己的立场，这恰好符合巴赫金所认为的民间诙

---

[1] [美]埃·汤普逊：《理解俄国：俄国文化中的圣愚》，杨德友译，生活·读书·新知三联书店1998年版，第191页。

[2] [俄]瓦·拉斯普京：《告别马焦拉》，董立武等译，外国文学出版社1999年版，第259页。

[3] [俄]瓦·拉斯普京：《告别马焦拉》，董立武等译，外国文学出版社1999年版，第257页。

[4] [俄]瓦·拉斯普京：《告别马焦拉》，董立武等译，外国文学出版社1999年版，第259页。

谐文化的一种表达形式——"各种形式的广场言语（包括骂人话、赌咒等）"①。鲍格杜尔以自己的颇具诙谐意味的表达与现实世界的混乱对抗，他的疯癫行为与邋遢的外表给人以怪诞的感受，却是对虚假世界的嘲讽及对占统治地位的局限性的揭示。

《告别马焦拉》中也以大量笔触描绘了俄罗斯农村的重要农事活动——割草，拉斯普京在这司空见惯的农事活动中加入了怪诞叙事手段，它以节日狂欢的方式为表征。对于居住于俄罗斯农村的人们来说，这些割草的日子具有回归家园回忆祖先、加强自身与故乡宗族联系的功能。也正因此，小说中的割草情节被赋予了一种节日狂欢的象征色彩，人们借此获得了狂欢的世界感受，表现俄罗斯民族一向热衷追求的绝对自由的精神。小说中的这种狂欢性表现在人们割草间隙的聚会和休息中，女人们"像孩子似的吵嚷着，嬉戏着，哄闹着"，在挥汗如雨的割草间隙穿着衣服跳进安卡拉河，"谁不想亲自跳，就一拥而上抓住她，把她拖下水去"②。这些胡闹情节打破平日生活中的严肃，使人回归自由自在的本性，释放平日被压抑的自我，劳动中的"狂欢节形式直接移入艺术领域就是怪诞风格和怪诞形象"③。节日的狂欢具有的精神本质：打破一切权威、规矩与束缚，追求自由，对抗即将失去故乡的压抑，感慨此情此景不复再来，因为现实生活的沉重压垮了这些女人，节日过后的现实生活"使她们立刻就要老上十年"④。

舒克申的短篇小说中塑造了多种多样五光十色的性格，他的主要写作风格是讽刺和诙谐幽默，是"巴赫金所说的狂欢节的笑"⑤，这种笑由创作之初的淡淡嘲讽逐渐转变为愤懑嘲笑，其风格"有时甚至是怪诞

---

① 韩振江：《论巴赫金的怪诞现实主义》，硕士学位论文，河北师范大学，2003年。
② ［俄］瓦·拉斯普京：《告别马焦拉》，董立武等译，外国文学出版社1999年版，第327页。
③ 韩振江：《论巴赫金的怪诞现实主义》，硕士学位论文，河北师范大学，2003年。
④ ［俄］瓦·拉斯普京：《告别马焦拉》，董立武等译，外国文学出版社1999年版，第327页。
⑤ ［俄］瓦·舒克申：《舒克申短篇小说选》，刘宗次译，外国文学出版社1983年版，第481页。

的"①，这种怪诞中隐匿着作家对社会潮流深刻洞察而产生的批判态度。作家通过塑造多种性格到达怪诞的风格的表现，他的大批短篇小说中都塑造了"怪人"，这些怪人并非如同拉斯普京笔下人物形象怪诞，而是他们都是生活中的普通农民或市民，他们拥有的是最为平常的外表，但是却如别洛娃所说："他们都是些自觉的或不自觉的探索者"②，如，《怪人》中的主人公的怪诞性格导致"他总要出点什么事"，并且他的"出事"也令他自己烦恼。他丢掉的明明是自己的钱，却不愿去认领，甘愿吃亏。为了讨嫂子的开心，他把童车漆上乡气的花朵，结果被赶出家门。为表达对妻子的爱，他写字数很长的电报，遭到电报员的白眼，凡此种种都鲜活地表现出一位内心充满了爱的人物，他的纯净善良的心意并不能见容于时下社会风尚。在《妻子送丈夫去巴黎》中塑造的农村小伙子柯利卡因不适应城市的生活感到压抑和痛苦，总在院子里开"周末音乐会"，这个音乐会吸引周围的邻居来观看，他的妻子则认为丈夫是"蠢东西""小丑"，大家都明白柯利卡在借跳吉卜赛舞"发泄心中某种不可告人的苦痛"③，柯利卡因妻子对金钱的贪婪而感到难过，更因为岳父母以金钱衡量一个人的价值而愤怒，他希望可以通过学习实现人生的目标，却无法摆脱家庭的负累，妻子并不关心丈夫的内心孤独。周末音乐会上的诙谐幽默与逗大家开心大笑给柯利卡冠上"小丑"之称，在巴赫金所提出的民间诙谐文化的分类中，各种诙谐的广场表演是其中较为重要的形式之一，正如巴赫金所认为，"他们恢复了人们形象的公众性"④，通过讽刺模拟的笑声把人外在化，把一切外在化地展现出来。舒克申对人物变形化描写使人物带有某种寓意，"怪人们"的怪诞性格与行动是对异化世界的嘲弄，这些人物看似疯癫，实则看出人们处境的反面与虚伪，小说"要戳穿人与人一切关系中任何成规、任何恶劣的虚

---

① [俄] 瓦·舒克申：《舒克申短篇小说选》，刘宗次译，外国文学出版社1983年版，第481页。
② [俄] 瓦·舒克申：《舒克申短篇小说选》，刘宗次译，外国文学出版社1983年版，第478页。
③ [俄] 瓦·舒克申：《舒克申短篇小说选》，刘宗次译，外国文学出版社1983年版，第270页。
④ [俄] 米·巴赫金：《小说理论》，白春仁、晓河译，河北教育出版社1996年版，第355页。

伪的常规"①。怪诞因超越生活的常规被视为反传统的叙事方式，因而被当作假定性叙事之一。怪诞作为一种民间诙谐的艺术方式，其本质属于民间意识。

---

① ［俄］米·巴赫金：《小说理论》，白春仁、晓河译，河北教育出版社1996年版，第357页。

第 六 章

乡村小说中的时间性叙事向
空间性叙事转化

20世纪中期以后，西方学界关注到叙事空间转向问题。米歇尔·福柯认为，19世纪关注历史的发生发展过程，强调事件的因果逻辑与线性联系，"以它不同主题的发展、中止、危机与循环，以过去不断累积的主题，以逝者的优势影响着世界的发展进程"，而20世纪则被设想为"空间的纪元"，是"并置的年代"。[1] 福柯很早就产生对空间研究的兴趣，并且提出他认为20世纪是"空间的纪元"。[2] 20世纪中叶后对空间转向的研究大规模展开，出现了列斐伏尔的《现代性与空间的生产》、巴什拉的《空间诗学》等有关空间的论著。巴赫金在20世纪30年代已经提出时空体概念，在《小说的时间形式和时空体形式》一文中，他将时间与空间看作一个相互联系的整体，"时间在这里浓缩、凝聚，变成艺术上可见的东西；空间则趋向紧张，被卷入时间、情节、历史的运动之中。时间的标志要展现在空间里，而空间则要通过时间来理解和衡量"[3]。巴赫金对于空间出现的肯定也侧面说明了时间叙事的空间化转向。巴赫金将时空体概念置于文学研究中，提出时间与空间相互作用的关系问题。

19世纪俄罗斯现实主义小说的叙事结构因其史诗性传统而采用因

---

[1] 龙迪勇：《叙事学研究的空间转向》，《江西社会科学》2006年第10期。
[2] 周和军：《空间与权利——福柯空间观解析》，《江西社会科学》2007年第4期。
[3] ［俄］米·巴赫金：《小说理论》，白春仁、晓河译，河北教育出版社1996年版，第275页。

果式线性结构，列夫·托尔斯泰的长篇小说即为鲜明例证。这种结构模式通常会重视事件的逻辑关系，时间叙事往往较为单一，所有的情节按照时间先后顺序展开。以线性时间展开叙事的方式可以获得完整的故事情节，具有思维缜密的逻辑关系特征，人物性格在读者面前展露无遗，故事的最终结局也因逻辑的推动而顺理成章，因而往往表现出很强的时间性叙事特征。这种时间性叙事模式在20世纪60年代前的一些俄罗斯经典文学作品中也有鲜明体现，如《静静的顿河》等，几乎与这些经典小说同时，在20世纪20—30年代苏联文学中出现了新现实主义和颇具实验性色彩的现代主义文学潮流，如，谢拉皮翁兄弟团体的创作，他们创作中的空间叙事观念为后来文学中空间性叙事发展奠定了经验基础。俄罗斯乡村小说初期创作中主要遵循传统的时间性叙事模式，如奥维奇金的中篇小说、索洛乌欣的《一滴露珠》、别洛夫的《凡人琐事》、阿勃拉莫夫的《兄弟姐妹》等作品。随着文学"解冻"潮流的不断深化发展，人们对文学作品的艺术水平要求的不断提高，作家开始回到传统文学中寻求叙事方式的灵感来源，西方文学中包含大量现代主义元素及其叙事特色，这一切都促使俄罗斯乡村小说在60年代以后的叙事中出现了一定程度的空间化转向，带有乡村小说回声色彩的传统派创作在后苏联时期登上文坛，空间化叙事则以创新姿态在传统派作品中出现。这种叙事方式使现实主义作品或多或少沾染上现代小说色彩，在不同的乡村小说作品中展现为独具特色的空间叙事特点。乡村小说的代表作家拉斯普京的小说中空间叙事突出表现在回忆性的叙事与现实的并置，在压缩时间后产生心理空间叙事。阿斯塔菲耶夫小说的空间叙事则更多表现于情节的碎片化处理，以及由此带来叙事中自白性与抒情性的结合，作家思辨的哲理空间跃然纸上。后苏联时期的现实主义作家瓦尔拉莫夫在叙事上的创新也同样表现出空间化的特征，通过对现实时间的淡化和情节的压缩，心理描写并置与重叠构建了宗教隐喻空间。

第一节　回忆与现实并置的空间叙事

拉斯普京的小说以记忆主题为主导，在叙事中大量穿插回忆与梦境，从而阻断时间流，延长对过去时光的感受，通过回忆与现实并行以及梦境与现实的映射营造主人公的心理空间，读者借助心理空间领悟人在极端情态中的复杂矛盾与情感纠葛，由此深入领会作品的哲理内涵与美学意蕴。

乡村小说的蓬勃发展是一种文化现象，即对传统文化的眷恋。当整个国家的现代化把社会推向工业化道路时，人们回望故乡，发现代表自己精神根基的自然乡村正在消失，在城市与乡村两种文明的碰撞中乡村式微，此时乡村小说构建传统道德的价值方得以彰显。拉斯普京等作家的小说是对民族的历史文化传统的记忆，正是因为保有对过去时代的记忆，包含着民族"集体的智慧和集体的记忆"[①]的文化才得到传承，因为对传统的记忆是确保俄罗斯民族在西方文化侵袭中保持精神独特性和纯洁性的文化资源，也是在传统文化逐渐式微中不至道德旁落的精神武器。记忆是心理活动的一种，它本身就带有空间性特点，乡村小说对过去的记忆表现出浓重的怀旧情绪。社会学家弗雷德·戴维斯（Fred Davis）指出，怀旧是一种独特的美学形态，缺乏客观时代的定位。他认为："时间观点是不同于其他意识形式的怀旧的特征。与日常生活的活在当下（时间与内心的交错）不同，怀旧会回溯到过去，重新发现它。在这里，现在的时间失去了它的意义，因为重新发现的过去披上了美丽的外衣，时间的界限在想象中延伸，远远超出了它们实际的时间跨度。"[②] 拉斯普京在《告别马焦拉》、《活下去，并且要记住》以及《最后的期限》中都放置了大量的主人公的回忆，作家以历史记忆插叙方式打破叙事时间的顺序，阻断了情节发展的时序，将包含着真实场景的记

[①] Лотман, Ю. М., *Избранные статьи, в 3-х томах （Том 1）*, Таллин: Александра, 1992, C. 201.

[②] Parthé, K. F., *Russian Village Prose: The Radiant Past*, Princeton University Press, 1992, p. 14.

忆与真假难辨的梦幻与现实情境并置，从而开拓了主人公的心理空间，展现了主人公矛盾复杂的、有时瞬息万变的意识流动。依靠对某些固定话语的"重复"使时间放缓，文本时间超出故事时间的长度，对某些事件的认识在"重复"叙事过程中不断推动了情节的发展，加深对极限生存状态中生命价值与意义的思考，建构起意义空间。作家以大量真实生活的记忆和梦境中的回忆的插叙创新性地突破了传统小说的时间性叙事特点，给文本带来明显的空间性特征。

一　记忆与现实映照的心理空间

心理空间是指"一个内部、主观的空间，也是人的内心对外部世界的投射"①。拉斯普京的创作中对人的心理活动的刻画细致入微且意蕴悠长，作家在继承了托尔斯泰与陀思妥耶夫斯基的心理描写传统的基础上，对文本结构的巧妙安排也是他心理描写创新成功的关键。作家对文本时间与故事时间的精妙把握放缓了情节发展，从容地在故事进程中插入对童年以及过去生活的回忆，这种回忆与现实往往形成对立或对照关系，从而引发故事中主人公的心理活动，刻画故事中人物的性格以及透露内心的隐秘思想。这些往往通过主人公直接抛出，给人非常直观与主观的感受。而在作家笔下，心理活动的展开篇幅往往颇长，成为占据文本中心的话语，迫使读者跟随作者的心理追问进入思考，于是读者便不知不觉进入了心理空间，作家借助主人公的心理空间的思辨，传递着自己的道德理想主义和对当下社会现实的批判。在《活下去，并且要记住》中这种心理空间的构建阻隔了时间叙事的进程，在一个个的事件节点中设置回忆，如纳斯焦娜与躲避在山上的逃兵丈夫偷偷见面时，给丈夫讲述村里的新闻，引发了她的回忆，她对过去的回忆是充满温情与明亮色调的，作家以画外音的方式表现纳斯焦娜单纯的内心活动："身处重现的往事中果真很好，叫人感到幸福、愉快，给人很多希望！"② 纳

---

①　方英：《小说空间叙事论》，上海交通大学出版社 2017 年版，第 53 页。
②　[俄] 瓦·拉斯普京：《告别马焦拉》，董立武等译，外国文学出版社 1999 年版，第 116 页。

斯焦娜回忆与丈夫新婚后的种种细节时,她的温暖回忆在丈夫安德烈的心理则引起了另一番感受:

>   他听着纳斯焦娜的回忆,从一开始就感到一种甜甜的隐痛袭上他的心头,越来越强烈。让他痛苦的是,这一切确实是过去有过的,而他也还记得的事。可是他记得的这些事,却是那么枯燥、模糊、乏味和匆忙,这一切好像不是他的,而是发生在别人身上的事,而这个人又把自己的记忆传给了他。如今,他不知道对这些记忆该怎么办。这个记忆很活跃,爱寻根探底,除了痛苦,别的什么也不能带给他。这个记忆和他本人的记忆完全合不来,也不想相互理解。①

为什么同样的回忆在安德烈的心里就引起的是痛苦呢?纳斯焦娜的过去回忆中安德烈被村里派去会计培训班学习,那时生活仿佛刚刚开始,美好的前程正在等着他,他对未来是充满希望的。这便刚好与安德烈目前作为逃兵的到处躲藏的现实形成鲜明对比,对渺茫的未来他已经不抱希望。于是他的回忆展开时是对一幅幅画面的"闪回",因而使文本时间再度拉长。安德烈回忆中出现了多种片段,细心的读者会发现,他的回忆是倒叙的,而倒叙也正是对时间性叙事空间转化中的重要标志:他回忆到自己负伤住进的医院,他从医院逃跑,接着他的思绪飘回战场,他在转移发射炮过程中发现德国军队逼近,慌乱中他扯下刚刚穿上的炮衣,他被敌人的炮弹震得昏过去,等等。这些情节与纳斯焦娜说话的声调掺杂在一起,于是安德烈进入幻境,一边是妻子絮絮叨叨的回忆,一边是战场上的钢铁与钢铁的猛烈撞击声。此时他的思绪就在"在过去和现在之间不断跳跃交叉",造成强烈的过去时空与现在时空的并置,叙事呈现出明确的空间性特点。安德烈因战争带来的恐惧和给妻子带来的重负而产生了强烈的负罪感。在心理空间的营造中,作家隐身于主人公身后,借主人公内心话语不经意间流露作者的思想,读者也参与心理空

---

① [俄] 瓦·拉斯普京:《告别马焦拉》,董立武等译,外国文学出版社1999年版,第118页。

间的建构中来形成"想象空间"①，读者对安德烈的理解会更深入，他的逃跑让人不齿，他的受伤令人同情，他的选择令人唏嘘。由纳斯焦娜和安德烈的记忆所引起的两人不同的记忆空间与现实空间的并置，形成了鲜明的比较，从中可以发现拉斯普京展露两人不同的性格特征：纳斯焦娜的善良、坚定、忠贞与安德烈的冷酷、犹豫、背叛。

这种心理空间的构建推动下一个空间场域的形成，也带动人物的心理发生着变化，安德烈个性的逐渐异化就展现在这些复杂的回忆所凝成的心理空间中。小说中安德烈遥望家乡的村庄时，记忆中的父亲的形象与琐事浮上心头，这里又再次形成对过去回忆与现实的镜像式映照。如他回忆父亲爱养马，且爱马如命，为了一匹劳累过度的马而鞭打涅斯托尔，责怪他对马不爱惜。父亲从不吃马肉的回忆与安德烈对战场上自己吃马肉情景的并置，他感觉自己"吃得挺高兴"，并且认为父亲没有遇到过自己这样的情况才会有那种理想主义的观点。安德烈远远看到父亲时，记忆中浮现了上前线之前的情景：

> 送他上前线那天，在最后告别时，父亲问旁边一个人："我们父子还能见面吗，还有缘相见吗？"他当时想到无非是两个可能：他们还能相见，或者不能相见。至于第三种可能，即他见得着你，你见不到他，父亲是根本没想到的。可是，这种情况现在就真的发生了。②

过去时空与现实时空的交叉再次引起了对现实困境的思考，安德烈犹豫不决，是回到村子接受惩罚还是继续躲藏，他不停追问自己该何去何从。

见到父亲的情景虽然对安德烈有影响，但是在他的内心深处却引发一连串的追问：

---

① 孙蔚：《国内空间叙事研究述评》，硕士学位论文，湖北师范大学，2018年。
② ［俄］瓦·拉斯普京：《告别马焦拉》，董立武等译，外国文学出版社1999年版，第131页。

和父亲的会面对他不是毫无影响，什么也没有留下：他感到心灰意冷，一切都无所谓了。他到哪儿来啦？为了什么？他想在这儿找到什么？呆在自己那个窝里，对什么也不管不问，不是更好吗？

在痛苦思索过后，安德烈试图忘记回忆，忘记过去的一切，因为这些回忆让他受折磨，甚至他自己感受到自己已经分裂为两个人，感受到自己变为野兽般残忍冷血。在意识流动中，他希望获得鸟儿般的自由，可以挣脱一切的锁链和羁绊。在主人公的心理活动独白中我们也可以发现少量的作者声音，安德烈对战争的恐惧、怨恨和诅咒也是心理描写的重要部分，占据大量篇幅，"死了多少人，残废了多少人，还嫌少，还得搞出一些像我这样的人。它是从哪儿掉下来的？一下子就砸到所有人头上！"[1] 从这些独白中我们既可以发现安德烈的声音，又能够感受到作者的议论，心理空间的叙事引起对战争的正义性的思考，从相当大的程度上将作品从叙述事件提升到道德伦理的思考层面，引起人们的思索，到底自己对国家与社会应负起怎样的责任，进一步加深作品哲理内涵。

二 梦境与现实并置的心理空间

梦是人的潜意识活动，这一观念早已被心理学家所证实。在弗洛伊德对梦的研究著作《梦的解析》中认为梦有显相和隐相的区别，显相往往与日常的思维类似，是对日常生活内容的描述，似乎是带上了假面；隐相则是梦的本质，是人的内心中最底层的真实欲望，往往不会轻易示人。古今中外的大量文学作品中都将梦作为重要的部分用以展现人类意识中最为丰富多变的情感，并以此彰显人类思想领域的复杂与深刻。梦意象成为文学家手中有用的利器为其表达思想服务。因而对梦的研究至今仍是重要课题，它不但活跃于心理学领域，而且也成为文学领域中不可或缺的部分，为评论者所关注。在叙事研究领域中，尤迪勇认为："梦实质上是在潜意识中进行的一种叙事行为。与意识中的叙事一样，

---

[1] ［俄］瓦·拉斯普京：《告别马焦拉》，董立武等译，外国文学出版社1999年版，第137页。

梦中的叙事也是一种为了抗拒遗忘,追寻失去的时间,并确认自己身份、证知自己存在的行为。"① 可见梦是人的第二种记忆,只不过这种记忆也许是充满了潜意识的,不足为外人道的内心最为隐秘的思想。尤迪勇认为,在梦中会有"梦象与梦境"② 的区别,梦象是人在梦中所能看到的事物和情节之像,而梦境则带有一种非理性的甚至非逻辑的色彩,人的梦从梦象到梦境是一个"梦太奇"③ 过程。在拉斯普京的《活下去,并且要记住》、《告别马焦拉》及《最后的期限》等作品中,梦的大量出现都具有明确的叙事功能,梦推动了情节并与现实并置一处,从而构成了故事人物的真实的心理。因为梦的描述,作家叙事过程中的时间流被放缓,在延宕叙事中建构心理空间,将心理感受引向抒情与哲理言说。

在《活下去,并且要记住》中对纳斯焦娜的梦和安德烈的多次梦境都有细致入微的描写。其中纳斯焦娜通过梦象中来到丈夫身边,看到丈夫在前线的孤苦情景,她后来认定是因为自己对安德烈的思念过甚,才导致丈夫离开部队当了逃兵,把丈夫逃跑的责任归咎于自己。如果说纳斯焦娜的梦是平面的简单的,那么安德烈的梦则充满了立体感,带有"梦太奇"的非理性心理过程,层次分明地表达了一个逃兵的内心矛盾斗争的过程。安德烈因为思念家乡,在梦中见到了村口的磨坊,而磨坊对于一个俄罗斯农民来说,便是家乡的象征,包含对过去生活的回忆,因而在众多的俄罗斯文学作品中磨坊是重要的象征物之一。小说中安德烈的梦描述如下:

> 安德烈昏昏沉沉地进入了梦乡,一个接一个地做了些短梦,它们断断续续、或不相关、杂乱无章,一会儿是侦查连长列别杰夫大尉,在派他们排去执行侦查任务时,不知为什么警告他安德烈:要是他跑过去投降德寇,就用一个将军把他换回来,但不枪毙他。不枪毙——哪会有这样好事!而是要收拾他三天三夜,哎,那是怎么

---
① 尤迪勇:《叙事学研究之五:梦:时间与叙事》,《江西社会科学》2002年第8期。
② 尤迪勇:《叙事学研究之五:梦:时间与叙事》,《江西社会科学》2002年第8期。
③ 尤迪勇:《叙事学研究之五:梦:时间与叙事》,《江西社会科学》2002年第8期。

个收拾法呀！一会儿又梦见在中间地带，也在斯摩棱斯克州境内，突然冒出来阿塔曼诺夫卡村的磨坊，磨坊工人就是他。敌我双方都不惜弹药从两面向他射击。这时战争之所以还在继续，就是因为他。双方谁能把他打中，谁就是胜利者。接着又梦见自己在西伯利亚军医院。一个大胡子中校军医把他叫到自己的诊疗室，请他喝酒精，喝完之后，提出要他去冒名顶替一位刚刚去世的、职位很高的上校。忽而又回到了前线，在榴弹部队，他丢了装着瞄准具的匣子，被送上军事法庭。又梦见耀眼的探照灯光，在田野里照出一条条狭长的光带，光柱越来越强烈，像发蓝的火舌。他就走在这田野上，热得气喘吁吁。①

安德烈的梦穿梭于战场与后方之间，显得杂乱无章毫无时间秩序可言，就在这些梦象中，磨坊的出现引起了他的思乡情，促使他产生去磨坊看看的念头。在现实中去往磨坊的路上，他想起和平时期磨坊里欢庆丰收时的愉快与激动的心情，与上文梦中磨坊形成了鲜明对比。安德烈的梦在看似杂乱无章的梦象中有一条隐蔽的线索，它非理性地存在，是安德烈在前线生活中得出的模糊的观念——自己有可能投降，有可能被审判，有可能失去真实身份变成一个隐形人，有可能成为敌我双方共同的敌人，这便是他的梦推进过程中的"梦太奇"形成的梦境。安德烈之所以要去看看真实的磨坊，似乎要到现实中去求证自己的命运——是不是一切都在跟他作对？长期的独处，有时他甚至无法分清梦与现实的边界。梦中的所指在现实中已经发生，他作为无法见人的逃兵回到家乡，却来到具有象征意蕴的家乡磨坊，他非常想回到亲人身边，但是却没有承担逃兵责任的勇气，"非常想叫人们对他留下炽热的记忆，这个可怕的诱惑是那样强烈"②。安德烈见到了真的磨坊，但是家乡并没有温暖游子已经冷却的心，他内心涌起邪恶的念头要烧掉这座磨坊。他处于深刻的矛盾中，想象着被别人发现行踪，同时担心被人认出。在作家对他

---

① ［俄］瓦·拉斯普京：《告别马焦拉》，董立武等译，外国文学出版社 1999 年版，第 139—140 页。
② ［俄］瓦·拉斯普京：《告别马焦拉》，董立武等译，外国文学出版社 1999 年版，第 141 页。

的心理描写中，各种令他疲惫不堪的感受并列着——恐惧、苦涩、心酸、期盼等等，甚至在内心里第一次祷告起上帝来："上帝呀！别抛弃我呀！……"① 在梦与现实混杂立体的心理刻画中安德烈的性格特征得以鲜明表达，他是阿塔曼诺夫卡村的后代，基因中带有的强盗特性也显现在他的逃跑过程中，儿时记忆，他的舅舅——一个逃兵——曾藏在他家的地窖里，但仍然被发现并带走的记忆深深根植在他的意识中。这一切混杂，超越了时间的界限，凝聚在他的心理空间中，这些历史与现实的事件一起促成了他的现实选择。

第二节　碎片化情节的抒情哲理空间

在阿斯塔菲耶夫的乡村小说创作中，创新叙事方式一直是作家追求的艺术美学主张。在20世纪70年代中后期及以后的研究中，学界尤其关注作家在美学、诗学、叙事技巧方面的分析，21世纪后对阿斯塔菲耶夫的叙事研究更为深入，布卡特的论文《阿斯塔菲耶夫小说的艺术空间诗学》中对作家的空间叙事技巧有所涉及。阿斯塔菲耶夫的小说创作突出的特点在于传统时间叙事向空间叙事的转化，在他的《鱼王》《俄罗斯田园颂》《树号》《牧童与牧女》等作品中均体现出空间性叙事特点。在这些作品中空间性叙事表现为对时间叙事的变形，出现倒叙和预叙、情节淡化所导致的碎片化文本，小说由这些碎片化的情节连缀为内容碎片化、内涵却高度和谐统一的充满抒情哲理意味的作品。作家寥寥数笔便为读者勾勒出富有画面感的情节，但叙事上作家并不按照逻辑的顺序以描述情节为核心，而是抛开一个个的情节，去追求情节背后所蕴含的哲理主线。

一　阿斯塔菲耶夫小说的时序倒错叙事

小说《牧童与牧女》中叙事时间上，倒叙与预叙均有呈现。小说开

---

① ［俄］瓦·拉斯普京：《告别马焦拉》，董立武等译，外国文学出版社1999年版，第141页。

头就采用预叙方式交代结局,即在俄罗斯中部的草原上一座孤坟使相爱的两个年轻人天人永隔,从一开始便奠定了作品的悲剧性基调,其后才展开对过去事件的倒叙。《鱼王》由十多个短篇构成,其中回忆占据大量篇幅,表现出倒叙回忆与现实抒情的交错。《俄罗斯田园颂》中时序的排列独具特色,作家仿佛在借助文本"做了一次阿勃拉莫夫式的去往过去的旅行"①,为了回忆童年往事,采用了倒叙的方式开篇,而在文中则数次出现过去的回忆时间与现实时间的交叉,即多次的插笔,令读者产生如在时空中穿梭之感。作品开头就带有强烈的抒情色彩,表明了是成年人对过去的回忆,"记忆啊,我的记忆,你为什么要这样的拨弄我呢?"② 在篇幅不长的开头里,作家却囊括了整个战争期间的感受,由最初对战争与炮弹的恐惧,到后来对炮弹袭来听天由命的宿命态度,整个战争中的"我"死了一次又一次的感受,最终"我没有被另一个世界夺走,而是被掷给了遍地疮痍的大地"③。对长达几年的战争仅用两个段落描写完成,从中我们感受到时距压缩,这是一种时间的淡化手段,这种对时序的安排是对传统的时间性叙事的反抗。作家把这种对过去童年时的回忆看作一种精神的复活,在回忆中浮现的"小男孩"形象以及西伯利亚冻土带上那个菜园是足以能够慰藉饱受战争摧残的俄罗斯心灵的良药,在对故乡菜园的回忆中,能够感到"菜园田地垄沟里散发出来的沁人心脾的温馨……洁净的露水已经在医治一块块擦伤了"④。极为精简的几句话阐明了小说创作的意义——回忆是一种疗伤,能够抚慰人类心灵对真情的渴望、对真心实意的亲人爱护的渴求。小说中叙事者几次从回忆中猛醒,回到现实:"无数个夜晚已然逝去,岁月蹉跎,

---

① Большакова, А. Ю., *Феномен деревенской прозы XX века*, Москва: Комитет по телекоммуникациям и средствам массовой информации Правительства Москвы, 2000, С. 110.

② [俄]维·阿斯塔菲耶夫:《阿斯塔菲耶夫短篇小说选》,陈书贤、张大本译,百花文艺出版社 2009 年版,第 199 页。

③ [俄]维·阿斯塔菲耶夫:《阿斯塔菲耶夫短篇小说选》,陈书贤、张大本译,百花文艺出版社 2009 年版,第 200 页。

④ [俄]维·阿斯塔菲耶夫:《阿斯塔菲耶夫短篇小说选》,陈书贤、张大本译,百花文艺出版社 2009 年版,第 202 页。

沧桑历尽。"① 回忆与现实变换引起读者对"时间重组中得到价值复现和意义衍生"② 的审美期待，即读者或许不再关注故事发生的时间与具体的事件间的关系，转而去探求时序的改变所带来的新的审美体验，探索回忆带给现实的意蕴，理解俄罗斯大地慷慨无私的奉献对人的道德价值的无限性。因而作家才会在小说中直抒胸臆："到真实的土地上生活着的实在的亲人那里。他们善于爱护你，爱护这个真实的你，他们知晓唯一的酬谢是以德报德，投桃报李。"③

二 阿斯塔菲耶夫小说的碎片化叙事

如果时序的倒错是阿斯塔菲耶夫小说的空间性写作的一个方面，那么他的创作更富空间性色彩的便是碎片化的情节叙述。回忆中的碎片并没有任何时间上的区分，甚至可以说，在这里时间仿佛停止，一切发生都仅有一个时间，即童年。情节之所以呈现碎片化，很重要的原因是大量的叙事盲点的存在，作家对人物的年岁、外貌、身高等等信息不做具体的交代。小说中还有小男孩的祖父祖母，两位老人也同样没有细致的信息。对于祖父的记忆，小男孩回忆中记得坐在爷爷坚硬的膝盖上吃芜菁、甘蓝这样的细节、爷爷在菜园中干活时的细节以及爷爷奶奶为了菜园祈祷的细节。这些情节之间并没有用任何时间的线索相互连缀，却给人自成一体，浑然天成之感。在这些看似无关联的回忆碎片间有内涵性的联系，细品之下，每一个回忆里面渗透的都是美好感情，无论是童年在澡堂里的被搓洗的遭遇，还是与祖父母一起生活中的欢乐，无论是长成少年后在菜园中芜闹而挨打，还是 10 岁就已经开始在田间劳作的辛苦，所有这些情节的碎片构成了关怀与爱的立体的空间，这些碎片相互

---

① ［俄］维·阿斯塔菲耶夫：《阿斯塔菲耶夫短篇小说选》，陈书贤、张大本译，百花文艺出版社 2009 年版，第 212 页。
② 李畅：《阿斯塔菲耶夫小说的叙事艺术研究》，硕士学位论文，上海外国语大学，2014 年。
③ ［俄］维·阿斯塔菲耶夫：《阿斯塔菲耶夫短篇小说选》，陈书贤、张大本译，百花文艺出版社 2009 年版，第 202 页。

映照，构成碎片化陈述，"使文本取得共时性的空间效果"①。俄罗斯的菜园浸透着人们对家乡的爱、对土地的尊重、对养育自己的祖辈的爱。阿斯塔菲耶夫借对童年时的感受与菜园空间中纷繁多样的蔬菜描写，以抒情颂歌笔触表现俄罗斯大地的田园之美，抒发对俄罗斯大地根基的热爱之情。

情节的碎片所构成的空间中同样有时间的参与，只是作家似乎有意淡化了时间叙事，正如巴赫金的时空体理论中所提到的："时间在这里浓缩、凝聚，变成艺术上可见的东西；空间则趋向紧张，被卷入时间、情节、历史的运动中。"② 时间在凝聚与浓缩后，便关注扭曲的时间中空间的变化，同样空间中所包含的时间也在不断运动，通过不同情节提示这种时间流动。阿斯塔菲耶夫的小说便表现出上述特点。如"小男孩"坐在爷爷的膝盖上吃甘蓝，终于吃饱了，迷糊中进入梦乡之际，时间仿佛发生逆转，他一下子回到了婴儿期，似乎刚刚会爬，便在菜园里爬动，刚刚学会走路，便进菜园活动。这种情节上的嵌套使时间向前"闪回"，情节也"闪回"到更为遥远的童年。菜园空间对"小男孩"来说是陪伴他出生并与他一起长大的最亲近的家园，菜园中一切正在生长的蔬菜都被赋予了人格化的描写。"小男孩"万分珍视这些劳动的果实，几乎以一种崇拜的心境看待第一根黄瓜，以欣喜的目光注视顽强的萝卜长出地面。接着，情节便已经转为描述男孩长成了少年，开始了少年的胡闹与顽皮，少年参军后去往城市空间，同样看到菜园，但那已经不是故乡的菜园，对比之下认为那里的人们根本不懂得如何耕种。小说叙述中，童年的"小男孩"与成年以后的"小男孩"情节形成数次交叉。过去的回忆中，插入战场上士兵在战争间隙以各种方式吃马铃薯的细节。作家描述匆忙中以马铃薯果腹的士兵们。这普通的菜成为艰苦战争中士兵的救命粮食。士兵们甚至因为马铃薯的存在而鼓起继续作战的勇气。小说中形成了静谧的田园空间、残酷的战争空间与悲惨城市空间的对比性反差。富有冲击感的画面不但是艺术美的深刻体现，同时也唤醒人对

---

① 孙蔚：《国内空间叙事研究述评》，硕士学位论文，湖北师范大学，2018年。
② ［俄］米·巴赫金：《小说理论》，白春仁、晓河译，河北教育出版社1998年版，第275页。

自然与人性的哲理性思考。

空间性写作最终引导读者在碎片化的情节中找寻文本背后的意义，而阿斯塔菲耶夫在情节描写之余，又将抒情与哲理融为一体。《俄罗斯田园颂》中情节之后的抒情之笔则与读者阅读后的思考产生共鸣，作家对故乡、人生、战争的诸多哲理思考在读者内心引起共识，从而达到作家与读者间的心灵沟通。俄罗斯文学研究者涅法金娜认为，20世纪末的现实主义继承了俄罗斯经典现实主义的基本传统，阿斯塔菲耶夫继承的则是陀思妥耶夫斯基传统，作家的现实主义创作原则中融入了现代主义元素，形成美学原则间的互动，阿斯塔菲耶夫利用时间的变形叙事和诗学的创新来强调文学背后的文化价值与内涵。阿斯塔菲耶夫作为自然的歌者，用其优美的文字，终身呼唤人与自然的和谐，人与人关系的和谐。阿斯塔菲耶夫的散文是对我们的生活、人在大地与社会中的意义和道德准则的深思，以及对俄罗斯未来的期待。

第三节 淡化时间构建的宗教空间

后苏联时代作家迎来创作方式上的自由，乡村小说作家在叙事方式上发生了政论性转向，但该流派所秉承的根基主义传统并没有旁落，而是被文坛新生代的传统派作家进一步传承。阿瓦尔拉莫夫、帕夫洛夫、谢恩钦等是新时期现实主义文学的代表，他们自称"正统派"[1]，推崇现实主义精神，认为"它可以吸纳很多有特点的创作风格"[2]，然而这些仍然要建立在古老的俄罗斯信仰与文化基础上。在这些作家的创作中融合多种的表现手法，将新时期的文化喧嚣与现代主义风格杂糅并蓄，构成20世纪末21世纪初的现实主义叙事特色。作家们更加重视空间性叙事，瓦尔拉莫夫的小说《沉没的方舟》《教堂圆顶》《傻瓜》均体现了新时期现实主义文学的时间与空间的创新叙事。其小说《生》深刻呈现出作家对空间化叙事建构，以淡化现实时间强调宗教时间的方式，将宗

---

[1] Абашева, М. П. ，"Мы ортодокс"，*Литературная Россия*，1997，No52，26 дек.

[2] Павлов, О. О. ，"Метафизика русской прозы"，*Октябрь*，No1，1998.

教救赎主题融入了空间性写作,以对人物心理的强化描写构建立体宗教空间,以超越传统时间叙事策略揭示了生命存在的内涵。

一 现实时间淡化凸显的宗教空间

在瓦尔拉莫夫的小说《生》中,作家试图通过淡化现实时间引导读者关注小说所述事件的普适性价值,也正因为这种叙事手法的运用而凸显了小说对宗教空间的构建。故事发生的时间、地点与主人公姓名等都被淡化或模糊化了,取而代之的是以宗教性的时间或事件代替了世俗时间。瓦尔拉莫夫从来不刻意交代故事发生的时间,因而造成了读者一定的阅读障碍,因此读者的参与,即猜测故事发生的时间成为一种空间叙事手段。而作家则以事件的发生来暗示时间,如市中心发生了"战争",暗指苏联政权解体的社会动荡,读者可按照历史时间逆推出小说叙事的时间。另外小说中从未清晰标明孩子将何时出生,只是以母亲发现自己怀孕八个星期为故事的起点,文中只有一处提及孩子可能在春天出生。我们发现,作家如此淡化时间流,或者说打断了时间流的叙事,将读者的注意力引向的是故事本体,即发现作家将关注的焦点置于夫妇二人即将迎来一个新生命的事实。作家有意引导读者对生命本体的存在状态进行思考,而其他的细节似乎可以湮没于人类历史中,具体情形甚至可以忽略不计。

通过对时间的淡化,以及对宗教仪式、忏悔、祈祷等等的强调,作家在文本中极力营造了宗教空间,女人与新生儿的每一种情形变化都离不开宗教的陪伴。在新生命降生前的几个月里,女人一生中第一次为了孩子而去教堂完成洗礼,尽管她觉得受洗过程很荒唐忙乱,甚至提心吊胆,但是当她完成了这些宗教仪式时,她感到安心,因为已经给孩子找到圣母作为保护神。在孩子未出世前的时间里,她曾认真翻看福音书中的片段,尤其对女人生产的段落记忆得极为清楚。接着在女人早产生下了奄奄一息的婴儿时,作为代表了科学理性精神的医生劝说她放松精神并祈祷。在为婴儿治疗过程中,她数次地为婴儿向圣母祈祷,祈求帮助孩子走过难关活下来。女人的丈夫本是科学院的研究员,他的思想与工作都透出严谨的理性科学精神,也从不信教,但当孩子的生命面临困境之时，作为父亲，他走进了教堂，请求神父为孩子施洗。在孩子终于治愈出院的那天刚好是宗教节日——奉献节。应该注意的是，所有这些并非偶然的巧合，而是作家的有意安排，这条宗教的时间线索隐秘地存在于文本中，参与了婴儿诞生的整个过程，在淡化了世俗的时间中我们发现了宗教时间的凸显，同时也构建起了宗教空间。

二 心理描写建构的宗教空间

《生》中包含着大量的心理描写，或者说，这部小说几乎是以女人和男人的心理描写构建了感知空间，推动了小说情节发展，向宗教空间不断深化。

整篇小说围绕着一个孩子在母体中的孕育、出生、出生后的发病这一简单的事件线索，然而瓦尔拉莫夫在叙述这一生活中司空见惯的事件过程中，并没有将叙述的重点放置于表面的线索，而是大量叙述男人和女人的心理感受，通过二人不同的视角突出表达了对世界的看法。二人对新生命的看法有着明显的不同，作家正是借助了他们对新生命的不同感受建立了迥异的心理空间，借助空间化的叙事无疑进一步加深了文本的内涵。男人更多地从社会的角度去思考新生命的意义，如当他得知妻子怀孕后，去市中心时，明显感觉到了孩子之于自己的重要意义，对于一个父亲来说孩子的生命无疑是比谁来做执政者重要得多。小说中，作家引经据典地描述男人对新生儿的心理感受，"他生在这个国家里，一生都在这个国家里度过，如果他的儿子活下来，他也将在这个国家里度过自己的一生——可是谁需要这样的一生呢？"[①] 可以说，父亲从社会的角度出发思考孩子生命的价值，认为在当前的对个人的价值与尊严毫不在意的俄罗斯，孩子将继续承受这种罪孽，作为父亲的他应带领孩子与妻子逃离这个国度，因为"孩子是纯洁的，他不应当为我的罪孽付出代价"。父亲不断反思自己的过去，认为是自己的罪孽导致新生儿的不幸，他由最初的诅咒命运不公的心理转变为为自己过去的行为感到羞愧，并在内心深处忏悔自己言行中的"罪孽"，他认为自己好嫉妒，是最大的

---

① [俄] 阿·瓦尔拉莫夫：《生》，余一中译，外国文学出版社出版 2002 年版，第 94 页。

罪过，而基督教认为的罪过中嫉妒的确是占首要地位的。男子从社会空间思考问题，而女人则从家庭空间思索生命的意义。与男人的心理有很大区别的是女人的心理，她知道自己怀孕后，内心的惶惑不安促使她作出大量反常的行为，她的一系列心理活动都围绕着孩子、家庭、与丈夫的关系等等展开，并没有扩展到社会层面。于是通过小说中男人和女人的心理活动，作家构建起了一个覆盖社会与家庭的完整心理知觉空间。女人作为家庭的核心，她在受了洗礼后，尤其孩子在医院生命垂危时，她多次重复地请求圣母庇佑，晚上很晚都要做祈祷，希望孩子可以平安。小说中曾数次提到她向圣母的祈祷，内容与语气一次比一次丰富且强烈：

  "圣母啊，"她诉苦似地说，"你快到他身旁去吧，帮帮他吧。"①

  "圣母啊，圣母啊，主啊，主啊，"她断断续续地说，"这都是你呀。你暂时可别离开，你再和他待一会吧，现在他们不让我和他在一起。日后，我会带他去拜望你的，我会告诉他，是你救了他，你是他的保护人。我把他献给你，你可要保护好他呀。"②

  "圣母啊，如果你想要把他从我这儿夺走的话，那就早该一下子把他夺走的。那时我还有力量，可现在如果他出什么事，我会受不了的。当时，你把他从深渊拉了出来，你可别再把他送到深渊里去呀。请让我们免于灾难，我们的保护神啊。尽管我们有罪，尽管我们过着没有教规、没有爱情的生活，婴儿是不应该为父母的罪孽付出代价的。我受再多的苦都行……"③

女人的祈祷一次比一次热烈，情感的投入一次比一次深沉，这些祈祷分别处于婴儿在医院里生命受到威胁的节点，而女人对圣母的多次的祈祷

---

① [俄] 阿·瓦尔拉莫夫：《生》，余一中译，外国文学出版社出版 2002 年版，第 54 页。
② [俄] 阿·瓦尔拉莫夫：《生》，余一中译，外国文学出版社出版 2002 年版，第 64 页。
③ [俄] 阿·瓦尔拉莫夫：《生》，余一中译，外国文学出版社出版 2002 年版，第 79—80 页。

是一种情节上的重复叙事，从叙事学角度来看，情节重复叙事正是空间叙事建构的手段之一，瓦尔拉莫夫让每一次祈祷的话语不断重复也是同时在深化情节内涵增强空间性叙事表达效果，在女人的心理活动中宗教祈祷推动了情节的发展，以实现建构宗教心理空间的目的。同样，男人在婴儿出生的那一天，从来不信教的他却虔诚地跪在窗前祈祷，此时对于一位父亲来说，他愿意用自己最为珍贵的东西从物质到生命来交换孩子的生命，祈祷是心理描写中最为传神的情节，作家突出塑造这一情节，其叙事目的依然是指向宗教空间的营造：

"主啊，随你怎么惩罚我吧，你想减掉我多少寿命就减吧，拿走我的健康、精力吧，拿走那间小木屋吧，——一切都拿走吧，只要让他活着就行。"①

两人在不同空间的祈祷使他们的精神跨越现实时空来到了一个共同的宗教心理空间，他们共同为新生命的祈祷过程证明：与人世间一切过去所重视的名誉、虚荣、地位相比，生命则是任何事物无法替代的最为本质的价值，而得到圣母庇佑的生命无论怎样羸弱终会因信仰而得救。

作家似乎要以此突出这样的理念：任何理性的治疗都没能给新生命带来希望，而忏悔与接受洗礼却对生命起到了重要作用，可见作家的宗教世界观是整个文本的根基，俄罗斯人的生命观念也建立在宗教世界观之上。正是基于宗教心理空间的构建，瓦尔拉莫夫将小说中的心理和意象相互结合，以隐喻方式将象征元素引入文本，隐喻的效果在文本中起到了深化主题的作用。在孩子濒临死亡，且医生也逐渐感到束手无策时，女人让男人去找一个神父给孩子施洗，神父所说的话隐喻着生命的神秘，它不是用理性的医学知识可以解决的，"谁什么时候去见上帝，这可不是他们能懂的事"②。孩子最终平安无事地出院了，出院的那天刚好是奉献节，文中又非常具体地加上了一句"西梅翁长老和小孩儿耶

----

① [俄] 阿·瓦尔拉莫夫：《生》，余一中译，外国文学出版社出版2002年版，第65页。
② [俄] 阿·瓦尔拉莫夫：《生》，余一中译，外国文学出版社出版2002年版，第101页。

稣相逢的时候"①,这里很明确地隐喻了新生儿获得神的祝福,成为有神庇佑之子。以上的种种意象表明,在这个并不长的作品中隐含着的俄罗斯最为传统的宗教文化空间,而生命则与这一空间保持了密切的相互依存的关系。

瓦尔拉莫夫借助中篇小说《生》体现出俄罗斯传统的生命哲学观,亦如瓦尔拉莫夫被授予索尔仁尼琴奖时的获奖词所言,"细致探究当代世界中人性的力量和脆弱之处"②。瓦尔拉莫夫的小说已经超越了传统的现实主义模式,走向了象征主义的现实主义,其象征体系以宗教隐喻的方式构建,新生儿的早产、生病与病愈的艰难生命过程象征新俄罗斯国家产生与存在所遇到的重重困难,小说中一再出现的种种宗教情形隐喻着宗教是俄罗斯的精神根基。在小说中作家正是运用了宗教的审判与再造的双重功能,将宗教的救赎功能融入对新生婴儿生命的救助和夫妻关系的复原之中,作为一个社会的细胞的家庭的复原也可以扩大为对社会的拯救,以此彰显宗教在人们生活中的重要意义,同时作家也试图说明,宗教在俄罗斯复兴中的作为民族生命根基的重要作用。

---

① [俄]阿·瓦尔拉莫夫:《生》,余一中译,外国文学出版社出版2002年版,第104页。

② Премия Солженицына присуждена Алексею Варламову, http://eralpress/premiya_solzheni-tsyna_prisuzhdena_alekseyu_varlamovu.html? tmpl=common,06.03.2006.

结　　语

　　20世纪俄罗斯乡村小说一方面继承19世纪俄罗斯人道主义思想，另一方面也受到了俄罗斯经典现实主义文学的深刻影响，尤其是托尔斯泰、陀思妥耶夫斯基等现实主义大师的美学与诗学思想的影响，重视对俄罗斯民族的道德感的探索与挖掘，其作品着重表现俄罗斯人对传统道德精神的追求。乡村小说作家继承了19世纪下半叶陀思妥耶夫斯基等人的根基主义思想，即将俄国社会的发展立足于民族文化传统的文化倾向，重视作品中俄罗斯民族性、传统性、宗教性为指归的言说。20世纪俄罗斯乡村小说创作兴起于"解冻时期"之后，其创作倾向表现为对苏联社会主义现实主义创作中出现的庸俗社会学的反拨。乡村小说作家重视回归乡土，在与现代化进程的文明对抗中表达怀乡意识，因而作品充满对农村生活中俄罗斯民族文化精神的洞察，新根基主义成为乡村小说创作的思想基础。"新根基主义"是在文学解冻的历史条件下对根基主义的回归及在新历史时期的思想上的新发展。在20世纪60年代苏联社会文化的转型过程中，乡村小说也同样发生叙事转型，由对社会和农村弊端的批判写实转而探索永恒的人类问题，关注人性的表现，挖掘人灵魂深处的善恶，将社会问题上升到哲理层面，反思俄罗斯人在现代化进程中产生的变化。

　　从乡村小说发展的历史沿革与作家创作思想的变化中可以发现其发展的独特性，即对俄罗斯经典文学美学思想的回溯、接续与创新。乡村小说叙事作为对20世纪30—40年代斯大林时期的社会主义现实主义写作的庸俗叙事倾向的反拨，从题材选择，创作的原则、对象与手法上均呈现与此前20年间文学叙事的差异。从整体来看，乡村小说叙事重视俄罗斯文学的人道主义传统，重视历史发展中个体的价值，探索俄罗斯农村发展过程中其道德伦理的存在与消弭过程。20世纪60—70年代苏联社会改革的现代化进程加快，城市化进程加剧以及科技革命工业化引起农业生产生活发生巨大变化，乡村小说转而关注俄罗斯农村传统文化的逐渐式微的状况，作家的创作以回忆主题、道德主题等展开对过去传统的俄罗斯乡村的回顾，讴歌过去的传统道德观念，认为农村原有的传统文化和农民传统的宗教道德是俄罗斯赖以存续与发展的根基，而丢掉这一根基无疑会使俄罗斯丧失民族文化特点，成为西方文化的附庸。乡村小说作家的叙事思想经历了从揭露苏联农村生产与农民社会中的问题向人的精神道德追问及人性等永恒人类问题的哲理探索转化。

乡村小说以"新根基主义"思想为基本理念，立足于乡土自然，呼吁生态意识，回归人性，寻觅民族的道德根基，弘扬作为俄罗斯民族文化基石的宗教，作家创作中以俄罗斯民族性和宗教性抗拒苏联社会主义现实主义文学所强调的国家性、政治性。由于苏联社会文化的变迁与政治改革，乡村小说作家探究人的深刻复杂的思想意识，并因此表现出艺术美学创新，在叙事中力图从不同视角发掘俄罗斯民族独特的文化传统与精神心理，在叙事形式上发生了形象、视角、假定性和空间等叙事方面的转型。叙事转型一方面说明苏联国家文艺政策较之以往具有一定程度的开放与自由，作家从欧美文学创作中吸取了多样化现代派艺术的精髓，同时也可以看到，乡村小说作家从19世纪的经典文学中获得了美学思想与文学艺术发展的动力。在乡村小说叙事形象的变化中，可以发现对19世纪文学中一些传统的人物形象的继承以及各种原型形象所承载的民族文化特征在20世纪后半期的变化发展。乡村小说叙事视角转型是对过去单一的无聚焦叙事的创新写作，所开辟的第一人称与第三人称有限叙事极大拓展了人物的内心话语，展现了内心独白的天地，更有利于对人物的内心情绪变化细致描摹，为体现人物的主观性哲理言说开辟途径，并且多角度的叙事聚焦为叙事假定性和空间性转化奠定了基础。乡村小说假定性叙事一方面来自俄罗斯文学传统，另一方面来自西方文学的现代小说的创作经验，体现了乡村小说在20世纪70—80年代新时期发展中的艺术性与哲理探索的增强。乡村小说叙事的空间性转型进一步彰显了俄罗斯文学的心理叙事特点，从不同角度构建心理空间并将传统的东正教思想融入其中,进一步构建了宗教空间。苏联解体前后的乡村小说叙事仍然坚守着文化中的根基主义意识,乡村小说在一时的沉寂过后,在老作家的继续创作中,传统派作家对社会问题进行了激烈批判,新生代作家中的根基主义者聚焦于俄罗斯世代相传的宗教文化,以创作弘扬俄罗斯民族文化的宗教传统,提出东正教是滋养民族文化之根、坚定民族精神和国家未来发展的文化基石。

乡村小说的叙事转型表现了俄罗斯文学艺术上的新发展,试图以其哲理思索为俄罗斯民族找寻文化出路,乡村小说作家的叙事变化具有为当代俄罗斯探寻文学与文化发展新道路的重要意义。

参考文献

一 中文部分

（一）作品类

［俄］维·阿斯塔菲耶夫：《鱼王》，夏仲翼译，广西师范大学出版社2017年版。

［俄］维·阿斯塔菲耶夫：《阿斯塔菲耶夫散文选》陈淑贤、张大本译，百花文艺出版社2009年版。

［俄］亚·赫尔岑：《往事与随想》（中卷），项耀星译，人民文学出版社1998年版。

［俄］瓦·拉斯普京：《告别马焦拉》，董立武等译，外国文学出版社1999年版。

［俄］瓦·拉斯普京：《幻象》，任光宣、刘文飞译，人民文学出版社2004年版。

［俄］瓦·拉斯普京：《伊万的女儿，伊万的母亲》，石南征译，人民文学出版社2005年版。

［苏联］弗·列宁：《列宁全集》（第40卷），中央编译局译，人民出版社1986年版。

［苏联］瓦·舒克申：《舒克申短篇小说选》，刘宗次译，外国文学出版社1983年版。

［俄］亚·索尔仁尼琴：《伊凡杰尼索维奇的一天》，斯人等译，人民文学出版社2008年版。

［俄］列·托尔斯泰：《列夫·托尔斯泰文集》（第8卷），刘辽逸译，人

民文学出版社 2000 年版。

［俄］列·托尔斯泰：《复活》，汝龙译，人民文学出版社 1985 年版。

［俄］费·陀思妥耶夫斯基：《书信集》（上），郑文樾、朱逸森译，河北教育出版社 2010 年版。

［俄］费·陀思妥耶夫斯基：《陀思妥耶夫斯基全集》（第十七卷至第十八卷），陈燊编，白春仁译，河北教育出版社 2010 年版。

［俄］费·陀思妥耶夫斯基：《作家日记》（上），张宇、张有福译，河北教育出版社 2010 年版。

［俄］费·陀思妥耶夫斯基：《穷人》，文颖译，《陀思妥耶夫斯基选集·中短篇小说选》，人民文学出版社 1997 年版。

［俄］阿·瓦尔拉莫夫：《生》，余一中译，外国文学出版社 2002 年版。

（二）著作类

［俄］符·阿格诺索夫：《20 世纪俄罗斯文学》，凌建侯等译，中国人民大学出版社 2001 年版。

［英］乔治·奥威尔：《政治与文学》，李存捧译，译林出版社 2011 年版。

［俄］米·巴赫金：《小说理论》，白春仁、晓河译，河北教育出版社 1998 年版。

北京大学俄语系苏联文学研究室编译：《西方论苏联当代文学》，北京大学出版社 1982 年版。

［俄］尼·别尔嘉耶夫：《自我认知——哲学自传的体验》，汪剑钊译，云南人民出版社 1998 年版。

［俄］尼·别尔嘉耶夫：《俄罗斯的命运》，汪剑钊译，译林出版社 2011 年版。

［俄］尼·别尔嘉耶夫：《俄罗斯思想的宗教阐释》，邱运华、吴学金译，东方出版社 1998 年版。

［俄］尼·别尔嘉耶夫：《人的奴役与自由》，徐黎明译，贵州人民出版社 2007 年版。

［俄］维·别林斯基：《别林斯基论文学》，梁真译，新文艺出版社 1958 年版。

参考文献

〔英〕以赛亚·伯林:《俄国思想家》,彭淮栋译,译林出版社2011年版。

〔美〕韦·布斯:《小说叙事学》,华明、胡苏晓、周宪译,北京大学出版社1989年版。

曹靖华:《俄苏文学史》,北京大学出版社1993年版。

曹悦:《俄罗斯东正教绘画》,云南大学出版社2009年版。

陈建华、倪蕊琴:《当代苏俄文学史纲》,辽宁教育出版社1997年版。

陈新宇:《俄罗斯当代乡土小说研究》,浙江大学出版社2017年版。

陈之骅:《勃列日涅夫时期的苏联》,中国社会科学出版社1998年版。

薛君智:《欧美学者论苏联文学》,社会科学文献出版社1996年版。

方英:《小说空间叙事论》,上海交通大学出版社2017年版。

〔俄〕弗兰克:《俄国知识人与精神偶像》,徐凤林译,学林出版社1999年版。

〔法〕米歇尔·福柯:《疯癫与文明》,刘北成、杨远婴译,生活·读书·新知三联书店1999年版。

〔苏〕格罗斯曼:《陀思妥耶夫斯基传》,王健夫译,外国文学出版社1987年版。

〔俄〕瓦·哈利泽夫:《文学学导论》,周启超等译,北京大学出版社2006年版。

何瑞:《1950~80年代的苏联文学》,花山文艺出版社2009年版。

何云波:《乡土罗斯的现代转型》,刘文飞编《苏联文学反思》,中国社会科学出版社2005年版。

〔美〕戴·赫尔曼:《新叙事学》,马海良译,北京大学出版社2002年版。

〔俄〕米·赫拉普钦科:《艺术创作,现实,人》,刘逢祺、张捷译,上海译文出版社1999年版。

〔德〕黑格尔:《美学》(第一卷),朱光潜译,商务印书馆2009年版。

侯玮红:《当代俄罗斯小说研究》,中国社会科学出版社2013年版。

〔英〕杰弗里·霍斯金:《俄罗斯史》(第2卷),李国庆等译,南方日报出版社2013年版。

〔英〕安·吉登斯:《民族-国家与暴力》,胡宗泽、赵力涛译,生活·读书·新知三联书店1998年版。

季明举:《斯拉夫主义的文艺理论和文化批评》,中国社会科学出版社 2015 年版。

蒋路:《俄国文史采微》,东方出版社 2003 年版。

金雁:《苏俄现代化与改革研究》,广东教育出版社 1999 年版。

[俄] 瓦·津科夫斯基:《俄国哲学史》(上下册),张冰译,人民出版社 2013 年版。

[英] 马克·柯里:《后现代叙事理论》,宁一中译,北京大学出版社 2003 年版。

蓝英年:《回眸莫斯科》,文汇出版社 2004 年版。

[法] 古·勒庞:《乌合之众:大众心理研究》,冯克利译,中央编译出版社 2005 年版。

[德] 沃·勒佩尼斯:《何谓欧洲知识分子》,李焰明译,广西师范大学出版社 2011 年版。

雷永生:《东西文化碰撞中的人:东正教与俄罗斯人道主义》,华夏出版社 2007 年版。

黎皓智:《20 世纪俄罗斯文学思潮》,北京大学出版社 2006 年版。

黎皓智:《拾取思想的片段——回眸俄罗斯文学艺术》,江西人民出版社 2011 年版。

黎皓智:《苏联当代文学史》,百花洲文艺出版社 1990 年版。

李毓榛:《20 世纪俄罗斯文学史》,北京大学出版社 2000 年版。

[俄] 德·利哈乔夫:《解读俄罗斯》,吴晓都译,北京大学出版社 2003 年版。

梁工:《基督教文学》,宗教文化出版社 2001 年版。

[美] 尼·梁赞诺夫斯基、马·斯坦伯格:《俄罗斯史》(第七版),杨烨、卿文辉译,上海人民出版社 2007 年版。

刘宁:《俄国文学批评史》,上海译文出版社 1999 年版。

刘文飞、文导微:《文学俄国》,人民文学出版社 2014 年版。

刘文飞:《阿伊诺斯,或双头鹰》,中国社会科学出版社 2006 年版。

刘亚丁:《苏联文学沉思录》,四川大学出版社 1996 年版。

[德] 卡·曼海姆:《意识形态与乌托邦》,黎鸣、李书崇译,商务印书馆 2000 年版。

[俄]德·梅列日科夫斯基:《托尔斯泰与陀思妥耶夫斯基》,杨德友译,华夏出版社2009年版。

[法]塞·莫斯科维奇:《群氓的时代》,许列民等译,江苏人民出版社2003年版。

[苏联]穆拉托娃:《高尔基与苏联文学》,刘保瑞、谭得伶、陆桂荣译,广西人民出版社1986年版。

彭克巽:《苏联小说史》,十月文艺出版社1988年版。

[瑞士]让·皮亚杰:《结构主义》,倪连生、王琳译,商务印书馆1984年版。

[法]热拉尔·热奈特:《叙事话语 新叙述话语》,王文融译,中国社会科学出版社1990年版。

[苏]安·日丹诺夫:《苏联文学艺术问题》,曹葆华等译,人民文学出版社1953年版。

[美]爱德华·W.萨义德:《知识分子论》,单德兴译,生活·读书·新知三联书店2002年版。

[俄]列夫·舍斯托夫:《以头撞墙:舍斯托夫无根基生活集》,方珊等译,天津人民出版社2007年版。

申丹、王丽亚:《西方叙事学:经典与后经典》,北京大学出版社2010年版。

申丹:《叙事、文体与潜文本——重读英美经典短篇小说》,北京大学出版社2009年版。

申丹:《叙述学与小说文体学研究》,北京大学出版社1998年版。

[苏]维·什克洛夫斯基:《散文理论》,刘宗次译,百花洲文艺出版社1997年版。

沈志华:《苏联历史档案选编》,社会科学文献出版社2002年版。

石南征:《明日观花——七八十年代苏联小说形式、风格问题》,社会科学文献出版社2007年版。

[苏联]约·斯大林:《大转变的一年》,《斯大林选集》(下卷),中央编译局译,人民出版社1979年版。

[美]马·斯洛宁:《苏维埃俄罗斯文学》,浦立民、刘峰译,上海译文出版社1983年版。

[美]马·斯洛宁:《现代俄国文学史》,汤新楣译,人民文学出版社 2001 年版。

[苏]苏联部长会议中央统计局编:《苏联国民经济六十年》,陆南泉、张康琴、毛蓉芳译,生活·读书·新知三联书店 1979 年版。

孙玉华、王丽丹、刘宏:《拉斯普京创作研究》,人民文学出版社 2009 年版。

谭得伶、吴泽霖等:《解冻文学和回归文学》,北京师范大学出版社 2001 年版。

[美]埃娃·汤普逊:《理解俄国:俄国文化中的圣愚》,杨德友译,生活·读书·新知三联书店 1998 年版。

汪介之:《俄罗斯现代文学批评史》,中国社会科学出版社 2015 年版。

汪介之:《远逝的光华》,福建教育出版社 2015 年版。

王丽丹:《乍暖还寒时——"解冻"时期苏联小说的核心主题与文体特征》,上海译文出版社 2004 年版。

王志耕、徐清:《欧美文学》,中国社会科学出版社 2009 年版。

王志耕:《圣愚之维:俄罗斯文学经典的一种文化阐释》,北京大学出版社 2013 年版。

王志耕:《宗教精神的艺术显现——苏联文学与宗教》,刘文飞编《苏联文学反思》,中国社会科学出版社 2005 年版。

王志耕:《宗教文化语境下的陀思妥耶夫斯基诗学》,北京师范大学出版社 2003 年版。

吴元迈、邓蜀平:《五六十年代的苏联文学》,外语教学与研究出版社 1984 年版。

徐崇温:《存在主义哲学》,中国社会科学出版社 1986 年版。

徐天新:《苏联真相》,陆南泉等编,新华出版社 2010 年版。

许贤绪:《当代苏联小说史》,上海外语教育出版社 1991 年版。

[美]拉塞尔·雅各比:《乌托邦之死:冷漠时代的政治与文化》,姚建彬译,新星出版社 2007 年版。

[俄]叶夫多基莫夫:《俄罗斯思想中的基督》,杨德友译,学林出版社 1999 年版。

叶舒宪:《神话—原型批评》,陕西师范大学出版社 2011 年版。

张建华、王宗琥:《20世纪俄罗斯文学:思潮与流派》,《外语教学与研究出版社2012年版。

张建华:《苏联知识分子群体转型研究:1917—1936》,北京师范大学出版社2012年版。

张建华:《新时期俄罗斯小说研究》,高等教育出版社2016年版。

张杰、汪介之:《20世纪俄罗斯文学批评史》,译林出版社2000年版。

张杰:《走向真理探索——白银时代俄罗斯宗教文化批评理论研究》,北京大学出版社2012年版。

张捷:《苏联文学的最后七年》,社会科学文献出版社1994年版。

张捷:《苏联文学最后十五年纪事》,中国社会科学出版社2011年版。

张新梅:《舒克申电影与小说间的相互关系初探》,北京师范大学2012年版。

中国社会科学院外国文学研究所:《七十年代的苏联文学》,中国社会科学出版社1980年版。

中国社会科学院外国文学研究所苏联文学研究室:《苏联文学纪事》,生活·读书·新知三联书店1979年版。

(三) 论文类

白晓虹:《俄国斯拉夫派思想探源》,《求是学刊》1998年第2期。

陈新宇:《二十世纪俄罗斯乡土小说的第三次浪潮》,《外国文学动态》2013年第1期。

[俄] 伽柳比莫娃:《西伯利亚新型宗教教义中的生态伦理原则》,吴斐译,《俄罗斯文艺》2018年第2期。

高红霞:《福克纳"家园"情结的新时期中国之"在"》,《甘肃社会科学》2012年第1期。

耿海英:《别尔嘉耶夫论俄罗斯文学的末日论意识》,《中州大学学报》2008年第4期。

耿海英:《苏联解体前后十五年的俄罗斯文学》,《郑州大学学报》2000年第4期。

郭小丽:《俄罗斯民族的苦难意识》,《俄罗斯研究》2005年第4期。

何云波、张铁夫:《对当代苏联文学寻根热的思考》,《外国文学研究》

1989 年第 3 期。

衡子:《稳定还是衰亡》,《俄罗斯中亚东欧研究》2012 年第 3 期。

侯玮红:《继承传统 多元发展——当代俄罗斯现实主义小说》,《外国文学评论》2007 年第 3 期。

侯玮红:《启蒙与当代俄罗斯乡村小说》,《学习与探索》2014 年第 10 期。

侯玮红:《中篇小说〈皮诺切特〉》,《俄罗斯文艺》2001 年第 1 期。

季明举:《探索生命的根基——有机批评和根基派思想比较》,《俄罗斯文艺》2007 年第 2 期。

季明举:《俄国根基主义及其民族文化审美理论》,《国外文学》2009 年第 4 期。

金雅娜:《俄罗斯神秘主义认识论及其对文学的影响》,《外语学刊》2001 年第 3 期。

黎浩智:《熟悉的陌生人——苏联解体后俄罗斯文学印象》,《俄罗斯文艺》1993 年第 6 期。

黎晧志:《当代苏联小说中的假定性艺术》,《苏联文学》1990 年第 3 期。

李淑华:《勃列日涅夫时期书刊检查制度探究》,《俄罗斯学刊》2011 年第 5 期。

梁坤:《俄罗斯文学传统中女性崇拜的宗教文化渊源》,《中国人民大学学报》2006 年第 3 期。

林精华:《从西欧主义到斯拉夫主义》,《解放军外国语学院学报》1999 年第 3 期。

刘桂林:《和谐:从存在到解体——试论别洛夫的〈凡人琐事〉》,《扬州师范学院学报》1992 年第 4 期。

龙迪勇:《叙事学研究的空间转向》,《江西社会科学》2006 年第 10 期。

瞿明安:《论象征的基本特征》,《民族研究》2007 年第 5 期。

萨石:《十九世纪下半叶俄国文坛上的乌斯宾斯基兄弟》,《外国语文》1987 年第 1 期。

商逾:《论马克思宗教批判的双重尺度》,《理论学刊》2012 年第 9 期。

施渭澄、刘灼:《苏联当代乡村小说》,《江西师范大学学报》1987 年第 3 期。

王宏起：《他在城乡交叉地带耕耘——舒克申小说的审美指向》，《解放军外国语学院学报》1999 年第 6 期。

王占峰：《乡土自然：诗情画意寓哲理——阿斯塔菲耶夫创作论》，《伊犁师范学院学报》2000 年第 3 期。

王志耕：《堕落与救赎：陀思妥耶夫斯基的"中介新娘"》，《河北学刊》2002 年第 4 期。

王志耕：《世俗生活哲学的宗教阐释》，《外国文学评论》1998 年第 1 期。

王志耕：《以圣愚的名义超越知识——俄罗斯文学经典品格论之二》，《文化与诗学》2012 年第 1 期。

[苏] Л. 韦利切克：《苏联农村散文简介》，罗宁译，《苏联文学》1991 年第 5 期。

姚勤华：《19 世纪俄国斯拉夫主义思想和运动研究》，《东欧中亚研究》2002 年第 6 期。

尤迪勇：《叙事学研究之五 梦：时间与叙事》，《江西社会科学》2002 年第 8 期。

张建华：《拉斯普京寻根小说的文化取向与价值迷失》，《俄罗斯文艺》2008 年第 4 期。

张建华：《论后苏联文化和文学的话语转型》，《解放军外国语学院学报》2008 年第 1 期。

郑伟：《圣像之殇与人的复活》，《俄罗斯文艺》2014 年第 2 期。

周和军：《空间与权利——福柯空间观解析》，《江西社会科学》2007 年第 4 期。

周红莉：《论城市镜像中的乡村小说书写》，《苏州大学学报》（哲学社会科学版）2007 年第 5 期。

周红莉：《论城市镜像中的乡村小说书写》，《苏州大学学报》（哲学社会科学版）2007 年第 5 期。

周启超：《新俄罗斯文学的基本表征——从中篇小说艺术谈起》，《黄河科技大学学报》2002 年第 1 期。

周启超：《二十世纪俄语文学：侨民文学风景》，《国外文学》1995 年第 5 期。

朱建刚：《生命意识与民族根基：略论斯特拉霍夫对托尔斯泰的阐释》，

《外国文学评论》2014 年第 1 期。
朱诗艳：《浅谈舒克申笔下的圣愚式的"怪人"形象》，《俄罗斯文艺》2003 年第 6 期。

（四）中文硕士、博士学位论文

池济敏：《艺境无常形 朴实味悠长——析舒克申短篇小说中的作者形象》，硕士学位论文，四川大学，2003 年。
韩振江：《论巴赫金的怪诞现实主义》，硕士学位论文，河北师范大学，2003 年。
李畅：《阿斯塔菲耶夫小说的叙事艺术研究》，硕士学位论文，上海外国语大学，2014 年。
刘锟：《东正教精神与俄罗斯文学》，博士学位论文，黑龙江大学，2004 年。
孙蔚：《国内空间叙事研究述评》，硕士学位论文，湖北师范大学，2018 年。
王淑华：《新俄罗斯文学新态势概览》，硕士学位论文，辽宁师范大学，2005 年。
姚晔：《舒克申短篇小说的精神探索》，硕士学位论文，北京第二外国语学院，2015 年。
张中锋：《列夫托尔斯泰的大地崇拜情结及信仰危机》，博士学位论文，山东大学，2015 年。
赵杨：《拉斯普京的乡土意识》，博士学位论文，上海外国语大学，2005 年。

二 外文部分

（一）俄文著作类

Абрамов, Ф. А., *Я пишу о Севере, Собранное сочинение в 6-х томах*, СПб.: Худ. литература, 1993.
Аверин, Б. В., Нитраур Э., *Русская литература XX века*, СПб.: изд. Петро-РИФ, 1993.

Агносов, В. В., *Русская литература XX века*, Москва: Дрофа, 1997.

Агносов, В. В., *История русской литературы XX века*, Москва: Юрайт, 2013.

Акимов, В. М., *Сто лет русской литературы: От серебряного века до наших дней*, СПб.: Лики России, 1995.

Акимов, В. М., *От Блока до Солженицына*, СПб.: Искусство-СПб, 2010.

Андреев, А. П., *Селиванов А. И. Русская традиция*, Москва: Алгоритм, 2004.

Апухтина, В. А., *Проза В. Шукшина*, Москва: Высшая школа, 1986.

Апухтина, В. А., *Современная советская проза 60—70годы*, Москва: Высшая школа, 1984.

Бахтин, М. М., *Литературно-критические статьи*, Москва: Художественная литература, 1986.

Баранов, В. И., *Дойти до сути: 70-е годы в литературе*, Горький: Волго-Вятское книжное издательство, 1980.

Белая, Г. А., *Литература в зеркале критики*, Москва: Советский писатель, 1986.

Бердяев, Н. А., *Русская Идея, О России и русской философской культуре*, Москва: Наука, 1990.

Бочаров, А. Г., *Литература и время*, Москва: Художественная литература, 1988.

Большакова, А. Ю., *Феномен деревенской прозы XX века*, Москва: Комитет по телекоммуникациям и средствам массовой информации Правительства Москвы, 2000.

Высоцкая, Е. О., *История советского крестьянства и колхозного строительства в СССР*, Москва: АН СССР, 1963.

Ганичева, М. В., Кашелева, В., *Самые знаменитые красавицы России*, Москва: Вече, 2002.

Горбачёв, М. С., *Доклад Центрального Комитета КПСС XXVII съезду Коммунистической партии Советского Союза 25 февраля 1986 года*,

Москва: Политиздат, 1987.

Гордович, К. Д., *История отечественной литературы 20 века*, СПБ.: Спецлит, 2000.

Горяева, Т. М., *Политическая цензура в СССР（1917—1991）*, Москва: РОССПЭН, 2009.

Григорьев, А. А., *Литературная критика*, Москва: Искусство, 1967.

Григорьев, А. А., *Эстетика и критика*, Москва: Искусство, 1980.

Гроссман, Л. П., *Достоевский*, Москва: Молодая гвардия, 1962.

Данилов, В. П. и др., *Трагедия советской деревни*, *Коллективизация и раскулачиваие*, *в 2 т.* Москва: РОССПЭН, 2001.

Достоевский, Ф. М., *О русской литературе*, Москва: Современник, 1987.

Достоевский, Ф. М., "Дневник писателя за 1876 г.", *Полное собрание сочинений в тридцати томах（Том 22）*, Ленинград: Наука, 1981.

Достоевский, Ф. М., *Полное собрание сочнений в 30-х томах（Том 19）*, Ленинград: Наука, 1979.

Емельянов, Л. И., *Василий Шукшин: очерк творчества*, Москва: Советский писатель, 1983.

Журавлев, В. П., *Русская литеретура XX века*, Москва: просвещение, 2001.

Захаров, В. Н., *Почвенничество в русской литературе: метафора как идеология*, *Проблемы исторической поэтики*, Петрозаводск: ПетрГУ, 2012.

Институт мировой литературы им. А. М. Горького Академии наук СССР, *Советская литература и мировой литератерный процесс: гуманистический пафос советской литературы*, Москва: Наука, 1982.

Казаркин, А. П., *Русская литератураная критика XX века*, Томск: ТГУ., 2004.

Киреевский, И. В., *Полное собрание сочинений*, Том 3, Москва: Типография Императорского Московского Университета, 1911.

Кожинов, В. В., *Размышления о русской литературе*, Москва: Современник,

1991.

Коробов, В. И., *Василий Шукшин. Творчество. Личность*, Москва: изд. Советская Россия, 1977.

Кузнецов, Ф. Ф., *На переломе из истории литературы 1960—70-х годов. Очерки. Портреты. Воспоминания.*, Москва: Наследие, 1998.

Кузьмичев, И. К., *Нравственные основы советской литературы*, Москва: просвещение, 1986.

Курбатов, В. Я., *Валетин Распутин: Личность и творчество*, Москва: Советский писатель, 1992.

Лейдерман, И. Л., Липовецкий М. И., *Современная русская литература*, Москва: УРСС, 2001.

Лейдерман, Н. Л., Липовецкий М. Н., *Современная русская литература: 1950—1990-е годы в двух тома（Том 1）*, Москва: Академия, 2003.

Лотман, Ю. М., *Избранные статьи, в 3-х томах（Том 1）*, Таллин: Александра, 1992.

Любарева, Е. П., *Эстетическое богатство современной советской прозы*, Москва: Советский писатель, 1975.

Мандерштам, О. Э., *Сочинения в 2 томах. 2 т.*, Москва: Художественной литературы, 1990.

Нефагина, Г. Л., *Русская проза конца XX века*, Москва: Флинта: наука, 2005.

Нефагина, Г. Л., *Русская проза второй половины 80-х—начала 90-х годов XX века*, Минск: Экономпресс, 1998.

Овчаренко, А. И., *Большая литература: Основные тенденции развития советской художественной прозы 1945—1985 годов, Сороковые—пятидесятые годы*, Москва: Современник, 1985.

Огнев, А. В., *Русский советский рассказ 50—70 годов*, Москва: Просвещение, 1978.

Осетров, Е. И., Попов, Н. В., *Лауреаты России: Автобиогр. Рос. Писателей*, Москва: Современик, 1980.

Панарин, А. С., *Правда железного занавеса*, Москва: Алгоритм, 2006

Плетнев, Р. В., *История русской литературы XX века*, Москва: Перспектива, 1987.

Распутин, В. Г., *В ту же землю*, Москва: Вагриус, 2001.

Разувалова, А. И., *Писатели-«деревенщики»: литература и консервативная идеология 1970-х годов*, Москва: Новое литературное обозрение, 2015.

Роговер, Е. С., *Русская литература XX века*, СПб.: САГА-ФОРУМ, 2011.

Росcийская академия наук Институт русской литературы, *Русская литература XX века*, Том 1, Москва: Олма-Пресс Инвест, 2005.

Сост. Университета Джеймса Медисона (США), *Русская литература XX века—Исследования американских учёных*, СПб.: Петро-РИФ, 1993.

Сладкевич, Н. Г., *Очерки истории общественной мысли России в конце 50-х—начале 60-х годов XIX века: борьба общественных течений в годы первой революционной ситуации*, Ленинград.: Ленинградского университета, 1962.

Попов, Н. В., *Лауреаты России: Автобиогр. Рос. писателе, сборник В 4 т*, Москва: современник, 1980.

Тузков, С. А., Тузкова И. В., *Неореализм*, Москва: Флинта, 2009.

Турков, А. М., *Федор Абрамов: Очерк*, Москва: Советский писатель, 1987.

Урманов, А. В., *Творчество Александра Солженицына*, Москва: Флинта. Наука, 2009.

Хомяков, А. С., *Полное собрание сочинений. т.1*, Москва: Университетская типография, 1886.

Черносвитов, Е. В., *Пройти по краю: Василий Шукшин: мысли о жизни, смерти и бессмертии*, Москва: Современник, 1989.

Черняк, М. А., *Массовая литература XX века*, Москва: Флита, 2009.

Чистов, К. В., *Н. А. Некрасов и нар. Творчество Задачи изучения, Некрасовский сборник*, Том 1, Москва: АН СССР, 1951.

Шестов, Л. И., *Киргегард и экзистенциальная философия*, Париж: Дом книги и современные записки, 1939.

Шикловский, В. Б., *О теории прозы*, Москва: Сов. писатель, 1983.

(二) 俄文论文类

Айтматов, Г. Ч., "Всё касается всех", *Вопросы литературы*, 1980, №12, С. 15.

Большакова, А. В., "Астафьев и русская деревенская проза", *Литературная учеба*, 2014, № 2, С. 61—74.

Вильховский, И. И., "Повесть А. Н. Варламова «Дом в деревне»: особенности художественного осмысления основ национального бытия в русской реалистической прозе конца XX в.", *Язык. Культура. Коммуникации*. 2016, //https://journals.susu.Ru/lcc/article/view/372/524.

Достоевский, Ф. М., "Несколько слов о М. М. Достоевском", *Эпоха*, 1864, №6. С. 2.

Замятина, Н. Ю., "Зона освоения (фронтир) и её образ в американской и русской культурах", *Общественные науки и современность*, 1998, № 5, С. 15.

Казначеев, С. М., "Новый реализм и язык современной русской литературы", *Русская речь*, 2001, №6, С. 1—39.

Королева, С. Ю., "Образ праведника в Деревенской прозе В. Распутина", *Вестник пермского университета*, 2009, №1, С. 84.

Кузина, А. Н., "Традиции почвенничества в русской литературе второй половины XX века", *Вестник волжского университета*, 2011, №2, С. 9.

Любарева, Е. П., "Эстетическое богатство современной советской прозы", *Литературные вопросы*, 1975, № 6, С. 249—255.

Павлов, О. О., Метафизика русской прозы, *Октябрь*, №1, 1998.

Примочкина, Н. Н., "Хронотоп в современной русской прозе", *Литературная учеба*, 2012, № 3, С. 104—113.

Солженицин, А. И., "Как нам обстроить Россию", *Литературная газета*, 1990, №18, С. 9.

Солженицын, А. И., "Слово при вручении премии Солженицына Валентину Распутину", *Новый мир*, 2000, №5, С. 186.

Яковенко, А. А., "Судьба русской деревни", *Наш современник*, 2014, № 11, С. 196—202.

（三）俄文硕士、博士学位论文类

Алехина, С. Н., Идея дома в русской философии, дис. канд., Курск: ТГПУ, 2004.

Бегалиев, А. Т., Современная советская литература утопия: герой и жанр, дис. канд., Алма-Ата: Казахстанский государственный университет им. С. М. Кирова, 1991.

Бобровская, И. В., Агиографическая традиция в творчестве В. М. Шукшина, дис. канд.,

Барнаул: Алтайский государственный университет, 2004.

Вильчек, Л. Ш., Закономерности развития сельской публицистики 50—80-х гг, дис. канд., МГУ. 1993.

Кузьмич, М. П., Социально-гуманистические проблемы художественной публицистики 80-х годов: концепция человека, дис. канд., Москва.: Академия обще. Наук., 1991.

Ланин, Б. Л., Развитие форм повествования в русском советском романе-эпопее, дис. канд., Москва: Областной пед. институт им. Н. К. Крупской, 1990.

Оляндэр, Л. К., Документально-художественная проза о ВОВ, дис. канд., Москва: МПГУ, 1992.

Тоне, А. Г., Проблема жанровой эволюции художествено-документальной прозы1970—1990-х гг. дис. канд., Москва: Новый гуманитарный университет им. Натальи Нестеровой, 1990.

（四）俄文报纸类

Абашева, М. П., Мы ортодокс, *Литературная Россия*, №52, 26 дек. 1997.

Ленин, В. И., Партийная организация и партийная литература, *Новая Жизнь*, №12, 13 ноября, 1905.

（五）俄文作品类

Распутин, В. Г., *Собрание сочинений в 3 т.*, Москва: изд. Молодая гвардия, 1994.

Солженицын, А. И., *Россия в обвале*, Москва: изд. Русский путь, 1998.

（六）英文作品类

Parthé, K. F., *Russian Village Prose: The Radiant Past*, Princeton University Press, 1992.

Riasanovsky, N. V., *Russia and the West in the Teaching of the Slavophils*, Harvard University Press, 1952.

后　　记

　　乡村小说是20世纪俄罗斯文学史上影响最为广泛的流派之一，与城市小说和战争小说并列成为苏联伟大卫国战争之后为俄罗斯文学与文化做出巨大贡献的派别。除正文中重点研究的阿勃拉莫夫、别洛夫、拉斯普京、阿斯塔菲耶夫、舒克申等几位作家之外还有克鲁平、利丘京、加尔金、阿基莫夫、谢恩钦等众多著名作家同时期创作了大量乡村题材作品，在文坛为普通的劳动者发出声音。乡村小说在自身发展的30年间，经历了苏联社会的发展与巨变，时代在变，产生的问题使小说家们不断革新创作方式与关注角度，因而叙事呈现着多方面的转型，21世纪乡村小说创作似乎已经蛰伏，然而一些乡村题材中的新形象所提出的俄罗斯新问题无不提示我们乡村小说仍在蓄势待发，不久的将来会以惊艳姿态出现于读者面前。

　　当一个文学时代逐渐成为历史，使我们后来者远观其整个发展历程，仿佛会使研究者能更为清晰地看清其发展的逻辑脉络，可以更深刻认识其内在的本质。俄罗斯文坛中始终有一部分评论认为，乡村小说是一种保守主义，是向过去的回归。时至今日，我们却发现了"保守主义"的难能可贵，乡村小说作家作品中对传统道德的追寻、对民族价值的探索、对自然生态的呼吁、对现实中负面现象的批判恰也显现于某些后现代主义创作主旨中，可见乡村小说流派的创作宗旨已经超越流派的壁垒，上升为很多其他文学派别作家的创作追求，如著名评论家瓦·库尔巴托夫对乡村小说代表作家瓦·拉斯普京的评价所说，"我们读他的书就如同在照镜子，看清自己的特点，尽力去理解我们失去的和我们成为的……似乎他写的所有的著作都是为了我们认清过去"。后苏联时代出现信仰真空时期，俄罗斯试图以传统的精神文化重塑国家与民族未来。乡村小说作为俄罗斯传统精神的宝库，其文化价值还有待深入挖掘。

令研究者欣喜的是，近五年来在俄罗斯和西方国家，对乡村小说的研究呈现升温趋势，众多的青年学者加入研究阵营，开始从文化角度深入探究该流派作品的内涵，更多研究者将乡村小说的出现和发展作为文化现象分析，这些都说明俄罗斯的有识之士已经意识到乡村小说的文化价值。我国当前也有中青年研究者在从不同角度关注乡村小说，进行系统研究。作为外国文学研究者，取他山之石以借鉴我国发展中面临的问题是我们的责任。因而深入阐释俄罗斯乡村小说，探究该流派创作与国家与社会发展的联系，足以使我们借鉴其文学与文化中对"人学"的重视，同时更可促使我们采撷苏联国家建设成功经验与吸取失败教训，警醒我们以史为鉴，帮助青年与后代继承我国优秀传统文化，逐渐增强我国的现代文化软实力和国家发展的内趋力。中国的智慧绵延几千年，是兼容并蓄的睿智，更是大胆开拓进取的创新。从当前我国均衡发展城乡经济与乡村振兴、重视环境生态建设与资源保护等等国家重大举措中，我们完全可以看到，当代中国人有能力有自信在中华民族伟大复兴的事业中谱写壮丽的诗篇。

本书的研究与写作得到同行与朋友们的大力支持，在此向师友们表达诚挚的谢意。感谢我的博士生导师南开大学文学院王志耕教授以开阔的学术视野和深邃的思路引领使我步入乡村小说叙事研究的道路，为我未来的学术研究指明了方向。志耕教授的严谨治学和高尚人格敦促我更严格要求自己，他的谆谆教诲仍言犹在耳，使我受益终生。感谢另外一位我的学术发展领路人哈尔滨师范大学赵晓彬教授，她在教学与行政工作的百忙之中仍时时关心我的论文写作，在关键时刻为陷入研究困境的我开释解疑。感谢我的同事李雅君教授在俄罗斯访学期间在俄文资料查找上给予大力协助。感谢我的朋友张霁副教授在英文资料翻译与整理中给予的巨大帮助。感谢南开读博时期同门好友的陪伴与鼓励。感谢所有为书稿提出建议并给予宝贵意见的老师与朋友们。

2021 年仲夏
哈尔滨